열네 살, 종로

강병철 소설집

아득한 1960-70년대 흔적들이 갈수록 두꺼워지며 때로는 더 아스라한 배경이 철옹성처럼 앞을 막기도 한다. 6.25와 베트남 전쟁 이후 억눌렸던 강박증들이 여전히 '잊지 맛!' 혓바닥 날름거리며 등장한다. 그 척박했던 시국의 상처들을 하게 변신시키도록 나름 고심도 했으나 어림 없는 일이다. 그런데도 독자들의 눈길을 간절히 기다리며 앞으로도 그렇게 토로하며 글을 쓸 것이다.

도서출판

첫판 1쇄 펴낸 날 2023년 12월 20일

지은이 · 강병철
펴낸이 · 유정숙
펴낸곳 · 도서출판 등
기　획 · 유인숙
관　리 · 류권호
디자인 · 김현숙
편　집 · 김은미, 이성덕

ⓒ 강병철 2023

주　소 · 서울시 노원구 덕릉로 127길 10-18
전　화 · 02.3391.7733
이메일 · socs25@naver.com
홈페이지 · dngbooks.co.kr

정가 · 15,000원

■ 이 책은 저작권법에 따라 보호받는 저작물이므로 무단 전재와 무단 복제를 금합니다.
■ 이 책의 전부 또는 일부를 이용하려면 저자와 도서출판 〈등〉에 동의를 받아야 합니다.
■ 이 도서는 2023년 충청남도, 충남문화관광재단의 후원으로 간행되었습니다.

열네 살, 종로

강병철 소설집

| 차례 |

열네 살, 종로 06

반공웅변대회 38

머리카락 5센티 70

나는 오늘 평화를 보았다 108

벙커 작업 131

응답하라, 1989 171

음주운전 오디세이 202

평설 | 감시와 처벌의 시대를 기억하는 힘
박명순(평론가) 230

작가의 말 252

열네 살, 종로

항구도시 중딩들의 실업 과목으로 수산업을 선택시킨 건 어부의 자식들이 많아서이다. 면 소재지 시골 중학생들에게 농업과목으로 규정시킨 것도 농부 지망생이 드문드문 섞였기 때문이리라. 그래서 굴뚝마다 시커먼 연기가 피어오르는 공장지대 소도시에서는 대개 입학하자마자 공업책을 나눠주면서 손기술 연마에 집중시켰고 백화점이 세워진 대도시 소년들에게는 입학하자마자 상업책을 배부시켜 부기와 주산을 배우게 했다.

여학생들은 다르다. 여자는 시집을 가더라도 따로 살림을 잘하라는 의미로 농촌과 도시의 구별 없이 모두 가정과 가사 과목을 지정해주었다. 가정은 바느질과 식단표, 가족 관리와 순결 교육을 포함한 집안 주부에게 필요한 전반을 가르쳤고 가사는 산업사회에 적응할 수 있는 기능과 적성을 포함시켰다.

그리고 실업 과목의 첫 장에서는 공통적으로 모든 실과(實科)의 개념을 통과의례처럼 가볍게 정리해주고 넘어가는 게 기본이었다. 그러니까 전문 과목 하나로 몰입하기 직전에 딱 한 번이라도 실업 과목 전체의 정의를 간단하게 설명해주면서 각 과목의 기본 맛보기도 머리에 넣으라는 의미이다. 농업, 공업, 수산업, 가정, 가사 등을 총망라하여 쬐끔씩만 오려서 보여주는 '맛보기' 식 단원부터 실업의 첫 수업이 시작된다.

 중년의 백구탁 사부님은 정장 차림에 머리카락을 2대 8 가르마로 상큼하게 나눴으므로 외모만큼은 조신한 스승 포즈이다. 그가 우리 반 담임까지 맡으면서 주당 2시간씩 상업 교과를 가르쳤으니 날마다 두세 번 이상 만나는 얼굴이 된 것이다. 잘생긴 조각 미남 얼굴과 깔끔한 양복 차림새가 일단 첫 인상만큼은 좋았던 것 같다. 그런데 이상하다. 수업 첫 시간에 교탁에 서긴 했는데 어럽쇼, 교과서는 아예 거들떠보지도 않고 주머니를 주물주물 뒤지더니 페이퍼 한 장을 주섬주섬 꺼내는 동작이 왠지 거북해 보인다. 그러더니 첫 시간 강의 내용을 칠판에 절반쯤 차지하게 다음과 같이 적었는데.

 농업의 뜻.
 농업의 뜻이라 함은 무엇보다도 토지가 있는 게 중요하다. 그 토지는 자신의 것일 수도 있고 다른 사람의 땅을 빌려서 농사를 대신 지을 수도 있다. 우리가 아무리 석사 박사 학위를 받았더라도 토지가 없으면 삽질을 할 수가 없으므로 농사를 제대로 짓기 위해서는 반드시 토지가 있어야 한다. 토지 없이 농사를 짓는다는 게 말이 안 되므로 일단 농협의 빚을 얻어서라도 개인의 토지 확보가 가장 중요하다.

그뿐이었다. 열네 살 중딩이 얼핏 보기에도 어리둥절한 내용이었지만.
'뭔가 다른 깊은 설명이 보태지겠지.'
갸우뚱하며 일단 뜨악한 내용들을 노트에 열심히 베껴 적긴 했다. 부잣집 아이들은 파이러트 만년필을 쓰기도 했지만 아직은 대개 잉크병 깊숙이 펜을 찍어 필기하는 학동들이 가장 많던 1969년이다. 연도를 처음 기억한 게 초딩에 입문하던 여덟 살 때인 1963년도이니, 글자를 깨우치기 시작한 후 아직 달력 연도의 세 번째 글자에서 6자(字)가 바뀐 적은 없다.

펜대 살 돈을 아끼려면 볼펜 끝에 펜촉을 거꾸로 끼워 잉크병에 찍어 쓰는 게 경제적으로 가장 저렴하다. 그러나 잉크병이 깨지거나 뚜껑이 헐렁하게 닫히면 가방으로 흘러 시커먼 먹물 자국이 번질 수가 있으니 그게 문제이다. 책상에서도 마찬가지이다. 잉크병이 엎어지거나 펜촉에서 흐른 먹물이 노트나 교복에 흘릴세라 아주 조심조심 필기를 했다.

펜촉은 5원이었는데 특별히 속펜촉을 끼운 건 8원에 팔았다. 속펜촉을 끼우면 잉크가 노트 위로 쉽게 떨어지지 않아서 조금은 편안한 마음으로 필기를 할 수 있었다. 그래도 일단 도막 난 분필이라도 하나씩 확보하는 게 중요하다. 잉크가 노트에 한 방울 뚝 떨어지면 그 위에 분필을 굴려서 재빨리 흡수시키곤 했다. 그러면 잉크 방울이 모세관 실험에서 본 것처럼 분필 속으로 싸악 빨려 들어가면서 옆으로 전혀 번지지 않는다. 먹물 자국만 달랑 동그랗고 선명하게 남는 게 얼핏 예술작품처럼 상큼했던 것도 같다.

그러거나 말거나 스승님은.

"농사를 지으려면 에-또, 당연히 땅이 있어야 하겠지요? 여러분 그래? 안 그래? 물어보면 대답해야지."

"……니엣―. 그렇습니다."

"에 또, 아무리 박사 학위를 받아도 땅이 없으면 농사를 지을 수 없지. 흐음. 석사로는 어림 반푼도 없고."

그렇게 어리둥절하게 대충 넘어가더라도 다음 시간부터 상업 단원 공부를 본격적으로 시도하는 줄만 알았다. 그런데 아이들이 필기에 몰입하려는 순간 상업님이.

"1번."

스승께서 창문을 바라보며 고개를 돌리지 않은 채 번호를 불렀으므로, 1번 성렬이가.

"네?"

뜨악한 표정으로 고개를 들자.

"1페이지부터 읽어."

"1페이지에는 아무것도 없는데요."

그랬다. 1페이지는 그냥 겉장이었다. 책의 다음 속표지를 넘겨도 '상업' 과목을 나타내는 두 글자와 맨 아래에 적힌 '문교부'라는 세 글자밖에 없었다. 그리고 3~4페이지는 책의 목차였으므로 정작 내용의 첫 알맹이는 6쪽부터 시작되는 게 당연하다. 나중 얘기지만 상업님은 처음 배울 부분이란 개념으로 1페이지라고 말씀하신 것도 아니다. 그냥 교실의 누구 하나를 딱 찍어서 '책을 처음부터 읽게 시켜야 시간이 흐른다'는 생각뿐이란 걸 나중에 알게 되었는데.

"처음이 어디지?"

"6페이진데요."

"6페이지부터 읽어."

그러고도 상업님은 읽는 아이에게 1의 눈짓도 주지 않은 채 다시 봄물이 흐르는 유리창 바깥만 멍하니 바라보았다. 버드나무 가지로 봄물이 오르고 있었지만 아직 꽃샘바람이 차가워서 새순은 오르지 않았다. 창가 쪽의 중딩들이 가방을 올려 틈새 바람을 막긴 했으나 바람이 몰아칠 때마다 오싹 움츠리곤 했다.

낭송을 시작한 성렬이의 책읽기가 중단될 기미가 보이지 않는 것도 문제였다. 도대체 읽기를 시키는 이유도 알 수 없었다. 처음에는 다른 선생님들이 그렇듯 단원 설명에 들어가기 전에 앞으로 배울 내용의 감을 익히게 하기 위해 일부러 읽기를 시키는 줄만 알았다.

아무튼 3월 초부터 스승께 이의를 제기한다는 건 불가능했다. 지금은 아이들 모두 찍소리도 못하고 성렬이의 목소리를 따라 글자 수를 짚어가면서 눈동자를 맞추는 중이다. 처음에는 그럭저럭 씩씩하게 읽던 성렬이의 목소리도 서서히 작아지기 시작했다. 10분쯤 지나자 노인네 목청처럼 게게게 잦아들더니.
"……그만 읽으면 안 돼요?"
"웽?"
성렬이가 다시 책을 늘어뜨리며 애원하는 목소리로.
"목이 아포요."
스승께서는 창밖을 주시하며 뒤도 돌아보지 않은 채.
"그럼 2번."
그제야 2번 석동이에게로 바통 터치가 되어 이어서 읽어 가는데 두 번째 역시 기약도 끝도 없는 낭송 타이밍에 빠지는 것이다. 첫 시간은 그렇게 7,8분씩 다섯 명쯤 읽다가 종이 울렸다. 문제는 다음 시간에도 똑같다는 점이다. 또 그다음 시간도 마찬가지였고 보름이 지나고 또 20일이 가까워질 때까지 수업이 시작되면 1번 학생이 6페이지부터 읽는 행태가 돌고 또 돌았다. 그랬다. 잔설이 그늘까지 완전히 사라지고 개나리 노란빛이 떨어지기 시작하던 그 계절까지 상업님은 첫 장부터 읽고 또 읽는 작업만 되풀이시켰다.
그리고 당신께선 창밖만 바라보며 멀거니 서 있다가 가끔 '푸우 푸' 한숨이나 내뿜는 것이다. 더러는 거울 앞에서 빗으로 2대8 가르마를 더욱 선명하게 갈라치거나 휴대용 솔을 꺼내 양복 어깨에 묻은 비듬을 툭툭 털어내었다. 그것도 지치면 슬리퍼를 벗어 '호오호' 입김을 뿜으며 뽀송뽀송하게 닦기도 했다.

한 달쯤 지나자 아이들 모두의 상업책 앞부분만 까맣게 닳아 번들거렸다. 그리고 20쪽 이후는 아예 한 번도 펼쳐지지 않아 아예 새로 산 책처럼 빳빳한 종이로 대비를 이루었다. 특히 날마다 지목되는 성렬이의 6페이지는 아예 반질반질 윤이 흐르다가 나중에는 불에 탄 종잇조각처럼 푸석푸석 찢어질 지경이었다.

나뭇가지로 새순이 오르고 진달래 망울이 부풀 때쯤 소소한 변화가 생기기도 했다. 1번이 6페이지를 읽고 2번이 7페이지, 3번이 8페이지, 4번이 9페이지 그런 식으로 낭송하는 아이들의 페이지가 바뀔 때마다 번호판도 동시에 넘어가는 자동빵 시스템으로 개조되면서 아주 쬐끔은 덜 지루해졌다. 그래봤자 18번쯤 읽다 보면 끝종이 나는 걸 알고 있으므로 20번 이상의 아이들은 수업이 시작되자마자 아예 딴짓거리에 빠졌다. 그래도 스승께서 일체 터치하지 않았으므로 하등의 문제가 되지 않았다.

그 와중에도 범생이 그룹들은 영어 단어나 수학 공식을 사이사이 독파하면서 실속을 차리는 작업으로 변신했다. 실제로 실업 과목 문장에 밑줄을 치는 것보다는 영어와 수학에 몰입하는 게 3년 후 고교 입시에서 훨씬 유리한 게 사실이다. 그래서일까, 뭔가 불편한 느낌은 있었지만 이의를 제기할 필요가 없었다.

놀새 떼들의 노는 내용이 날마다 진화하는 것이다. 처음에는 그냥 책상 속에 숨겨둔 만화책 정도만 힐끔힐끔 읽었지만 나중에는 책상 위에 펼쳐놓은 채 짝꿍끼리 이맛살 맞대며 그림 독서에 빠졌다.

두 달이 지나면서 그들의 놀이판에 전문성이 가미되면서 야한 소설까지 슬슬 돌기 시작하는 것이다. 누군가가 청계천 헌책방 골목 어디선가 구해온 빨간책을 소문내면서 야한 문장에 밑줄을 그으며 키득대더니 그 애독자 숫자가 구르는 눈덩이처럼 팅팅 불어났다. 『뽕밭』이나 『꿀단지』에 등장하는 주인공 이름이 '창호지'였는데 왜 그렇게 붙였는지는 아무도 모른다. 열다섯 살 창호지 총각의 상대는 간호사나 스튜디우스, 버스 차장도 있지만 하숙집 아줌마나 선생님 심지어 이모나 친누나까지 있어서 얼굴이 훅훅 달아올랐다.

공부를 싫어하는 농땡이꾼일수록 그 빨간책의 문장만큼은 아주 빠르게 좔좔 외웠다. 이상하다. 국어 시험은 30점 맞는 경호도 그 야설의 언어만큼은 좔좔 외웠다. 그 외운 문장들을 화장실 벽에 다닥다닥 베껴놓으면서 다른 벗들의 똥 누는 시간을 지연시켰다. 나(교실 62명 중, 8번. 140센티)도 얼떨결에 보긴 했지만 일단은 외면했다.

백구탁 스승이 조금 심했을 뿐 그런 자습 전문 부류의 스승은 원래부터 있긴 했다. 선생님들은 업무가 밀리면 일단 자습부터 시키고 교실 책상에 앉아 주판을 튕기고 명렬표 빈칸에 숫자를 채웠다. 학교 일뿐만 아니라 자신의 우체국 통장 정리를 하기도 했고 가끔은 책상 위에 종이돈을 정리한 채 갸우뚱거리며 계산에 골몰하기도 했다.

초딩 시절 모교의 선생님 중에도 딱 한 분이 있었으므로 나 역시 일찍이 몸에 익은 편이었다. 이름도 방구찬이었지만 엉덩이 나팔을 시도 때도 없이 뽕뽕 터치는 바람에 그냥 방구쟁이 사부님이라고 불러도 모두에게 통용되던 중년의 사내이다.

그 방 사부님이 밤마다 가재골 노름판 화투패에 빠졌다는 소문이다. 저수지로 넘어가기 직전의 언덕 아래 밤나무집이 그들만의 특별 아지트이다. 가슴에 논문서 품은 사내들이 동양화 감상에 빠져 밤이 깊도록 방석에 내리 친다나 어쩐다나, 정확히는 모르지만 사부님이 그 판에 날마다 끼어들었다는 말은 맞는 것 같다. 옴팡집 사랑방에 새도록 패를 치다가 새벽이슬 맞으며 집으로 돌아오는 모습을 봤다는 애들이 몇몇 있어서 더 확증이 굳었다. 동양화 감상으로 밤을 새우고 집에 돌아와 재빨리 밥 한술 먹고 출근을 하니 교실에서 끄떡끄떡 조는 게 당연하다는 것이다. 나는 순전히 동무들한테 들은 이야기지만 스승님의 화투판 출전 풍경이 충분히 그림으로 그려지긴 했다.

우선 방안 가득 들어찬 담배 연기가 뿌옇게 흔들렸다. 그리고 선(先)을 잡은 사람이 왼손 엄지와 검지 사이에 꽂아놓은 화투 조각을 오른손 엄지 검지로 번갈아 치고 화투장을 다시 섞은 다음 한 장씩 빼어 방석 위에 돌리는 풍경이다. 돈을 따거나 잃겠지만 대개 막판에는 원정 노름 타짜에게 발린다는 소문이 맞는 것 같다.

두세 명씩 패를 지어 다니는 전문 노름꾼들이 농투성이를 만나면 일단 서너 번 정도 일부러 내준다는 것이다. 그게 작전이라는 걸 모르는 토박이들이 솔깃하여 몇 명씩 더 달라붙는다. 신바람이 나서 점수를 몇 배씩 부풀려 내다가 막판 뒤집기에 걸려 홀라당 날리는 게 노름판 공식이라는 소문이다. 그랬다. 토박이 생계형 노름꾼들은 타짜들에게 논문서를 번번이 잡히면서도 기를 쓰고 그 판에 몸을 맡겼다.

방구찬 사부님도 월급 봉투를 홀라당 날리고 눈이 새빨개진 채 교실로 들어오곤 했다. 수업을 대충 때우고 까치둥지 머리로 연신 하품만 날리면서 얼굴 빛깔도 조금씩 퇴색되면서 기미까지 끼는 행태가 안 봐도 뻔하다. 공직자에게 가불 시스템이 금지되었기에 그나마 집안이 유지된 거지 그게 통했으면 기둥 뿌리째 뽑혀 나갔을 거라는 풍문도 돌았는데, 믿거나 말거나이다.

수업 방식은 주로 『동아전과』 통째로 베끼기'였다. 먼저 전과 한 페이지씩을 칠판이 빼곡하도록 좌악 베껴놓고 교단에 대자(大字)로 누워 책으로 얼굴을 덮은 다음 드르렁드르렁 단잠에 빠지곤 했다. 스승의 얼굴을 덮은 전과 책이 코를 골 때마다 겉장부터 팔락팔락 펼쳐졌는데 그 깊은 잠 속에서도 뿡뿡 쏴대는 방구 소리가 뒤쪽 게시판까지 흔들 만큼 위력적이었다. 그러다가 시간이 적당히 지나면 '까응' 하품을 하며.

"다 썼남?"

부스스 일어나시며 거울 앞에서 까치머리를 정리하고서 교무실로 가셨다. 그러거나 말거나 스승께서 아이들을 때리지 않는 것만큼은 눈물이 좔좔 흐르게 감사했다.

 또 있다. 방구쟁이 스승님은 교문 앞 문방구 뒤에 텃밭을 몇백 평 사놓았다. 그리고 틈만 나면 자기네 생강밭 두렁이나 솔밭 다랑카지 풀을 한 고랑씩 매고 오곤 했으니 태생이 부지런한 체질이긴 하다. 점심시간은 당연했고 더러는 자습을 시켜놓고 살짝 빠져나오기도 했다. 피사리 직전 반장 홍규에게 교실을 잠깐 맡기기도 했지만 대개 소사 아저씨에게 자습 감독을 해달라며 막대기를 건네주는 형식이 더 많았다.

 대타로 교실을 맡은 소사 아저씨 역시 당연히 자습 지도에는 관심이 없었다. 아저씨는 아예 교단 바닥에 철푸덕 주저앉아 펜치, 철사, 노끈 같은 온갖 장비를 주르르 늘어놓고 뭔가를 만들고 떼었다가 박고 고쳤다. 아이들에게 각목을 잡으라고 시킨 다음 망치질을 하거나 흥부네 부부처럼 슬겅슬겅 톱질도 하며 네모반듯한 널빤지를 만들어 차곡차곡 쌓아놓았다. 그 재목들이 나중에 쓰레기장 팻말이나 실습용 닭장 기둥으로 우뚝 서기도 했으니 그 건축물 목재를 우리들이 가장 먼저 본 셈이다.

 더러는 소사 아저씨가 자기네 집 일감을 때우는 실속도 챙겼다. 바다에 던질 그물망의 코를 꿰기도 해서 아이들은 수업을 완전히 생날로 빼먹는 재미에 빠져 아주 신이 났다. 그 옆에 앉아 그물코 꿰는 법을 배워 집에 가서 직접 투망질 도구를 만드는 실속파 아이들도 있었다. 손재주 좋은 실속파 선수들은 어느새 납봉을 만들어 낚

싯대나 투망 그물 아래에 매달아서 사용했다. 시간이야 어떻든 알 바 아니다.

거기까지였다. 집에 와서 사랑방 머슴 형님들에게 아무리 방구쟁이 스토리를 던져도 전혀 반응이 없었다. 그들도 초딩 시절에 그 스승한테 똑같이 배웠지만 아직 아무 이상이 없이 잘만 산다며 키득키득 웃으며 새끼만 꼬았다. 여름방학 중 사랑방 묵내기 화투 끝물이었던가. 새끼 꼬던 툇마루에서 머슴 형님들한테 내가 비분강개로 고자질했을 때에도 그냥 짚토매를 쓰다듬으며.
"우헤헤헤헤. 공부 안 허면 애들도 신나겄징. 짜샤. 사부님이 안 시킬 때 신나게 놀다가 철이 든 다음 정신 바짝 차리고 확 몰아서 공부허는 애덜이 금수강산 이어가는 새싹이 되능 거여. 그걸 꿰뚫어 본 사람이 바로 방구찬 사부님이야. 공부는 스스로 허능 거여. 알쥉?"
"알쥐는 털 읎는 쥐여. 음하하."
그렇게 입술 비틀다가 손바닥에 침을 탁 뱉고 새끼만 꼬는 것이다. 추린 짚토매 대궁에 눈길도 주지 않고 손바닥만 비비는데도 튼튼한 새끼줄을 완성 시키는 비법이 '마법의 손' 처럼 신기하기도 했다. 그 이상은 관심이 없었다. 민구가 4학년 때까지 구구단을 못 외웠는데도 머슴 아저씨들은.
"방 훈장한테 배웠으니 당연히 그렇지 뭐. 그레두 5단까지 외웠으면 반타작 성공이여. 야중에 그런 거는 '식은 죽 먹기'로 결국 외우게 되능 거여. 파리파리 곰배파리 구구는 꼬꼬대꾸, 으떠냐?"

그러다가 생뚱하게 장리 쪽에서 건설 중인 간척지 얘기로 바뀌며.

"간척지 공사가 완성되먼 대한민국 전체 땅이 넓어졌으니 엄청이 이문이징. 우리 동네 사람들에게도 땅 좀 떼서 나눠줄랑가?"

"면 전체보담 더 큰 땅이 생겼는디 나랏님이 입을 싹 닦기야 허겄남?"

생뚱한 군침 흘리는 얘기로 노닥거리기도 했으니 어이없는 일이다. 나 혼자 스승님의 수업 내용을 불안하게 지켜본 것 같다.

중학교 때 원효로 뒷골목에서 만난 서울의 대학생 형님들도 마찬가지였다. 물론 세상에 대한 관심은 달랐다. 종양대학교와 강국대학생이던 자취방 주인집 형제들은 주로 데모 이야기를 많이 했다. 5.16 정변 직후 정권을 잡은 박정희 대통령이 4년 연임이 지나자 마지막 8년 차에 불쑥 3선개헌을 발표한 것이다. 대학생은 물론 고교생들까지 종로와 광화문까지 진출하며 '3선개헌 반대' 구호를 외치던 시국이다.

"양쪽 손에 돌멩이 하나씩 들었는데, 먼저 곤봉으로 왼 팔목을 쳐서 한쪽 돌이 떨어지고 오른 팔을 때리니 나머지 하나가 또 떨어지더라. 그다음에 어깻죽지를 맞으며 골목으로 도망쳐서 간신히 살아왔다. 으휴."

"남산으로 끌려간 선배는 풀 자루처럼 흐물흐물 돌아왔어."

거기까지만 대화 내용이 달랐다. 자췻집 대학생들이나 고향 사랑방 머슴 형님들이나 스승에 대한 무심한 반응들은 엇비슷했다. 상업님 얘기를 어렵사리 꺼내도 주인집 대학생 형님들은 그냥 키득키득 웃기만 했다. 내가 노트를 꺼내 코 밑 바로 앞까지 들이대며.

"이걸 보라구횻! 중요한 얘기라고요."

'농업의 뜻'이 적힌 노트를 내밀자 꼼꼼하게 살펴본 다음 처음에는 어리둥절한 표정을 짓긴 했다. 그러던 주인집 대학생들이 나중에는.

"와 – 재밌다. 이러니 고춘자 장소팔 만담이 쫄쫄 굶는 거당."

배꼽을 잡으며 데굴데굴 뒹굴기만 할 뿐이다. 시국을 걱정하며 데모에 참여했던 대학생들도 꿈나무 소년의 난감함에는 전혀 동조하지 않았다. 그랬다. 참고서를 지정한 서점에서만 사라고 종용을 하든 말든 툭하면 자습시켜놓고 밀린 업무에 빠지든 말든 남들은 아무 관심이 없었다. 매를 맞아 시퍼렇게 구렁이 기어가는 종아리를 보여주어도.

'애들은 맞으면서 배우는 거다.'

그런 식으로 스승의 폭력을 두루뭉술 감싸주던 60년대 시국이다. 바리깡으로 머리 정면에 고속도로를 내어도 규율을 가르치기 위해 당연한 규칙이고, 수업 시간마다 자습을 시키는 것 또한 제자들의 자생력을 길러주는 오픈 게임이라며 스승들의 편을 들었으니 어이없는 해석이다.

그래서일까, 대부분의 스승들은 아주 잘 때렸다. 영어 단어나 수학 공식을 놓쳤을 때 싸대기를 대주는 건 기본이었다.

"45도!"

그 명령과 함께 양 볼을 때리기 좋은 45도 자세로 비스듬히 눕혀주면 곧바로 '철썩' 소리가 났다. 지각을 하거나 떠들다가 걸리는 건 그나마 덜 억울했다. 미술 과제물 준비가 안 되거나 교과서를 못 챙겨서 맞을 때에도 당연히 맞아야 한다고 생각했다. 공납금이나 학급비를 내지 못해서 매질을 당할 때는 쬐끔은 견딜만했다. 그중 가장 불편한 게 '자학(自學)자습비 미제출자'를 불러내어 종아리치기이다.

자학자습은 수업을 하는 게 아니라 말 그대로 방과 후에 아이들끼리 남아 한 시간 더 자습을 시키며 스승들이 감시하는 시스템이다. 그리고 자습 감독 명분으로 매달 500원씩 내라고 했다. 그러나 스승들은 교실에 가끔 들어와도 잡무를 보는 정도였고 더러는 아예 들어오지도 않고 반장이 대신 교실을 통솔하게 했다. 스승들이 교실에 들어오지 않아도 자습 감독비만큼은 납부하는 게 원칙이었다. 돈이 있는 애들은 납부를 했지만 가난한 애들은 무조건 몸으로 때웠다. 내지 않고 끝까지 버티던 아이들은 연말에 다섯 대씩 엉덩이 들이대며 몸으로 혹독하게 때워야 했으니 매질 한 대당 100원씩 쳐준 셈이다.

2학기가 되었고 당연히 상업님이 그 과목을 맡아 한 학기를 더 이어가는 상황이 '다람쥐 쳇바퀴'처럼 반복되었다.

그 와중에도 선두 그룹 아이들은 이미 공부의 맥을 꿰뚫으면서 독자 학습으로 체계를 잡았다. 저마다의 학습법으로 문제를 차곡차곡 해결하면서 동급생들과의 차별화 단계를 거치며 자신만의 미래를 준비하는 중이었다. 상업 시간이 되면 스스로 단원 하나씩 재빨리 요약 정리한 다음 다른 과목을 공부하는 방법을 터득한 것이다.

"꼰대가 안 가르치면 나 혼자라도 해야지. 어쩌냐?"

나도 그 틈에 끼고 싶어 매 시간마다 단원 하나씩 정해서 요점 정리를 시작했다. 막상 요점을 찾아 추려내면서 공부를 해보니 솔직히 칠판 앞에서 스승님한테 수업 받는 거와 별 차이가 없다는 생각도 드는 것 같다. 어느 날 무심히 쳐다보시던 상업님이 눈을 동그랗게 뜨시더니.

"혼자 한 거지? 잘한다."

칭찬하더니 내 노트를 들어 아이들에게 펼쳐 보이면서.

"너희들도 애처럼 하루에 한 페이지씩 요약해라. 좋은 학습 태도야."

한마디 하더니 주머니에 손을 넣고 또 창가를 어슬렁거렸다.

'요약은 페이지 별로 하는 게 아니라 단원별로 하는 거예요. 단원마다 내용이 바뀌거든요.' 그런 설명은 하나마나 똑같으므로 초장부터 쏙 집어넣었다.

중간고사가 끝나고 1주일이 지난 어느 날 종례 시간이다. 백구탁 사부님이.

"1등부터 10등까지 부를 테니 하나씩 일어서."

"1등 김병수, 2등은 신석철."

부르는 대로 우등생들이 하나씩 민망한 표정으로 일어섰고 나는 62명 중 10등이어서 맨 마지막에 이름이 나왔으니 애오라지 다행인 셈이긴 하다. 그러더니.

"여기 우등생들은 내일까지 1인당 1,000원씩 가져와라. 학급 비품도 사야 하고 주전자도 새로 바꿔야 한다. 교실에 액자 하나 더 걸고 싶지만 학급비로는 턱도 없이 모자라. 알지? 딱 봐라. 허허벌판처럼 쓸쓸한 게시판에 액자라도 붙여야 환경이 살아나겠지?"

상위권으로 분류된 친구들이 긍정도 부정도 아닌 무표정한 표정을 짓자.

"혹시 못 낼 사람 있나? 손들어 봐."

2등인 변종덕과 10등인 내가 쭈뼛쭈뼛 손을 들었다. 스승께서 변종덕을 쳐다보며.

"힘드니?"

변종덕은 처음 손을 들 때보다 더욱 파리한 표정을 지으며.

"네."

기어들어가는 소리로 고개를 푹 숙였다. 이번에는 내 얼굴을 빠드름히 쳐다보기에 일부러 눈빛을 내리깔며 불쌍한 표정의 모드를 짓자.

"너, 자취하니?"

"……니예."

양 볼의 바람을 쪼옥 빨아들이며 더욱 홀쭉한 표정을 지었는데.

"이구, 어쩐지 생긴 게 꼬조조하다 했더니 딱 그랬구나. 시골에서 올라온 아이들이 무슨 돈이 있겠냐? 그럼 얘네 두 명 빼고 흐음, 어차피 열 명은 채워야 하니, 11등 권오봉……에또 12등 정근모가 대신 낸다. 좋은 성적을 내었으면 그만큼 학급에 봉사할 줄도 알아야지."

그렇게 열 명을 다시 채워 특별회비를 내었는데 그 후로는 정확한 기억이 없다.

교실은 범생이와 양아치로 이등분된 것 같지만, 기실 주로 보통 사람인 '수두룩팀'이 절대 다수로 구성되어 있었다. 62명 중 열 명 정도는 범생이 그룹이었고 나는 그 대열의 마지막 칸에 달랑달랑 붙어 있었으므로 틈만 나면 모범생 틈에 끼려고 노력을 했다. 그리고 열 명 정도는 불량기를 무기로 삼는 주먹쟁이 후보이거나 그 그늘에서 얼쩡거리는 아류들이었다. 그 불량사탕 중에는 유급생들이 포함되어 판을 잡았는데 벌써 담배를 가지고 다니며 클라스를 구분시키는 초불량급 선수들로 분류되어 있었다.

그들은 틈만 나면 여학생들이나 여자 배우들 이야기를 꺼내면서 가슴과 엉덩이 크기를 가늠하며 서로 견적을 먹이곤 했다. 담벼락 너며 신명여중 유리창 쪽으로 휘파람을 날리며 눈빛을 맞추기도 했다. 더러는 어디선가 여자의 나체 사진을 구해와 키득대던 것도 새로 개발된 풍경이다. 이상하다. 실오라기 하나 걸치지 않은 알몸의 여자가 정면을 바라보며 화사하게 웃고 있는 것이다. 그랬다. 눈빛이 호수처럼 맑은 여자가 뽀얀 사타구니 사이에 시커먼 털을 드러내면서 활짝 웃는 모습을 도저히 이해할 수 없는 것이다. 마찬가지이다. 눈을 가리면서도 손가락 틈새로 훔쳐보는 사춘기의 마음을 나도 설명할 수가 없다.

그리고 스무 명 정도가 비교적 얌전이 학생이었다면 오로지 까불기 위해 학교에 다니는 좌충우돌 조무래기들도 있었다. 그 조무래기들은 아직 주먹 팀에는 끼어들지 못했지만 몇몇 아이들은 서서히 불량 포즈를 준비하고 있었으니 중딩 말년이나 고딩 초짜 즈음에 흡연 대열에 머리를 끼우며 어깨에 뽕을 넣기 시작할 것이다.

아무튼 나는 간신히 상위권을 유지하면서 그들과 거리를 두고 틈만 나면 범생이들 부류의 틈새에 끼어 어울리려고 노력했던 것 같다.

'실내 정숙.'

칠판 오른쪽 가장자리에 세로로 적어놓은 네 글자를 한시도 지운 적이 없다. 기실 아이들도 비겁하긴 마찬가지였다. 교실 칠판 모서리마다 굵은 글씨로 그 타이틀을 적어놓긴 했지만 조신하게 앉아만 있다가 그대로 하교하기에는 우리들 사춘기 럭비공의 피가 너무 뜨거웠다. 그러나 여차하면 싸대기가 날아오므로 항상 조심해야 한다.

하여, 무서운 선생님과 만만한 선생님을 철저하게 차별하면서 하루하루 시간을 때우는 것이다. 스승에 따라 '정숙한 실내'와 '도깨비 시장'을 오르내리니 그게 질풍노도를 보내는 방법이기도 했다. 독사나 미친개 스승한테는 그림자만 스쳐도 찬물 끼얹은 듯 조용했지만 비둘기파 선생님들에겐 인정사정 봐주지 않는 이중성을 보이는 것이다.

그러니까 삼월 초에 '초장 길들이기'가 중요했다. 그 타이밍을 놓친 비둘기파 선생님들이 뒤늦게 애절한 표정으로 '제발 떠들지 마라'를 입에 달고 다녔지만, 수습하기에는 이미 때가 늦었다. 더러는 심약한 스승만 골라 일부러 어깃장 놓음으로써 교실의 주먹 서열을 올리려는 부류도 있었다. 그렇게 난리부르스를 떨던 어느 날 마침내 우리들끼리 모여 '자습 시간 실내 정숙'이란 주제로 학급 회의를 했는데.

처음에는 '실내 정숙'이란 주제답게 '우리들의 반성'이 주를 이루었다. 공부가 싫긴 했지만 피할 수 없는 운명이란 걸 예감하는 척하며 반성하고 또 반성하는 포즈를 잡기도 했다. 문제는 새로 바뀐 반장이 너무 착하다는 점이다. 그러니까 정말 성직자처럼 착한 아이들이 있긴 했으니.

"떠드는 애들은 이름을 적으세요."

"저는 여러분들을 고자질하기 싫습니다."

"그럼 반장이 직접 때리세요."

하지만 2학기 반장 학준이는 인품이 확실한 만큼 주장도 단호했다.

"동급생이 어떻게 동급생을 때립니까? 그건 말이 안 되므로 저는 절대로 못합니다. 거부합니다."

"반장은 원래 우리보다 1년 선배 아닌감?"

"상급생이라고 해도 사람이 사람을 때리는 건 옳지 않습니다. 그리고 저는 휴학을 했지만 지금은 여러분들과 같은 엄연한 동급생입니다."

휴학생 출신인 학준이는 그렇게 동급생보다 한 살 더 많았지만 그런 티를 일체 내보이지 않았으니 지난 학기의 유급생 출신 반장 동수와는 완전히 딴 판이었다. 그랬다. 동수는 연산군이나 네로 황제보다는 덜 포악했지만 툭하면 몽둥이를 휘두르며 아이들에게 공포 분위기를 조성했으니 천상 그 폭군의 아류 기질이다.

일단 1학년 배지를 달지 않았고 항상 비워두었다. 그리고 수업만 끝나면 교실을 벗어나 예년의 동급생인 2학년들과 어울려 다녔다. 철봉대 아래나 버스 안에서 2학년 선배들과 자연스레 어울리는 그의 모습을 보면 우리들과는 클래스가 다른 게 확실하다.

그리고 현재 교실을 함께 쓰는 동급생 아이들에게 존댓말을 붙이게 했다. 자습 시간만 되면 교탁 의자 뒤에 비스듬히 앉아 떠드는 아이들을 불러내는 것이다. 엎드려뻗쳐를 시키고 빠따를 때리고 벽쪽에 몰아붙이고 싸대기도 날렸다.

"이 새끼! 보자보자하니까. 진짜."

동수보다 반 뼘쯤 더 큰 봉근이가 막대기를 잡아당기며 대든 적이 있다. 당황한 동수가 얼굴만 빨개진 채 몽둥이를 밀고 당기는데.

"나왓!"

어느새 담임님께서 나타난 것이다.

"반장은 선생님 대리인이야."

어깨를 잡아 아래로 당기더니 무르팍 닛킥으로 가슴 복판을 날렸으니 모든 게 평정되었다. 그 후로는 아무도 대들지 못했지만 특히 그 사건 이후 동수가 나쁜 반장이라는 걸 모두에게 파악시켰다.

덕분에 2학기 반장선거에서 추풍낙엽처럼 떨어졌으니 선거제도라는 게 민심을 반영하는 게 맞긴 하다. 놀라웠다. 동수가 반장 자리에서 물러서자마자 당장 다음날부터 너무 평범한 모습으로 변신한 것이다. 아니, 오히려 구석 자리에 앉아 힐끔힐끔 눈치를 보는 것도 같았다. 아이들 역시 지난 학기의 독재자 동수 따위에게 눈길조차 줄 이유가 없다. 그러니까 대통령 선거가 중요하다는 예습도 미리 한 셈이고.

그날의 거사도 이렇다 할 정의감을 가지고 시작한 거는 전혀 아니다. 다만 스승들의 자습 시간이 많아도 너무 많아지면서 막연하나마 불만이 쌓인 면도 있긴 했던 것 같다. 교무실 시간표에 날마다 빠진 시간이 나오면서 다른 시간표를 이리저리 움직이며 결강 시간을 마지막 교시로 돌려놓은 다음 일괄적으로 단축 수업을 시도하곤 했다.

그렇게 수업 시간을 단축하고도 자학자습 시간만큼은 빼먹는 경우가 거의 없었으므로 그게 더 울화통이 터지는 것이다. 학교 방침이 그랬다. 수업 시간은 일찍 끝내더라도 학생들의 귀가 시간만큼은 오후 4시 30분으로 맞추라는 교장님의 지시가 있었던 것 같다. 그런 분위기 탓일까, 처음에는 학급회의 주제가 '우리들의 반성'이었다.

그렇게 내내 성찰로 일관하던 회의 주제가 갑자기 '스승님의 성토'란 김밥 옆구리 터치는 주제로 생뚱하게 변질되면서 아이들의 눈빛이 반짝반짝 빛이 났으니 묘한 사태이다. 덕분에 그날 학급 회의가 아주 모처럼 심각한 분위기를 타면서 저마다 진지한 표정으로 눈을 부릅뜨기 시작했으니 미처 예견하지 못한 상황이다. 감히 스승들의 교수법 태도와 성실성을 성토하게 될 줄은 진짜 꿈에도 생각해본 적이 없다. 그것은 모처럼 진지함의 수렁에 빠뜨리는 동시에 모두 정의감으로 불타게 만드는 최면의 효과가 있었다.

"선생님들도 반성해야 돼."

조무래기 그룹인 조천문이 슬쩍 던진 그 말이 처음에는 뜬금없이 들렸으나 곧이어.

"우리가 아무리 열심히 공부하려 해도 선생님들이 맨날 자습만 시키고 단축 수업만 시키면 기초가 빠져 왔죠니 허당이거든."

 불쑥 말을 던진 태근이는 키가 크며 칼날 바지 패션으로 동급생과의 차별화를 시도하는 사춘기 청소년이다. 날마다 모자 천장으로 교복 하의를 문지르고 또 문지르며 바지의 각을 반듯하게 세우더니 언제부터였나, 콧수염 색깔도 거무스레 굵어져갔다. 어쨌든 날나리 풍의 태근이가 농땡이 스승들을 성토하면서 나머지 아이들까지 작정한 듯 표독한 표정으로 변신했다. 럭비공 사춘기로선 얼떨결에 포장된 자기 확인을 증명하려는 듯 목소리를 높이기 시작했다. 처음에는.
 "공부를 하긴 했냐? 니가 언제?"
 동수가 슬쩍 시비조로 핀잔을 한다. 그는 반장을 빼앗기는 동시에 몽둥이도 빼앗겼으므로 지금은 이빨 빠진 호랑이처럼 호구가 된 상태이다. 이제는 폭군형 권력 대신 냉소적인 말투로 아이들을 씹거나 툭툭 건드리는 정도이다. 더러는 덩치 큰 아이들이 맞짱이라도 뜰 듯 노려보기도 해서 지난 학기의 권력이 무상하게 사라졌다는 느낌이 들기도 하고.
 "종식이는 열심히 하잖아. 강철이나 학준이도 ……내 얘기가 아니잖아. 우리 교실 면학 풍토 얘기지."
 "느덜 전부 단축 수업하면 헤벌레하며 만세 불렀잖아. 짜샤."
 "그땐 그때고 지금은 사정이 달라. 비싼 등록금 냈으니 우리도 학습 환경을 위해 요구 사항을 전달할 수 있는 거야. 그게 민주주의이지. 민주주의는 시민 스스로 필요한 요구와 의견을 내세우는 거야."

"축구 시합 관람하는 단축 수업은 재미있는데."

조무래기 성렬이가 툭 던지자.

"그거하곤 다르지. 학교의 명예를 건 경기 응원은 엄연한 교육 프로그램이니 전교생 모두 기쁜 마음으로 동참해야 하는 거야. 수업 농땡이랑은 다르지."

대통령배 축구 시합을 응원하기 위해 효창운동장에 단체 관람을 가는 행사는 학생들과 스승님들까지 일체감을 이루었으므로 당연히 경우가 다르다. 좌우간 학교별 운동 시합이 벌어지면 스승과 제자까지 일치단결이 되었다. 동대문 스케이트장에서 벌어진 고교생 아이스하키 시합도 마찬가지이다. 그건 학교의 명예를 걸고 싸우는 것이므로 단축 수업을 하더라도 응원 연습도 열심히 하면서 학창 시절의 가장 신나는 탄력 타임을 만들어야 한다. 당연히 스승과 제자 모두 쌍수를 들어 환영하는 행사였다. 그러다가 애교심이 지나치면 상대 팀에 대한 증오로 바뀌면서 이따금 폭력 충돌이 벌어지기도 했는데.

흥분을 삭이지 못한 양 팀 응원단들끼리 경기가 끝나고도 패싸움까지 벌인 것이다. 주로 패배한 팀의 응원단들이 먼저 싸움을 걸었으므로 경기가 끝나자마자 곤봉 든 제복의 경찰들이 우르르 몰려들어 응원석 중간을 가로막았다. 그리고 이긴 쪽 학생들이 어느 정도 귀가한 걸 확인한 후 패배한 쪽의 응원단들을 풀어주며 돌발 상황을 막았다.

그래도 이따금 다른 학교 고교생끼리 각목 싸움이 벌어지기도 했다. 버스를 기다리다가 만난 두 학교 학생들끼리 쫓고 쫓기면서 패싸움을 벌이기도 하고 축구 경기장이 아닌 종로 어디쯤 골목에서 서로 교복과 배지를 확인한 다음 치고받기도 했다. 진 팀의 응원단들이 이긴 팀 학생의 쓰러진 몸 위에 돌멩이를 올려놓았다는 풍문도 돌아서 가슴이 조마조마하기도 했는데.

그러거나 말거나 당면한 문제는 시도 때도 없이 만들어내는 맹탕 자습 시간이다. 교무실에 가보면 선생님 자리가 비어있을 때도 있었지만 주로 밀린 업무에 골똘하거나 아예 책상에 엎어져 낮잠에 빠지다가 시간을 깜빡 놓치기도 했다.

그러니까 선생님들도 알아야 한다. 아이들이 공부를 싫어하는 게 맞다고 치더라도 모든 자습 시간을 마냥 좋아만 하는 것도 아니라는 점을 놓치면 안 된다. 럭비공들의 이중적 속성도 대개 그렇다. 노는 걸 좋아하지만 '스승의 구속'도 운명으로 받아들인다. 자신의 성실성을 주장하는 건 민망한 일이지만 그 학교 수준만큼은 높은 평가로 받기를 원하니 그게 모교에 대한 자존감이 되기도 한다.

"선생님들 때문이야."

태근이가 다시 정색을 지으면서 토론의 판세가 '기울어진 운동장'에서 '평평한 교실'로 자세를 바꿔 잡은 것이다. '선생님은 가르치기를 좋아한다'라는 고정 관념이 이렇듯 쉽게 깨질 줄도 차마 몰랐다. 그렇게 베일을 하나씩 헤쳐 가는 게 럭비공 청소년들이 어른이 되는 과정이리라.

"담임 사부인 상업 시간을 봐라. 그런 스승들로 포진되면 절대로 학습 분위기를 잡을 수 없어."

그 순간 갑자기 두뇌의 크기가 확장되는 심장박동으로 경운기 엔진처럼 탈탈탈 튀는 것이다. 끄떡끄떡 졸던 아이들도 사부님 성토 대회 응원군으로 우르르 몰려들며 눈빛을 번뜩였다. 그 와중에도 아주 잘 때리는 폭력 스승들은 성토 대상에서 제외되었다. '스승의 몽둥이는 곧 아이들에 대한 사랑'이라는 금기를 도저히 깰 수 없던 것이다.

주로 칠판 지우개로 뺨을 때렸다. 손바닥으로 때려도 아이들의 뺨이 더 아프기야 하겠지만, 열 명 이상을 때리다 보면 스승의 손바닥에도 불이 활활 오르기 시작한다. 슬리퍼가 더 아프겠지만 허리를 구부리며 벗는 동작이 엉거주춤했으므로 아무래도 손에 빠르게 잡히는 칠판 지우개가 가장 안성맞춤이다. 아무튼 맞으면서 배워야 실력이 는다는 거엔 아무도 이의를 달지 않았다.

"스승님 중 딱 한 분만 골라 고발하는 게 설득력 있을 거야."

"맞아. 종로통 17대1의 패싸움도 한 명만 골라 패라고 했어."

"이건 비겁이 아니라 전략이야."

이러저러한 이유로 상업님 혼자 과녁으로 딱 걸린 것도 생뚱한 사태이다.

"반장이 직접 건의해야 돼."

동수가 '고양이 목에 방울을 걸 쥐'의 역할로 하필 학준이를 지목했다. 어쩔 수 없다. 아이들은 '수위를 너무 높였나?' 하는 생각으로 조바심이 들기도 했지만 모처럼 정의로운 판단을 전달해줄 밀사가 필요하다는 데에는 이의를 제기하지 못했다. 그렇게 반장 학준이를 대표로 추대한 동수의 손을 들어주면서 자기들은 뒤로 쑥 빠지는 것이다. 반장이 가야 한다. 그게 학급 지도자의 책임이요, 권리요 의무가 된다. 나는 가슴이 조마조마해서.

"교장님한테 진짜로 갈 거야? 그래도 담임님인데."

학준이의 입술이 지그시 깨물리더니 눈빛이 바르르 떨린다. 내 말을 들은 아이들도 잠시 숨을 멈추고 책임자로 추대된 반장의 표정만 지켜보는 중이다. 분명한 점은 침묵이 무거워지는 만큼 우리들의 의식이 자꾸 성숙한다는 것이다. 그리고 지금만큼은 이 스릴 넘치는 분위기를 끝까지 지키고 싶기도 한데.

"모두의 의견이 모아지면……갑니다. 제가."

"뭐라구?"

모두 학준이를 돌아보면서 일순 정적이 흐른다.

"퇴학이라도 당하면."

학준이도 마음이 심란하긴 했을 것이다. 더구나 학급 반장이 교장님께 담임을 고자질다는 게 쉬운 일이 아니다. 그러나 62명이 일치단결로 모아진 의견이 다시 바꾸면 변절자가 되므로 어차피 불가능하다. 그리고 실제로 갔다. 아, 갔다. 이제는 돌아올 수 없는 다리를 건넜고 그 다리가 불태워졌다.

 그래도 악동들의 본성은 역시 어쩔 수 없나 보다. 반장 학준이 하나만 나무 위에 올려놓은 채 세차게 흔들었을 뿐 딱 그때뿐이었다. 다음 시간부터는 모두 회의 내용을 까맣게 잊고 다시 도깨비 시장을 만들었으니 역시 바뀔 수 없는 졸개 체질이 맞다. 범생이들은 여전히 공부에 빠지면서 오로지 이기적 학구 분위기로 우물처럼 따로따로 고여있었고 나머지 불량 사탕들과 조무래기들은 다시 프로 레슬링 선수처럼 이리저리 날뛰었다. 교실 뒤편이나 복도에서 엉키고 뛰고 뒹구는 혼재의 시간을 보낸 사흘 뒤.

 "나왓!"
 그렇게 스승의 잔혹 보복이 시작되었다.
 "교과서 안 가져온 놈들. 나오라굿! 시캇!"
 단 한 번도 교과서에 신경을 쓰지 않던 상업님이 생뚱맞게 책 검사로 비상 사이렌을 울릴 줄은 차마 몰랐다. 한동안 상업 교과서를 잊고 살아온 조무래기 그룹들의 허가 찔리면서 덫에 걸린 것이다. 스무 명 넘는 박박머리들이 어리둥절한 표정으로 칠판 앞에 끌려 나갔다. 그리고 하나씩 차렷 자세로 세우더니.
 딱.
 칠판 지우개로 **뺨**을 두 대씩 갈기더니 발길질로 무르팍을 걷어찼다. 예상 밖의 무서운 매질이었다. 특히 지우개 껍데기의 엄청난 위력으로 선두 그룹 몇몇은 맞자마자 게시판 뒤쪽까지 뺑뺑 밀려 나가 쓰러졌으니 역시 스승님들은 모두 파워가 좋다.

"교장한테까지 간 새끼들이 교과서를 안 가져왓!"

주먹으로 훅을 맞은 영모는 아직까지 숨을 쉬지 못한 채 헥헥거리는 중인데.

'아, 학준이가 교장님한테까지 올라갔구나.'

사태를 알아챈 우리들이 죄인처럼 바싹 오그린 채 상업님의 처분에 다소곳이 몸을 맡길 수밖에 없었다.

"이 새끼야. 교과서 없이 수업에 들어오는 건 총도 없이 전쟁터에 나가는 거와 똑같아. 장가가는 놈이 붕알 떼놓고 아기를 낳을 수가 있냐굿? 그런 정신으로 어떻게 내년부터 시작되는 대망의 70년대를 맞이할 거야? 자세도 안 되고 책임감도 없는 쇄키들."

그러나 상업님은 약점이 명확한 아이들만 두들겨 팼을 뿐이다. 교과서를 챙기지 못한 아이들만 골라 중죄인으로 치부하여 싸대기를 날렸을 뿐 반역의 주범인 반장은 건드리기는커녕 눈도 마주치지 못한 채 철저하게 외면했다. 차라리 반장 학준이를 교탁 위에 세워 매우 치든 일대일 결판을 짓든지 해야 했다. 그보다 안타까운 건 뒤끝조차 허약했다는 점이다. 매타작을 끝내더니 창문 쪽으로 돌아서서 좁은 어깨를 들썩이는 모습이 갑자기 왜소증 환자로 변신하는 것이다.

아이들의 비겁은 더 이상 언급하기도 귀찮을 정도이다. 스승께서 '종로에서 싸대기 맞고 한강에서 발길질' 하듯 칠판지우개를 숑방숑방 날려도 누구 하나 이의를 제기할 엄두를 내지 못했다. 그러거나 말거나 학준이 혼자 꼿꼿하게 칠판만 바라보는데, 상업님은.

"폐병이 악화되어 더 이상 가르치기가 힘들어요. 오래 가진 못할 거예요."

'오래 가진 못한다' 는 의미가 뭔지는 알 수 없었다. 교직을 그만둔 다는 건지 아니면 살 날이 얼마 남지 않았다는 건지 그게 엄청 궁금한 건 아니었지만 아무튼 영원히 미해결이 되었다. 또 하나, 상업님은 당연히 징계를 당하지 않았다. 다만 어디선가 두꺼운 백과사전 하나를 구해오더니 수업 시간마다 칠판 가득 필기만 해놓았다. 더러는 상업 과목과 전혀 상관이 없는 내용도 있었지만 아무도 이의를 제기하지 못했다.

그리고 나는 창문 쪽으로 몸을 돌린 채 '푸우푸' 한숨 쉬는 스승의 뒷모습을 안쓰럽게 바라보았을 뿐이다. 그러다가 삽날에 찍힌 듯 어깨를 움찔할 때 아, 나는 실제로 보았다. 상업님의 좁은 어깨가 까맣게 시든 나뭇잎 빛깔로 변하면서 재티처럼 푸시시 무너지는 풍경이다. 그뿐이었다. 갑자기 잦아지는 스승의 어깨가 안쓰럽게 느껴지기도 했으나 '내 마음속의 옹매듭' 을 돌려놓지 못했으니, 딱 거기까지이다.

'아픔을 하소연한다고 사랑할 수는 없어요.'

그 말을 심장 깊숙이 감춰놓은 채 꽁꽁 묻었다. 더러는 '우리가 너무 했나?' 하며 갸우뚱하는 아이들이 하나씩 생기기도 했으나 대부분이 외면했다. 어느 날이었을까, 교장님과 일대일 면담을 시도한 학준이가.

"선생님이 눈물도 흘렸어. 가슴이 아파."

쓸쓸한 표정으로 설득했지만 설레설레 고개를 흔들었다.

"내 손을 잡고 눈물도 흘렸어."

그러나 스승의 가슴이 아픈 건 인정하지만, 칠판지우개로 싸대기 맞은 아이들처럼 실제로 생살이 찢어지게 아프지는 않았을 것이다. 그리고 궁금했다. 선생님은 앞으로 과연 수업 내용을 '자동빵 책 읽기' 대신 '무대뽀 필기 작전'으로 바꿔서 겨울이 끝날 때까지 버틸 것인가. 키 작은 중학생은 그렇게 열네 살을 보내면서 가끔 면도날로 책상 모서리를 깎아내곤 했다. 내년은 달력 연도의 세 번째 숫자가 '7'자로 바뀌면서 드디어 대망의 70년대를 맞이하게 된다.

반공웅변대회

"나왓!"

배 교련님이 걸친 라이방 푸른 색깔이 초여름 햇살 받아 집합 대열 쪽으로 반짝반짝 반사되었다. 손바닥 싸대기 한 차례에 김창규의 고개가 아주 잠깐 뒤로 제껴졌으나 딱 거기까지였다. 나중에나마 정강이를 약하게 툭툭 친다는 건 더 이상 때릴 마음이 없다는 의미이다. 창규의 고개도 제자리로 돌아왔으니 당연히 거기서 상황이 종료되었다. 매타작 당하는 걸 마친 창규가 배 교련님께 70도로 정중하게 고개를 숙인 다음 대열로 들어가면서 재빨리 손가락 V자(字) 날리는 걸로 마감된 것이다. 혓바닥으로 윗입술을 살짝 핥으며 냉소를 보이긴 했지만 아무 일도 없었다. 그랬다. 그의 손가락 V자(字)는 '싸대기 정도는 괜찮다는' 확인 메시지이다.

지금은 조금 튀는 행동을 보였지만 창규는 원래 정평이 난 범생이 과(科)다. 딱 하나, 교복 바지 위에 교련복 윗도리를 입고 운동장 행렬에 모였으니 '복장 위반'이라는 죄목이다. 달포고교 2학년 5반 점심시간에 도시락 반찬으로 가져온 김치 병의 국물이 교복에 묻은 것이다. 수돗물로 박박 비빈 다음 교련복 윗도리만 갈아입고 온 게 걸린 거란다.

그때는 그랬다. 학교 배지와 학년 배지도 수직으로 똑바로 세워야 했고 단추 다섯 개를 채우고 성냥골만 한 호크의 양쪽 갈고리로 벌어진 목 부위까지 또박또박 끼워야 했다. 그중 하나만 어긋나면 교문 통과를 하지 못했고 가끔 불시 점검을 나온 교실에서도 얻어맞았다. 검정색 양말로 통일시켰고 교복 속의 티셔츠나 겨울에 입는 잠바도 검은색만 입어야 했다.

머리카락은 3센티까지이다. 훈육부 스승들께서 중간고사 기간에 들어와 두발 검사를 했다. 시험 보는 학생의 머리에 스승의 손을 얹어서 손가락 위로 머리카락이 튀어나오면 바리깡으로 가차 없이 밀어내었다.

질풍노도들은 한계 내에서 버텨냈다. 귀밑이 밀리면 반창코를 붙여 흔적을 감추며 버텼고 아예 이마에서부터 정면으로 고속도로가 나면 이부머리로 조금만 깎은 채 모자를 눌러쓴 채 감추고 다녔다. 시간이 빨리 지나 나머지 머리가 길어지면 다음을 참이다.

전교생 고딩 1,400명 중 신문을 탐독하는 학도는 김창규 하나가 유일하다. 처음 한때는 그와 함께 웅변부에 동행함이 든든했으나 2학년에 올라오자마자 선을 그었다. 하굣길 버스에서 헤어지기 직전,

그가 조간신문을 가방에 넣으면서.

"웅변부 빠져야겠다. 대회에도 안 나가고."

봉구는 이미 예상되었음을 느끼면서도.

"왜? 원래 그런 마음이었니?"

"마이크 잡는 건 재미있지만 …… 거짓말 문장으로 목청을 높이는 게 괴로워."

그럴 수도 있다. 웅변은 그냥 선동 작업이지 내용의 진정성 여부를 논하지 않는 것만큼은 확실히 맞다. 또 하나, 창규는 공부를 워낙 잘하므로 솔직히 대입 수단으로 굳이 웅변부 특기를 노릴 필요가 전혀 없다. 그러나 나머지 멤버들은 다르다. 공부건 웅변부 특기생이건 다리 한 짝 정도는 걸쳐놔야 마음이 놓인다. 이제 그가 나간 웅변부에서 동급생은 봉구를 포함하여 딱 세 명만 남았다.

배재세 교련님,

이름 석 자에 받침이 하나도 없는 만큼 차갑고 싸늘한 표정의 사내이다. 원래 체육 교사를 꿈꾸었으나 고교 시절에 철봉의 '대차 돌리기' 시범에서 낙상한 후 체육부 진학을 포기했다고 들었다. '대차'는 양손으로 철봉을 쥐고 원을 그리듯 몸 전체를 빙글빙글 돌리는 기술로 그 코스를 통과의례로 마쳐야 다른 고난도 회전 기술과 연계가 된다. 그 초장 고난도에 겁을 먹으면 당연히 포기해야 한다. 그렇게 교련 선생이 되었다는데 더 자세한 내막은 알려주지 않는다.

계급장도 다르다. 교관들은 중사 이상으로 대개 예비역 대위가 주축인데 유독 배 교련님만 작대기 네 개짜리 병장 계급장이었다. 정식 교사가 아니라 준교사인데 대학을 나오지 않은 채 그냥 교원양성소 출신이라고 귀동냥으로 들은 것도 같다. 그래서일까, 그는 대개 사복 차림에 라이방을 쓰고 나타났다. 그러거나 말거나 모두 발발 떨었다. 그가 마이크를 잡는 찰나 사춘기 럭비공들 모두 꽁꽁 얼어붙은 채 기계처럼 팽팽 돌았다. 그가 사열대 아래에 서서 고래고래 소리 지르는 만큼 학생들의 동작도 민첩해지는 것이다.

그렇게 전교생이 운동장에 정렬되면 정옥산 교관이 사열대 위에 올라 다시 마이크를 잡는다. 예비역 대위인 정 교관이 마이크 품격을 세우는 건 '차려놓은 밥상에 숟가락 얹어놓듯' 쉬웠다. 배 교련이 악역을 맡아 럭비공들의 기를 바싹 죽여 놓은 후 완전히 평정된 운동장에 그가 나타나 인심 쓰는 역할로 스멀스멀 너털웃음만 치는 것이다. 지금도 정 대위는 '열중 쉬엇' '차렷' 구령만 두어 차례 반복하다가 학생 연대장에게 통솔 배턴을 넘기는 정도로 끝을 내었다.

언제부터였나, 교련 시간이 아니더라도 운동장 집합에서는 무조건 군대식 용어로 대체시켰다. 교실의 반장 명칭이 운동장에서는 소대장으로 바뀌었고, 세 반 이상이 모이면 중대장, 그리고 학년 전체가 모이면 대대장으로 부르고 두 학년 이상일 때는 연대장의 직함으로 통솔했다. 운동장은 연병장이 되었고 경례 구호는 '안녕하십니까?' 대신 '받들엇 총'이 되었다.

이제 교장님의 일장 훈시가 길게 이어질 차례이다. 그 역시 차양이 넓은 새마을 모자에 라이방을 걸치고 나타나니 얼핏 지프차에 올라탄 개선장군처럼 위용이 서린다. 그렇게 교정의 모든 체계가 병영 막사 시스템으로 변신되던 시국이다. 이번에는 당포여중에서 원정 나온 여중생 400여 명이 포함되어 있어서인지.

"연대 차렷!"

오늘따라 담벼락 너머 구령 소리가 더욱 쩌렁쩌렁 터진 것 같다. 여중 2학년 두 명이 웅변대회 연사로 선발되어 동급생 응원 차 집합된 거란다. 지금은 운동장 오른쪽 교문 쪽에 자리 잡고 참새떼처럼 재잘대다가 때때로 사내들과 눈빛 스파크라도 터지면 재빨리 고개를 돌리기도 한다. 나풀대는 스커트 아래로 드러난 종아리가 황홀하게 빛을 터뜨린다.

고3 수험생만 예비고사 준비를 이유로 모이지 않았으니 지금은 2학년 대표 김명연이 연대장 역할을 맡는 중이다. 그의 아버지가 별 하나, 완 스타(one star)인데 그도 졸업하면 사관학교 시험을 치를 거라고 했다. 무사히 합격만 하면 앞길이 환히 열린다나 어쩐다나.

가끔 당포여중 대열에서 '저 옵바 멋있다' 수런대는 소리가 들리는 것도 같다. 그랬다. 당포중학생 전체 1,200명과 달포고 1·2학년 960명 그리고 당포여중 400명이 따로따로 공간을 차지한 채 모여 있으니 총원 2,300명이 넘는 어마어마한 숫자이다.

"연대 쉿엇."

구령 소리에 맞춰 뙤약볕 아래에 늘어진 몸들도 쉬어 자세를 취했다. 교장님은 마이크를 잡더니.

"조용히 해라. 거기 후미, 입 다물엇!"

그의 노여움이 터질까 봐 교련님들뿐만 아니라 다른 과목 스승들까지 노심초사 눈을 부라리며 레이더 감시망을 번뜩였으므로 마침내 운동장 전체가 수렁 같은 침묵에 빠진다.

"아, 마이크 시험 중, 잘 나와요?"

배 교련님이 차렷 자세로 고개를 끄떡이자 고요의 늪이 걷히면서 마이크 소리가 운동장에 채워진다. 짱짱한 덩치에 쩌렁쩌렁한 목소리만큼 무게가 세워진다.

"1·21 침투 무장공비 생존자가 뭐라고 한지 알지요? 다 죽고 김신조 하나만 살았는데 기자회견장에서 '박정희 목을 따러 왔시오.' 해서 전 국민의 간을 오그라들게 만들었지요. 그러고도 불과 열 달도 안 된 그해 1968년, 울진 삼척에 무장간첩들이 침투했단 말입니다……엇! 또 말을 안 듣네. 거기 후미 몇 반인가? 뭣? 2학년 5반? 딴전 피우지 맛! 이시키들."

초여름 햇빛 받은 플라타너스가 초록색 그늘을 내리는 중이다. 서울 한복판의 운동장 구석에도 초여름 매미 소리가 시원하게 들리는 게 신기하고 다행스럽다.

"제군들, 울진 삼척 사건 알지? 강원도 평창군……."

고개 숙여 메모지를 힐끗 훔쳐보더니.

"에또, 진부면 노동리 어느 초가집에 무장 공비 다섯 명이 쳐들어 와 무조건 밥을 지으라는 거예요. 쌀이 없다고 하자 조밥이라도 지으라고 들이대다가 이승복 어린이에게 '남한이 좋으냐? 북한이 좋으냐?' 물을 때 용감무쌍하게 '나는 공산당이 싫어요'라고 대답해서 입이 찢겨져 죽었어요. 우리 모두 그 투철한 애국 반공정신을 본받아야 북괴와의 싸움에서 승리할 수 있는 거야."

 이번에는 윤리 과목 황보탁 스승님이 마이크를 잡으며 웅변대회 연설을 듣는 자세와 채점 과정에 대해서 말씀을 늘어놓는다. 성이 '황'이고 이름이 '보탁'이 아니라, 성은 '황보' 두 글자이고 이름은 '탁'이라는 외자(字) 이름의 스승님이다. 한국의 그레고리 펙이라 불리우는 영화배우 남궁 원의 성이 '남궁'이고 이름이 외자 '원'이었던 것처럼.
 그의 수업 내용은 확실히 많이 달랐지만 딱 거기까지였다. 지난 4월이었던가, 벚꽃이 눈보라처럼 쏟아지던 그 날이 확실하다. 황보 스승께서 제2차 세계대전 중 독일군과 프랑스군의 크리스마스 축구 시합 이야기를 들려준 게 오래도록 감동적이었다.
 "적군끼리 대치 중인 삼엄한 전쟁터 크리스마스였지. 프랑스 참호 쪽에선가 먼저 크리스마스 캐럴이 흘러나온 거야. 처음에는 군인 몇 사람이 부르다가 서서히 참호 전체로 울려 퍼지면서 점차 소리가 커진 거야. 그러자 맞은편 독일군 참호 속에서도 캐럴을 따라 부르다가 마침내 적군끼리 합창 하모니가 된 거야."

　다른 아이들은 몰라도 봉구만큼은 전쟁터 아군과 적군이 동시에 하나가 된 평화로운 스크린을 떠올리며 두근두근 설레었던 게 확실하다. 나머지 럭비공들의 관심은 다를 수도 있다.

　"그렇게 크리스마스 노래를 함께 부르다가 마침내 독일군과 프랑스군들이 모두 참호를 나와 담배를 나누어 피웠어. 가족사진도 돌려 보고 젊은 그들끼리 서로의 애인 이야기도 묻다가 양 팀으로 나누어 축구 경기를 펼쳤어. 프랑스가 3대2로 이겼지만 마지막 골이 업사이드였으니 사실은 비긴 거야. 아름답지? 솔직히 말해서 적의 국가라도 병사들끼리 총을 쏘아야 할 하등의 이유가 없다."

　아니다. 전쟁터의 크리스마스 화합은 딱 그때까지만 아주 잠깐 아름다웠을 뿐이다. 다시 포탄과 화약 냄새와 연기가 쏟아지며 수천만 명이 죽고 수천만 명의 팔, 다리가 잘린 것이다. 패전 직후 독일 여성 수백만이 러시아 병사에게 강간을 당하고도 항의하지 못했던 건 그들 역시 러시아 침공 때 똑같은 행위를 범했더라는 설명에서 그 야만성을 감당하기 힘들었다. 숙연했다.

　그런데 오늘 운동장에서의 자세는 다르니, 황보 스승의 웅변 심사 원칙은 그냥 미주알고주알 평이할 뿐이다. 공간이 인격을 부여한다 했던가, 칠판과 운동장이란 배경이 그렇듯 스승의 표정을 바꾸기도 한다.

　"웅변 시간 6분을 기준으로 안팎 초과 미달 때마다 1분에 1점씩 감점합니다. 내용과 목소리, 논리성과 설득력이 20점씩이지만 청중들의 자세도 20점이 포함되어 있어요. 총 다섯 분야의 점수를 합쳐 100점이 만점인데 여러분들이 잘 들어줘야 원하는 연사가 좋은 점수를 받게 됩니다. 알겠지요? 조용하게 똑바로 듣고 박수를 크게 치면 그만큼 점수가 올라갑니다."

봉구는 달포고등학교 웅변부 선수이다. 그리고 웅변부 회원들 모두 이 교내대회를 싹쓰리 하기 위해 보름 이상을 연습에 집중했었다. 일반 도전자에게 순위를 따먹히면 체면이 말이 아니므로 긴장 모드에 돌입한 채 수업이 끝나자마자 무조건 웅변부 교실에 모였다. 강경석 선배는 3학년 졸업반인데 키는 석동이보다 2센티 작지만 덩치가 워낙 커서 별명도 하마였다. 그는 현재 강국대에 웅변특기생으로 입학하는 걸 목표로 하고 있다.

지금은 웅변부 후배들을 모아놓고 열강 중인 그는 초딩부터 시작한 캐리어답게 웅변의 발성법과 심사 과정의 모든 맥락을 알고 있는 베테랑이다. 그가 가장 중시하는 것은 성대이다. 목소리를 배에서 끌어내지 못하고 목에서 나오면 무조건 감점이라는 걸 안다. 그러니까 숨을 쉬면서 가슴과 배를 올리고 내리는 복식 호흡이 중요한 것이다.

"주먹으로 책상이나 뻥뻥 치는 건 쌍팔년도 뽕짝 포즈로 심사위원들에게 즉각 감점 대상이니 절대 금지야. 개정판 하이라이트 제스처는 왼손을 먼저 부들부들 떨면서 올리고 다시 오른손을 불끈 올려 대칭을 만든 다음 양쪽 팔을 동시에 하늘로 찌르듯 치켜드는 거야."

"강력히, 강력히 메시지를 보냅니다. 이렇게요?"

"아니, 처음 올린 왼손 '강력히' 보다 나중에 올리는 오른손 '강력히'를 조금 높고 터프하게 꺾어야 해. 그리고 마지막 양팔은 더 부들부들 떨면서……청중들이 '어, 처음도 엄청 강하더니 그다음은 더 강하더니 마지막엔 완죠니 강하네' 하는 느낌이 들도록."

그의 지시대로 몸과 마음을 일체화시키며 움직였다. 첫 번째 '메시지'에서 왼손을 불끈 올리며 팔뚝 수평선을 만들면서 다시 두 번째 톤을 올릴 때도 오른손을 똑같은 수평 높이로 세우더니 다시 부들부들 떠는 것이다. 그러다가 약 2초 후에 양 주먹을 불끈 올린 다음 마지막으로 손끝을 하늘로 쫘악 펴 올리는 포즈를 취했다. 대본은 졸업한 선배들한테 물려받았다고도 했고 웅변학원에서 베낀 거라는데 사실 여부는 알 바가 아니다. 다만 봉구를 쳐다보며.

"웅변학원이나 대학생 선배한테 조언을 받으란 말이야. 이웃집 대학생 없어?"

그렇게 말한 것을 미루어 짐작하는 정도이다.

하마 선배가 나간 후 2학년끼리 자발적으로 목청 연습에 돌입하기도 했다.

"하나면 둘이요……둘이면 셋이요……셋이면 넷이요……넷이면 다섯이요."

처음에는 낮은 음성이었다가 점차 고강도로 소리를 올리며 복근을 위아래로 동시에 움직이는 중이다. 어절이 하나씩 넘어갈 때마다 목소리를 한 톤씩 올리는 것인데 대략 다섯 정도가 한계점이어서 목청이 더 이상 올라가지 않았다. 그러나 여기서 멈추면 안 된다. 예비고사 패스 여부도 불투명하니 아무래도 대학 입시는 웅변특기자 전형으로 가는 게 무조건 유리하다. 성대가 터질 때까지 한 톤씩 올릴 수 있어야 목청과의 싸움에서 이기는 것이다.

이번에는 복식 호흡으로 점검하는 중이다. 동급생 리더인 석동이가 배를 만지며 시범을 보였다. 석동이는 나이도 한 살 많고 키가 크지만 손바닥이 따뜻하고 손가락이 가느다란 체질이라 배에 닿은 그의 손길이 얼핏 여자처럼 부드럽다는 느낌이 들었다.

웅변부 동급생은 그렇게 키다리 선수가 하나, 짧은 장롱다리가 둘인데 두 작다리 중에서도 가장 작은 회원이 바로 봉구이다. 또 하나의 단신 김재의는 158센티로 봉구보다 반 뼘 정도 크다. 그는 키는 작지만 역시 재수생 출신답게 어깨가 넓고 목소리도 굵어서 뒷자리 아이들도 함부로 건드리지는 못한다. 그러나 봉구는 다르다. 고2라고는 하지만 이제 겨우 중2 수준으로 사춘기가 뒤늦게 찾아온 것이다. 여드름이나 콧수염도 없고 아직 사타구니에 털도 나지 않았다. 지난여름 젖멍울이 겨우 섰으므로 앞으로 클 거라는 막연한 기대를 해보는 중이다. 남자는 군대에 가서까지 크는 사람이 있다니까.

"내 손바닥의 움직임 따라 배를 내밀었다가 다시 집어넣는 동작을 반복하는 거야. 손바닥을 위로 쓸어 올릴 때 아랫배를 집어넣고 반대로 뱃살을 위아래로 올리고 내리는 게 복식 호흡의 맥이야. 폐활량을 늘려야 성량이 좋아지지."

"대학에 가면 ······웅변부 선배가 후배 여학생들 복식 호흡 시키기 위해 배를 만질 수도 있어. 이히히. 미치겠다."

"계집애들도 가만히 배를 대주어야겠지."

"웅변부 뿐만 아니라 가수나 연극쟁이들도 이런 훈련을 거치는 거야. 여배우들은 더하대."

"여자들은 배가 안 나온 척 감추기 위해 숨을 들이마시며 일부러 배를 쑥 집어넣는 거야. 애매하지."

"손을 위로 올려보면 무덤 두 개가 툭 걸리겠지."

그 순간 갑자기 하체의 힘이 쫘악 빠지면서 가슴이 싸하게 흔들리는데, 어렵쇼, 석동이가 재수생 출신답지 않게 키득키득 개구진 웃음을 터뜨리는 게 수상하다. 봉구의 머리에도 웬 남자 대학생의 손바닥이 예쁜 후배 여학생의 배를 만지는 장면이 번쩍 떠오르는데, 자칫 나쁜 손으로 변신할지도 모른다는 노파심이 생기는 찰나.

"아예 내리는 게······우히히."

그 아찔한 상상에 빠지는 순간, 석동이의 손이 봉구의 사타구니를 훑을 수 있다는 생각을 놓친 것이다. 그야말로 깜빡의 찰나였다.

"이 자식."

석동이가 키득키득 웃으며 발기된 아랫도리를 재빨리 훔친 것이다. 순간 봉구가 아차, 하며 얼굴이 새빨개졌으나 이미 엎질러진 물이다. 그나마 아무도 관심이 없었다는 게 다행이다.
"오해하지 마."
달아오른 얼굴로 그의 웃음을 막으며.
"난 지금 오줌이 무지하게 마려운 중이야."
애절한 눈빛으로 변명을 반복하는 것 이외에는 방법이 없었다. 오히려 피의자인 석동이가 너그러운 표정으로.
"그게 수컷의 반사적 열정이야. 건강한 럭비공 청춘의 반응답네."
그 바람에 봉구 역시 '사춘기 몸의 남성적 반응은 부끄러운 게 아니구나' 하고 간신히 정리하며 마음을 겨우 가라앉혔다.

어느 날 영어 수업 빈자리의 대타로 등장한 생물님이 뜻밖의 성교육을 해준 적이 있는데 그게 질풍노도들의 위안이 되기도 했다. 특히 자위 행위 같은 생리 욕구는 사춘기 시절에 당연히 일어날 수 있는 현상이니 절대로 죄책감을 갖지 말 것이며, 일주일에 한 번 정도 수음 행위가 전립선 순환에도 괜찮은 거라고 가르치기도 했다.
"그걸 여러분들은 '찍 쌌다'고 하지요."
푸하하. 배를 잡고 웃으며 교실 전체가 자발적 집중에 빠졌던 적도 있다.

당포고 웅변부는 강국대학교 주최 고등학생 웅변대회를 목표로 일단 교내 대표로 선발 되는 걸 오픈게임으로 규정했다. 하마 선배와 석동이(178센티) 그리고 재의와 봉구까지 4명이 당포고의 웅변부 대표로 일단 참가 신청을 했다. 웅변부가 아닌 당포고 일반학생 세 명을 포함해서 총 7명이고 당포중학생 7명과 같은 재단 사립학교인 당포여중생 2명을 합치면 총 16명의 연사가 출전한다. 여기서 3등 안에만 들면 그 대학 특별입학생의 선발대회에 참여할 예비자격이 주어진다.

웅변대회는 당연히 반공이 주제였다. 글짓기에는 그나마 '산아제한'이나 '산림녹화' 같은 게 주제로 포함되었으나 웅변만큼은 오로지 반공, 승공, 멸공이었다. '반공'은 공산주의에 반대하는 것이고 '승공'은 공산당을 이기는 것이고 '멸공'은 북괴를 완전히 멸망시킨다는 뜻이다.

즉석 제비뽑기 순서에서 하필 봉구가 1번이 되었으니 가슴이 기차화통처럼 덜컹거린다. 16명의 연사가 대회에 오를 경우 3번에서 9번 사이의 순서가 가장 적당하다. 1번은 심사위원들이 일단 중간 잣대로 먹여놓고 채점할 가능성이 많으므로 1등은 불가능하다. 10번 이후는 청중이나 심사위원 모두 지루해져서 제대로 집중하기 힘들다. 청중 학생들은 조근조근 떠들기 시작하며 심사위원도 졸음에 빠질 수도 있다. 특히 여름날의 운동장은 찜통 더위로 청중들이 녹초가 될 수도 있으니 순번도 중요하다.

봉구가 단상에 올라 시작하려는 순간 바람이 몰아치면서 원고가 휑 날아간 게 치명적이다. 전교생의 웃음이 와르르 부서지는데 원고를 잡으러 단상 아래로 내려가면서 머리가 하얘진 것이다. 게다가 제목부터 함량 미달이었으니 바로 '가슴 아픈 무장 간첩'이었다. 관중들부터 '뭐야? 신파도 아주 3류 뽕짝이구만' 하는 비웃음이 펫펫펫 터지는 것 같았다. 꼴찌라도 면해야겠다는 생각으로 끝까지 마치긴 했으나 입상에서 종을 친 게 확실하다.

해방 직후 '전쟁이 나면 평양에서 점심 먹고 신의주에서 저녁 먹게 된다'고 큰소리 친 남한의 정치인을 비판했고 파월장병 백마부대의 찬란한 활약상을 전시했다. 기자 회견에서 '박정희 멱을 따러 왔수다'라고 실토한 김신조 외 무장 공비를 또 내세우며 안보를 토로했으나 그 내용이 진부한지 청중들의 집중도가 흐트러진 것이다. 쪽지를 꺼내 단어 공부를 하는 고교생들도 있었고 여중생들은 어느새 단발머리 나풀대며 킬킬킬 딴전을 피우고 있었다.

그나마 다행이랄까, 두 번째 연사로 등장한 석동이도 이렇다 할 두각을 나타내지 못했다는 점이다. 한솥밥 동지들도 시합장에서는 경쟁자로 변신된다. 그는 무장간첩들의 소행과 심리적 불안 상태를 주제로 삼았는데 마찬가지로 관중들의 호응이 시들시들했으니 1번 연사 봉구로선 차라리 다행이었다. 옆자리 친구들의 머리에 작은 돌이나 막대기를 던지는 티격태격 숫자가 점차 불어나기 시작했다.

세 번째 연사이자 우승 후보인 3학년 하마 선배는 등장하는 몸짓 하나부터 청중들을 제압하는 카리스마의 보유자이다. 그의 우람한 체격이 단상에 성큼성큼 올라서면 좌중들이 늪 같은 고요함에 빠졌으니 역시 베테랑 몸짓이다.

"함경북도 온성군 어느 골짜기 사연입니다. 가난에 사무치던 아낙네 하나가 배가 고파 젖 달라고 조르는 세 살배기 아들에게 가슴을 디밀었으나 아무리 쥐어짜고 또 짜도 모유 한 방울 나오지 않더랍니다. 더 이상 방법이 없던 어머니가……."

연사가 숨을 멈추고 옥상 끝을 바라보자 운동장 전체에 싸-한 정적이 돌면서 폭풍 전야의 긴장이 몰아친 것이다. 그러다가 다시.

"아가, 배가 고프냐? 여기 엄마는 젖퉁이가 콩깍지처럼 바싹바싹 말라붙어서 아무리 쥐어짜도 맹물 한 방울 나오지 않는다. 이렇게 젖이 나오지 않아 굶어죽느니(잠시 침묵) 차라리 지금 당장…… 너도, 죽고…… 나도, 죽자."

딴전을 피우며 시간이나 죽이던 관중들도 일순 동작을 멈추고 석고처럼 몸이 굳은 채 단상을 쳐다보는데.

"……하고 네 살배기 아기의 목을 꽈악 조르려는 순간 아기가 눈을 번쩍 치켜뜨더니……엄마, 엄마, 아니 사랑하는 어머니, 나 지금 배가 터질 듯 부르거든요. ……나, 앞으로는 배가 고파 배 창자가 찢어져서 온몸이 뒤틀려 쭉쟁이처럼 바싹 말라 죽는 한이 있더라도 절대로 엄마에게 밥 달란 말을 하지 않을 거야. 앞으로 하늘이 두 쪽 나더라도 젖 달라는 말을 영원히 꺼내지 않겠다는 내 말을 제발 믿어주세요. 예, 엄마. 내 눈빛을 보고 진정성을 느껴보세요."

그러더니 하늘을 비스듬히 올려보며 실제로 눈시울을 물씬하게 적시는 것이다. 그 순간 일반부 출신 연사가 옆자리 친구를 툭툭 치며.

"거짓말도 저 정도로 하면 진정성이 있다고 봐줘야 하는 건가?"

빈정대거나 말거나 하마 연사는.

"애원하는 아이의 목을 꽈악 졸라 저 세상에 보내고."

눈물까지 글썽글썽 흘리더니.

"그 어머니도 대들보에 목을 매어 죽었다는 이 이야기는 함경북도 온성군 룡남리 어느 골짜기 굶주린 마을 보릿고개에 일어났던 엄연한 실화임을 이- 연사 확실히, 확실히 실토하는 바입니다."

'거짓말도 강하게 시도하면 진짜가 된다.'

봉구 혼자 '갓난아기의 한숨 소리'와 '풋대추의 쪼글쪼글한 주름살'을 떠올린 것이다. 진실성 여부가 중요한 게 아니라 감동을 주느냐 마느냐가 중요한 것이다.

"똘망똘망 아이큐 높은 젖먹이 아기 얘기는 어디서 인터뷰한 겨? 그 놀라운 순발력, 게다가 막판 뒤집기까지. 오우, 서스펜스여. 이것도 학습의 효과인가?"

"결국 아기가 죽는 거네. 아까는 세 살이라고 했다가 어느새 네 살로 바뀌었지만."

문득 2학년 5반 대열 사이에 창규가 혼자 중얼거리는 장면이 포착

된다. 창규와 봉구는 이름의 끝자가 비슷해서 아이들이 앞 이름자 '창,봉'만 따서 '짱뽕 형제'라고 불러주었고 그게 듣기 싫지가 않았다. 아침 자습 시간에 조간신문을 뚫어져라 쳐다보는 창규의 모습에 몰입되었던 이유도 있다. 보름 전인가. 마포구 도화동 거리를 걷다가 시국사건 수배자 전단 앞에서 치열한 토론으로 부딪칠 뻔했다가도 봉구가 먼저 재빨리 물러선 건 그에 대한 강한 신뢰감 때문이다.

그의 설명은 이렇다. 1974년 1월 장준하와 백기완이 주도한 유신헌법 개헌 청원 100만인 서명운동에 화들짝 놀란 유신 독재정권이 긴급조치 1호를 발동하고 두 재야인사를 체포했다는 것이다. 4월 3일 긴급조치 4호를 발동하면서 민청학련 사건으로 180명을 구속했다는 내용도 보태주었다. 그리고 마포구 철둑길을 함께 걷다가 동사무소 담벼락에서 수배자 현상금 벽보 앞에서 걸음을 멈추었다. 사진 속의 세 명은 살인, 강도, 강간이나 사기범이 아니었다. 모두 서울대 학생이었고 키가 크지 않았다.

〈대통령 긴급조치 위반 피의자 현상 수배〉 현상금 200만원

　이 철 : (26세, 165센티) : 서울대생, 보통 체격에 경상도 말투

　강구철: (20세, 165센티) 서울대생, 보통 체격에 가끔 안경을 쓴다

　유인태 : (26세, 160센티) 무직, 눈이 작고 입술이 두껍다

(가) 위 수배자들은 대통령 긴급조치 제4호의 〈전국민주청년학생총연맹〉 관련자들이므로 이들의 소재를 아는 사람은 지체없이 가까운 경찰관서 기타 정보수집기관에 신고하시기 바랍니다.

(나) 위수배자들의 소재를 신고하여 체포케 한 사람에게는 금 200만원의 상금을 수여합니다.

(다) 위 수배자들의 소재를 알고도 신고하지 아니하거나 이들을 숨겨둔 자는 대통령 긴급조치 제4호에 의하여 사형, 무기 또는 5년 이상의 징역에 처합니다.

1974년 4월 13일 내무부 치안국장

"현상금 200만 원이면 간첩 신고 포상금보다 여러 배가 더 크네."
"수배자들을 숨겨주거나 하면 사형이나 무기징역까지 처할 수 있다는 건 너무 심한 거다. 만약 내가 수배자가 되어 숨겨달라면 너는 어떻게 할 거야? 인지상정 뿌리치고 신고할 거야?"

창규의 물음에 순간적으로 말이 콱 막혔으나.

"빨갱이인데……."

그 대답을 얼떨결에 던지자마자 후회했으나 이미 엎질러진 물이 되었으니.

"빨갱이가 뭔데?"

산파술 문답법에 걸려 톱니바퀴 돌리듯 원치 않는 답변의 의무가 생긴 것이다. 어쩔 수 없이.

"김신조 일당 같은 거."

이승복 소년까지는 차마 소환할 수 없었던 게 다행인데.

"그 남파간첩들하고 수배자의 경우가 똑같다고 생각해?"

그렇지는 않을 것 같았다. 그들은 북한 특수 훈련장에서 대남 침투를 위해 가혹한 훈련을 받은 인간병기들이고 여기 전단에 붙은 수배자들은 대한민국 최고 점수의 서울대학생 출신이니 클라스가 다르다. 일류대를 나오면 좋은 인생이 보장되는데 그걸 포기했다면 또 다르게 숨겨진 이유가 필시 있을 것 같다. 그러나 다시 튀어나온 말이 겨우.

"넌 참 책을 많이 읽었구나."

더 이상 말을 잇지 못했음을 오래도록 후회했다.

"신문 기사를 내 방식으로 해석해 본 거야. 나는 저 수배자 벽보가 바로 독재를 증명하는 거라고 확신해."

가슴이 철렁했다. 동시에 그 말을 못 들은 척 '모르는 게 약'이라고 단정한 자신을 오래도록 후회도 했다. 그건 그렇고.

봉구의 웅변 역사는 갯마을 국민학교 4학년 때부터 시작된다. 격렬비열도에서 가장 가까운 서해안 갯마을 그 학교의 웅변대회에서도 치열한 경쟁이 있긴 했었다. 하루는 웅변 담당인 5학년 김종환 선생님(37세)이 4학년 교실에 내려와.

"반공 웅변대회에 참석할 희망자?"

갯마을 아이들 모두 촌놈답게 수줍음으로 낯을 가리느라 선뜻 손을 들지 않았다.

"……."

"없나?"

모두 망상망상 침묵만 지킬 때.

"저유."

손을 들자마자 김종환 선생님이 봉구의 소매를 끌어주어서 웅변부에 입문한 것이다. 뒤란 감나무 가지에 올라서서 열심히 연습을 한 결과 첫 대회에서 3등을 했으니 본전은 한 셈이다. 우선 마이크를 처음 잡아보았고 청중들이 일제히 쳐다보는 사열대 앞에 선다는 경험만으로도 가슴이 설레었다. 그러나 상승세를 타지 못하고 6학년까지 계속 3등에 머물렀다. 그 후 간첩 침투 예방으로 갑자기 개최했던 한 차례는 예선 탈락했으니 타고난 재원은 필시 아니다. 딱 한 번 면사무소에서 주최하는 웅변대회에 나가 3등을 해서 '노란 학 두 마리'가 그려진 양은쟁반을 받은 적도 있긴 하다. 지나간 이야기이다.

하마 선배의 우승 예측을 깬 다크호스(dark horse)는 뜻밖으로 당포여중 단발머리 여학생이었다. 여섯 번째로 나온 안경잡이 소녀는 한명순이란 여학생이었다. 키가 작고 거북목 체형이었지만 여학생이 나왔다는 자체만으로도 운동장에 '오-' 탄성이 흐르며 집중력이 좋아진다. 게다가 웅변 연사의 안경 너머 허공을 바라보는 표정에 슬픔이 흐르고 있는 것이다. 그는 서두에 초딩 시절의 동요를 꺼내었다.

푸른 하늘 은하수 하얀 쪽배에
계수나무 한 나무 토끼 한 마리
돛대도 아니 달고 삿대도 없이
가기도 잘도 간다 서쪽 나라로

스타카토로 딱딱 끊으면서 청자들에게 찰진 긴장감을 조근조근 불어넣는 순간, 날카롭게 톤을 올리며.
"돛대도 없고 삿대도 없는 배가……."
거기에서 한 옥타브 올리더니.
"가기는 뭐가 잘 가. 아주 작은 풍랑 하나만 만나도 이리 비틀 저리 비틀……."
여기에서 또 한 옥타브 올리다가 눈물을 글썽이며.
"집채만 한 파도 한 방이면 산산조각 박살도 나는 아, 한반도의 5천 년 역사가 바람 앞의 등불처럼 호시탐탐 노려보는 강대국 침략 야욕으로 바람 앞의 촛불이 되었으니."
'웅변학원에서 정식 수업을 받은 애인가?'
봉구가 그런 생각으로 사열대를 바라보다가 순간적으로 한명순 연사와 눈빛이 마주치는 아찔한 찰나가 불꽃처럼 튀다가 순식간에 지워졌다.

그 찰나 다시 2학년 쪽에서 투닥거리는 상황이 터졌다. '돛대도 없고'라는 연사의 웅변원고를 구경꾼인 5반 김재동이 갑자기 '좆대도 없고'로 바꾸면서 키득거리자 옆자리 박문국이 머리를 때리면서 사소한 토닥거림이 생기다가 금세 멈추긴 했다. 배 교련 님이 놓치지 않고 노려보는 싸늘한 순간에도 한명순 연사는 호리의 흐트러짐도 없이.

"임진왜란 때 즈이 나라 백성들에겐 목숨을 바쳐 싸우라고 독려하면서 저 혼자 살겠다고 북녘 땅 압록강 너머 몽진길 떠난 태정태세문단세 예성연중인명선의 선, 선, 선, 조선 15대 선조 임금이 그렇고 도적무리 일제 자객들의 작전 명 '여우사냥' 모리배의 기습 칼날에 가슴 찔려 갈기갈기 강탈당한 채 피를 토한 명성왕후 민비가 그렇지 않더냐고, 이 연사 강력히, 강력히 메시지를 올립니다."

넋을 잃은 청중들이 '얼음 땡'처럼 굳은 자세로 단상의 연사를 올려다보며 두 주먹 불끈 쥔 채 합체된 호응 포즈를 취했다. 멋있다. 그러니까 웅변에만 몰입해도 반공정신이 투철해지는 게 확실하다. 소녀가 자신의 멱살을 잡아당기며 격정을 토할 때는 자칫 손바닥이 가슴에 닿을까 봐 아슬아슬했지만.

봉구는 입상자 명단에 자신의 이름이 없음을 예상하면서 변소에 가는 척 연사의 대기석에서 슬그머니 빠져나왔다. 집합 대열 중 2학년 5반 창규를 찾아 옆의 빈자리에 앉았으나 막상 그는 거들떠보지도 않았다. 그는 오로지 조지오웰(George orwell)의 소설 『위건 부두로 가는 길(The Roud to Wigan Dier)』에만 빠져 있었다. 청중석으로 옮긴 봉구가 사열대를 올려보니 다시 두세 명의 연사들이 나타나긴 했으나 구경꾼들은 이미 늘어진 테이프처럼 시큰둥했다. 김신조가 나오고 이승복 어린이가 또 등장하고 파월 장병 백마부대의 베트콩 수색 작전의 성과가 몇 번째 재탕 삼탕 올라왔으니 완죠니 리펫된 녹음기 테이프가 된 것이다.

그때 지구과학 조세로 스승님이 대열 속에 뛰어 들어가 뱀처럼 똬리 틀던 중학생 두 명을 끌고 나와 사열대 옆에서 엎드려뻗쳐를 시켰다. 그런 일은 너무 흔해서 대회장에 지장을 줄 상황은 전혀 아니므로 그냥 스쳐 지나갈 뿐이다. 그 지구과학 조 스승도 나름 참신한 수업 내용을 보여준 적이 딱 한 차례 있긴 했다.

우주에 떠 있는 별들의 숫자가 10의 23제곱쯤 된다는 설명이었는데 그 수치의 어마어마함을 가늠할 수 있는 학도는 아무도 없었다. 그러나 조 스승이 '지구의 모든 모래 개수 21제곱보다 100배가 많다'고 돌려서 설명하니 막연하게나마 짐작이 될 듯도 했다. 그 숫자의 10의 21제곱보다 100배가 많다는 건 아예 수치 계산을 포기하라는 것과 마찬가지지만, 적어도 지구의 모래알 개수가 엄청 많다는 느낌으로 구체화되는 것이다.

또 있다. 북극성과 지구의 거리가 460광년 거리에 있다고 할 때에도 도통 실감이 나지 않았다. 그런데 조 스승이, 지금 우리가 보는 밤하늘의 북극성은 임진왜란 때 빛났던 별이 지구를 향하여 빛의 속도로 달려오는 중이라고 설명하면서 막연하게나마 시공을 합친 거리의 어마어마함을 떠올리며 고개를 끄떡이기도 했다. 태양에서 지구까지 쏟아지는 빛의 속도가 8분 정도 거리인데 사람의 걸음으로는 4,500년 걸린다는 내용도 덧붙였다.

그러나 조 스승도 질풍노도들의 두발검사를 하거나 귀싸대기 때릴 때에는 야생의 눈빛으로 탈바꿈했으니 지적(知的)으로 똑똑한 두뇌도 결국 폭력적 환경의 직수입 타법을 따르는 구조임을 확인시켰다. 하긴 나머지 스승들은 훨씬 야만적이었다. 무단결석생을 50대씩 때려 허벅지에 뱀 무늬를 만들었고 단지 수업 시간에 잠이 들었다는 이유로 적발된 학생의 귀를 잡고 끌고 나와 콧수염을 뽑거나 여드름을 비틀어 짜내기도 했다. 그러거나 말거나 학도들은 무관심했다. 격투기 선수처럼 이단옆차기로 쓰러뜨린 다음 목을 조르고 화분을 던져도 그 시간만 지나가면 까맣게 잊어버렸다.

다음 연사는 중학생이었다. 키가 140센티쯤 되는 아담 사이즈인데 명찰 이름이 김도석이었다. 그는 연단에 오르면서 삐쭉삐쭉 튀어나온 머리카락을 가지런히 모았다. 그리고 모자를 벗은 채 허리를 굽신 숙이며.

"머리를 기르고 나와 죄송합니다."

슬로비디오 인사 동작으로 좌중을 집중시키는 것이다. 그 불량한 고슴도치 머리칼이 조붓한 사과 한마디로 단칼에 녹여줄 수 있다는 것도 뜨악했다. 그렇다면 장발족의 풍기문란도 보는 각도에 따라 멋질 수도 있다는 생각을 처음으로 해보았다.

두발 단속은 중고딩 뿐만 아니라 그 나라 청년들에게도 마찬가지였다. 도심지 거리마다 가위를 든 경찰들이 청년들의 어깨를 낚아채고 즉석에서 머리카락을 잘라내었다. 머리카락이 길바닥에 뚝뚝 떨어져도 차렷 자세로 선 채 울울청년들 어느 누구도 반항하지 못했다. 마찬가지였다. 미니스커트 입은 여자들도 길바닥에 세워놓고 노출된 허벅지를 줄자로 재다가 가위질로 치맛단을 뜯어내려도 얼굴만 발갛게 달아오른 채 저항하지 못했다. 지금은 머리카락 기른 그 중학생이 착한 표정으로 열변을 토하려는 중이다.

"노벨 문학상에 빛나는 인도의 시성(詩聖) 타고르가……일찍이 동방에 빛나던 별빛이 하나 있으니 …… 그 빛은 지금은 비록 희미하게 잦아들고 있지만 곧바로 불을 밝혀서 동방의 등불이 되고 장차 온 세상 비춰 줄지니, 그 이름 코리아니라 ……."

청중들 모두 코리아가 온 세상의 빛을 밝혀줄 거라는 대목에서 가슴이 철렁 내려앉는 찰나 김도석 연사는,

"그 증거로는 수나라 백만 대군을 살수의 물고기 밥으로 만든 우리의 명장 을지문덕의 활화산 불타는 심장으로 증명되고 (잠시 침묵) 결사대 오천을 이끌고 황산벌 전투에서 전멸의 죽음으로써 나라를

지키려던 백제의 영웅 계백장군이 가슴 속 물레방아 박동처럼 둥, 둥, 둥 맥박치고 있습니다."

그렇게 을지문덕이나 계백장군의 얼을 이어받아 민족정기를 수호하자, 고 할 줄 알았는데……다시 반전을 보였으니.

"그러나 이 땅의 진정한 영웅은 살수의 을지문덕도 아니요, 황산벌 계백도 아니요, 세종의 훈민정음이나 긴 칼 옆에 찬 이순신의 깊은 시름도 아니니……여러분! ……누구라고 생각하십니까?"

짧은 침묵이 이어지다가 연사가 스스로 딱 깨더니.

"그것은 임진왜란 이전에도 있었고 이후에도 살아 숨 쉬던 바로 이 땅의 백성들 그 민초들이니 바로 우리 아버지, 어머니, 형, 누이, 할머니 같은 대한의 백성들 모습이라고……그러니까 나와 너, 여러분, 우리 모두가 이 땅의 주인이라고 이 연사 애타게, 애타게 절규합니다."

그 순간 봉구의 입에서 앗, 하는 탄성이 흘러나왔다. 그러니까 인류의 역사는 영웅들의 선구적 역할에 의해서 움직이는 게 아니라 우리처럼 평범한 백성의 집합체라는 것이다. 아니, 민초와 지배층의 역사관은 다른 거라며 무르팍을 팍 치게 만드는 것이다. 을지문덕 출현 이전과 이후의 고구려 민초들 그리고 계백 이전과 이후의 백성들의 삶을 까맣게 놓치고 살아왔음을 질타하는 것이다. 그렇다. 임진왜란 때도 선조 임금은 몽진길로 압록강 너머 도망갔으나 이름 없는 민초들은 의병을 일으켜 나라를 지켰다. 그러나 더욱 중요한 것은 얼굴도 모르는 적군들과 목숨을 걸고 싸워야 하는 모순적 구조에 대한 의구심이다.

봉구의 부친도 '정의로운 전쟁은 없다'라고 딱 잘라 얘기한 적이 있었으니 그것은 순전히 경험의 소산이었다. '대동아전쟁' 말기 일제의 학도병으로 끌려갔었던 자신의 경험담이다. 블라디보스토크 전투 막바지에 탈영을 감행하던 중 해방을 맞이했는데, 8·15 패전의 날 일본 병사의 표정을 보고 어리둥절한 것이다.

일본군 장교들은 그나마 패장의 비통한 표정으로 어금니 깨물고 있었지만 사병들은 달랐다. 전쟁에 졌는데도 오히려 화사하게 웃으며 기뻐하더라는 것이다. 뭐, 이상할 것도 없다. 항복을 했으니 더 이상 적국의 청년에게 증오의 총구를 들이댈 필요도 사라지고 자신의 목숨 위협도 없어진 것이다.

그러거나 말거나 제2차 세계 대전으로 독일에서 2,400만 명이 사망했고 프랑스에서도 1,600만 명이 죽었다. 특히 러시아는 3,000만 명이 넘게 죽었으니 그 수치의 어마어마함이 가늠도 되지 않는다. 가장 중요한 건 나머지 일본군 병사 잔당들이 살아서 무사히 집으로 돌아가게 되었다는 사실이다. 딱 거기까지였다.

단상에 올라선 연사들의 존재감은 뒤로 갈수록 당연히 약해졌다. 그 후 「두 영감의 장기」나 「눈물 젖은 클로버」 그리고 「포연이 흐르는 비목(碑木)」 등이 세련된 제목으로 치고 나오긴 했지만 중, 지칠 대로 지친 고딩 청중들은 어느 소리도 집중할 기력이 남아있지 않았다. 봉구 혼자 그의 반인 2학년 5반 뒷줄에 끼어들어 깨우침의 감회에 젖는 중이다.

 발표 결과 당포여중 한명순이 금상을 타게 되었으니 의외의 결과이다. 그리고 머리카락이 긴 당포중 꼬맹이 김도석이 2등, 웅변부 하마 강경석 선배가 3등으로 정리되었다. 열여섯 명의 연사 중 석동이는 13등, 봉구는 15등이니 두 연사 모두 최하위에 머무른 것이다. 특히 하마 선배의 표정이 절망으로 일그러졌는데, 하필 그때 배교련님이 마이크를 잡더니.
 "모두 교실로 들어간다. 2학년 5반만 남고."
 그 순간 봉구는 아차, 그냥 사열대 대기석에 있을 걸, 하며 후회했으나 이미 지나간 일이다. 당포 건아들 모두 교실로 들어가고 당포여중 소녀들도 교문 밖으로 오그르르 몰려 나가는 중이다. 그렇게 2학년 5반 60명만 남아 쭈뼛대는데.
 "2학년 5반."
 "이에."
 그냥 두세 명만 드문드문 건성으로 대답을 한 것 같다. 그러나.
 "대답 소리가 그것밖에 안 나오낫? 2학년 5반. 시캇!"
 "악!"

사태의 심각성을 알아챈 급우들이 유격장의 올빼미처럼 '악' 소리를 지르자.

"다른 소대에서는 그래도 열심히 듣는 포즈를 잡는데 느이 반만 정신없이 떠든 대가를 치르게 해주겠다."

잠시 군화 끄트머리로 땅바닥을 콕콕 찍더니.

"양팔 간격으로 벌려."

교문 앞에서 여중생 후배들이 몽싯몽싯 지켜보는 부끄러움도 있고 해서 느릿느릿 간격을 벌리려 했지만 배 교련님이.

"원위치! 얏, 소리를 지르면서 쫙쫙 벌리라고. 색기들아."

그 고함이 가로수에 매달린 매미소리를 파묻으며 대열이 쫙쫙 벌려졌다.

"반우향우."

일제히 몸을 오른쪽 45도로 돌리자 대각선 대열로 변신되면서 엎드려뻗치기에 적당한 공간이 확보되었다.

"뻗쳐."

배 교련님이 부들부들 목청을 떨면서.

"대통령께서도 긴급조치를 발동한 이 위태로운 비상시국에 느이들은 철없이 떠들기만 하니 국가 안보가 얼마나 불안하겠느냣? 통행금지 시간까지 기합을 연장한닷!"

오후 세 시.

서녘으로 기울던 태양이 빗금을 그으며 달포고 학도들의 등허리로 우수수 쏟아졌다. 60명 질풍노도들 모두 스승들의 퇴근 시간까지 돌고 돌다가 땀범벅이 되어 교실로 들어갔다.

두 시간 뒤에 웅변실로 모이라는 것이다. 그리고 하마 선배에게 또 집합을 당하여 봉걸레 자루로 다섯 대씩 맞은 것으로 마감되었다.
"오늘 웅변부를 해체하니 각자도생으로 살아가자."
그가 눈물을 글썽이며 봉걸레 자루를 들이댔으므로 아무도 반항하지 못했다. 재수생 출신 석동이는 다섯 대를 끄떡없이 맞았지만 봉구는 한 대 맞을 때마다 풀자루처럼 쓰러졌다가 다시 일어섰다. 아픈 것도 견디기 힘들었지만 자꾸 눈물이 터지는 바람에 콧물을 닦는 척 쥐어 짜내었다. 그리고 모두 교복 차림 그대로 중국집 구석방을 빌려 짜장면 세 개와 백화소주 다섯 병을 통 크게 비운 후 영원히 헤어지게 되었다. 그 1973년, 웅변부와 석별을 작심한 초여름이 유유히 흘러가고 있었다.

머리카락 5센티

그렇게 까치 담배로 공복을 채웠는데.

세느강 골목길 만화방 '외인구단'이 아지트이고 거기가 만원사례면 육교 내리막 세모꼴 '틈새 점방'에 흡연 둥지를 틀었다. 개나리는 한 개비당 5원, 청자는 세 개비에 20원, 은하수는 개비당 10원씩이니 담배 노점은 한 갑을 분해해서 낱개로 팔 때마다 50원씩 남기는 장사이다(은하수 한 갑 150원). 어쩔 수 없다. 어른이 끊지 못하는 담배를 사춘기들에게 끊으라는 건 당연히 불가능한 일이다.

세느강은 한강의 지류인 마포천으로 흘러가는 시궁창이다.

도마동의 인형공장, 가방공장, 성냥공장, 고무신공장에서 하천으로 흐르는 온갖 잡탕 냄새 옆에서 우리는 책을 보고 도시락 뚜껑을 열었다. 그러니까 포도나무 울창한 프랑스 세느강으로 명명했을 뿐 강물에 대한 식견은 전혀 없다. 라인강, 도나우강과 테임즈강……닥치는 대로 늘어놓다가 상파뉴와 노르망디를 떠올리면서 얼떨결에 세느강으로 굳은 것이다. 그 천변에서 굴뚝 냄새피우다가 혹시 어른이라도 나타나면 돌린다.

물리적 충돌이 두려운 건 절대 아니다.

기성세대 아저씨 정도야 어깨빵으로도 밀어부칠 파워가 있으며 놓고 치기로 들어가면 잡히지 않을 자신도 있다. 단지 법적 미성년자 신분이므로 중년의 꼰대들이 나타나면 숨은 그림으로 사라지는 예의 정도만 지켜주면 되니 그게 새내기 흡연가의 예법이다. 그래서일까, 숫자가 많으면 그냥 교복 차림으로 판을 벌이기도 하지만 대개 골목길 후미진 구석에서 옹기종기 구름 도넛이나 뿜어대는 불량타법에 익숙해져 있다.

오늘은 모두 두식이(161센티, 달표의 짱)네 거실 한복판에서 가부좌를 틀었으니 잠수 흡연에서 벗어난 특별한 해방이다. 그리고 재떨이까지 챙겨주는 두식이 모친의 풍모가 아, 감동스러운 것이다.

"한 대씩 꼬시고 시작."

벽걸이 액자도 질이 다르다. '사랑은 눈물의 씨앗' 식의 신파조 문구나 '어미돼지 젖을 빠는 새끼돼지'가 합체된 이발소 액자가 아니다. 선이 굵고 명암이 진한 고흐의 자화상이다. 보라, 잔디밭 비너스 동상의 높이도 고딩들의 평균 신장보다 두 뼘쯤 크니 아무리 가짜라 치더라도 품종이 차별된다.

그래서일까, 두식이가 거북선 은박지를 벗기고.

노란 필터를 불쑥 내밀 때 방귀 소리가 쁘잉쁘잉 터질 것만 같았다. 그리고 알았다. 옷걸이보다는 분명히 옷이 더 우선한다. 몸이 웬만큼만 받쳐주면 지지고 볶는 장치에 따라 뽀대가 확연히 달라진다는 걸 알고 있다. 그러니까 싸구려 담배는 흡연가의 화상을 싸구려로 만들고 비싼 담배는 흡연가의 품격을 고단가로 높여준다. (1973년, '거북선' 보다 비싼 담배는 없다.)

또 있다. 재떨이를 넣어주는 두식이 모친의 팔뚝이 고무줄처럼 말랑말랑하게 보인다. 가디건 속으로 감춰진 살결이 하얗고 분 냄새 배율도 적당하다. 잠자리 날개 소맷자락 속으로 스멀스멀 움직이는 애벌레 같은 맨살이 전혀 야하지 않다.

제법 논다는 벗들도 즈이 집 문간 앞에선 니코틴 냄새를 털어내는데 오늘 대우는 분명히 다르다. 보통 엄마들과는 완전히 다른 표정으로 차이를 보여주는 것이다. 현관을 보라. 두식이네 7단 신발장을 꽉 채우고도 꼭대기에 하일 예닐곱 개가 각양각색으로 올려져 있는 것만 봐도 모친의 보폭을 짐작할 수 있다. 지금도 그렇다. 복숭아와 식빵 접시를 따로따로 밀어 넣더니 화사한 표정으로.

"꼭 재떨이에 털어야 한다. 양탄자에 불똥 떨어뜨리면 골목 전체가 화마에 삼켜지는 거 알겠수? 도령들."

"……"

재떨이로 인격을 높여줬고 '도령들' 이라는 호칭으로 옴짝달싹 묶어놓았다. 이미 요식업 아가씨들 스무 명씩 움직이는 큰손으로 정평이 나 있단다.

"여기 있다. 굿바이 시가렛 박스(실제 영어는 Ashtray)."

푸하하하하.

신생된 조립식 영어에 마음이 편안해지면서 조금씩 오버하는 자세로 연기를 뿜을 수 있었다. 썩기 직전의 물렁복숭아 속살을 이쑤시개로 쿡쿡 쑤시면서 탐닉했고 덥석 넘기고 싶은 크림 식빵을 일부러 느리게 깨물었다. 그리고 아주 가끔이지만 마담님의 뒤태를 힐끔거렸다. 그 해방된 공간의 수준만큼 결의 강도도 높아져야 했고.

지금은 '두발 단속 반대'의 비밀 모사 중.

"가리방 긁다가 쬐끔 쫄았다. 혹시 인쇄소에서 비상계엄 반대 선언문이라도 되는 줄 알고 안기부에 고발이라도 하면 초전박살 나는 것 아니냐? 아무리 동네 학교 머리카락 전쟁이라고 해도 지금 각하께서 단체 행동을 무조건 싫어하시는 비상시국이니까 골치 아픈 상황이 나올 수도 있잖남……아무튼 우리의 요구 사항 다섯 가지를 무사히 조달해왔다……탄원서 뽀대가 나잖남. 아자!"

오리지널 범생이과(科)로 분류되는 종구(비흡연파, 177센티)가 유인물 다발을 좌르르 펼치자 거실 구석구석 잉크 냄새로 따끈따끈 채워진다. 민철이(골초, 171센티, 태권도 2단)가 탄원서를 펼치며 갸웃대더니.

"왜 하나 다음에 또 하나야? 둘, 셋, 넷 순서가 있는데?"

조연급 음모자 종구의 특기는 끼어들기다. 바닥 치는 성적이지만 도수 높은 렌즈 덕분에 얼핏 학구파처럼 분류되기도 하는 그는 생김새만큼 실력파는 전혀 아니지만 의리의 사나이로 정평이 난 상태다.

동일 번호의 병렬식 배치는 내 아이디어다. 입학 후 두식이가 나에게 처음으로 말을 건 게 탄원서 첨삭 수정이었는데.

"국민총화 단합대회 선언문에서 표절한 거야. 뽀대 있는 문장 기법이랄까."

두식이가 대신 설명해준다.

"마지막 문장은 뭐이 이리 길어?"

민철이의 입술에서 터진 니코틴 냄새가 찐득찐득 몸에 붙는다.

"일단 벌이기로 마음먹었으면 끝장을 내야지. 안 한다면 모르되 이왕 칼을 뽑았으면 문교부고 청와대고 끝까지 간다. 해골 두 쪽 나도 나간다."

그렇게 두식이의 카리스마에 의지할 수밖에 없다. 자, 거사가 시작되었다.

달표 학우들의 탄원서

하나, 앞머리를 5센티까지만 기르게 해 달라.

하나, 세느강 너머 인형공장 쇠바퀴 소리가 너무 시끄럽다. 방음장

치를 요구해서 소음을 줄여달라.

하나, 선생님들도 너무 심한 욕만큼은 삼가하라.

하나, 복장 단속 위반자에 대한 체벌이 너무 살벌하다.

하나, 운동화이라도 자유롭게 구입할 수 있게 하라.

저 심장 깊숙이 고혈을 짜서 무릎 꿇고 바칩니다. 이 사안들이 해결되면 나머지 시간은 달포 건아 모두 예비고사 준비에만 열공을 바치고 싶습니다. 만약 우리의 요구가 관철되지 않을 시 전체 학동 모두 수업을 거부하고 광화문까지 진출하여 대통령 각하에게 탄원서를 올리겠습니다. 우리들의 일그러진 인격 회복과 동시에 스승님들의 존중감도 되살아날 수 있도록 두 손 모아 비나이다.

두발규제 완화를 열망하는 달포인 대표 김두식 외 일천삼백 명 일동
1973년 11월 2일

"면도날로 살짝 베어놔. 이빨로 깨물다가 손가락이 너덜너덜 아작나는 수가 있다."

담뱃불 지지기 맹세법은 비장감이 전혀 없으므로 퇴출시켰다. 피가름 용의 면도날은 종구가 준비했고 민철이도 따로 예리한 날을 가져왔다.

"지금부터 결의 수준을 증명한다."

일심동체를 공식적으로 증명하려면 당연히 피를 섞어야 한다. 공동체 운명의 선원들은 즉각 시계 방향으로 면도날 긋는 근엄한 의식을 결의했다. 종구가 거침없이 검지를 그었고 두식이도 태연스런 표정으로 면도날을 들었다. 나머지 아홉 명도 뚝뚝 떨어지는 핏물을 응시하며 차례를 기다리는데 나 혼자 혼란스러워 현기증 참으며 낑낑 감싸는 중이다.

사기 그릇 하나에 모두의 핏방울이 섞였으니 우리들은 지금부터 진짜 혈맹동지가 된 것이다. 당연히 평생 동안 배반하지 말아야 한다. 그러면서 거실 가운데 놓인 혈맹용 사발의 대나무 무늬에서 흐르는 비장감을 오소소 느끼는 중이다.

콜라병도 와작와작 삼킬 수 있는 울울 18세.

그 뜨거운 가슴들에게 만물상 로봇처럼 그물 씌우겠다는 교칙이 있었다. 성인식 올리는 2년 남짓 그날까지는 아해와 얼운을 차별화시키겠다는 고사 작전이다. 그 강퍅함은 죽어라고 뺑뺑이 돌릴 때 구체성을 보인다. 교문을 통과하다가 배지가 삐뚤어졌다는 게 오리꽥꽥을 만드는 이유다. '별들의 고향' 은커녕 '미워도 다시 한번' 같은 순정영화도 입장 금지이며 예배당에서 만난 이웃집 순이와 노 터치(No thoch) 우정 동행으로 걸어도 청소년 선도관의 순찰에 걸린다.

그러니까 두식이 모친이 가장 통이 큰 보호자인 게 확실하다. 그리고 18세는 그렇게 인정받고 대우받을 수 있는 충분한 나이이다. 그러니까 겨우 태권도 빨간 띠에 신장도 짤막한 두식이(161센티)가 전교짱을 먹을 수 있는 건 통 큰 모친의 백 그라운드 탓이 크다. 불끈불끈 성장한 배짱도 곁들여 있으니 혈통 자체가 다르다.

현행 마지노선은 딱 3센티.
손바닥이 머리에 얹어졌을 때 스승의 손가락 사이로 모발이 삐쳐나오는 것이 마지노선이다. 아니면 뜯긴다. 머리카락 뜯기기 따위야 얼마든지 견딜 수 있으니 바리깡 고속도로도 당연히 감수해야 한다. 벌목당한 선수끼리 방과후 철봉대 앞에 오그르르 모여 오리꽥꽥이나 원산철교로 변신하는 것도 견뎌내야 한다. 그렇게 부글부글 삼키며 사는 게 고딩의 숙명인 줄 알았다. 지금까지는 분명히 그랬다. 훈육실 스승들의 논리는.
"모자만 벗으면 당장 어른과 차별이 없잖아. 다방에서 커피 마시고 포장마차에서 지지배 껴안고 쐬주도 마시겠다는 것 아니냐?"
오로지 머리카락으로 청소년과 꼰대의 경계를 확실히 구분해야 한다는 논리다. 그러나 아무리 잘라내도 모발이 쑥쑥 자라는 이상 언제든지 예비범죄자로 낙인찍는 공격적 철퇴를 피할 수 없다.
그동안 스스로가 가련한 중생인 줄 까맣게 모르고 살아온 것이다. 반성 명령만 떨어지면 기계적으로 반성 모드에 빠져야 했고 솥뚜껑 손바닥으로 귀싸대기를 맞아도 '내 탓이오' '내 탓이오' 조아리는 시스템에 적응해야만 하는 줄 알았다. 아무리 노력해도 시험문제 틀린 점수대로 몽둥이를 맞아야 했고, 교복단추만 떨어져도 싸대기를 맡겨야 했다. 또 있다. 여자 알몸에 대한 사춘기 감성이 김밥 옆구리로 터지면 즉각 개새끼로 변신해야 한다. 하물며 머리카락 따위야 당연히 내 몸이 될 수 없다.

포르노 사진을 들킨 공설이(172센티, 체력장 특급)가 가장 치명적이다. 껍데기를 신문지로 덮었는데 느티나무 아래서 포르노 삼매경에 빠졌다가 걸렸다. 빼앗은 도색잡지를 두어 장 훑어보던 배 교련님이.

"갈보 새끼냐?"

고래고래 책을 집어던졌으니 공설이 어머니와 누이동생까지 갈보가 될 판이다. 국제적으로 공용된 팬트하우스 속살을 훔쳐본 이유로 가을 수수꽃다리 어머니와 풋보리 누이의 몸에 빨간 페인트가 그려진다.

'선생님도 보셨잖아요. 침 흘리며.'

그 '울컥'도 뽀드득 삼켜야 한다. 엉덩이가 너덜너덜하게 맞더라도 포르노 잡지 사건이 집에 통보되는 것만은 막아야하기 때문이다.

다음은 등굣길 교문 지도의 살벌함이다.

훈육실 사부들의 새벽 쇳소리도 소름 끼치지만 꼬봉처럼 따라붙는 동급생 규율부들이 참으로 가관이다. 좌우지간 완장만 차면 몸이 허공에 둥둥 떠다니나 보다. 이름 적는 작태야 훈육실 지시니까 넘어간다 치더라도 '앉아 일어서' 꼴값 떠는 작태가 심히 괘씸하다. 규율부 놈 하나 잡아 아작을 내고 싶지만 그게 만만찮다. 배 교련이.

"규율부에게 덤비는 놈은 스승에게 덤비는 패륜아와 똑같다. 선생님의 명에 의해 지도하는 거니까 똑같이 영을 세우도록."

그렇다고 배 교련님의 명령대로 동급생끼리 '니엣니엣' 머리 조아릴 수는 없지 않은가? 야생마들은 절대로 그냥 당하기만 하면서 꼬박 3년을 보내지는 않는다. 어느 날이었던가.

여의도 굴레방다리 찾아 다이다이로 맞붙었으니 그게 달표 학교 제도권과 재야 주먹의 맞장 대결이다. 규율부 성식이(179센티)와 민철이가 마주섰고 양쪽으로 열 명씩 둥그렇게 둘러쌌다. 똑같은 18세인데 규율부와 달건들은 표정부터 다르다.

"먼저 쳐."

8센티 더 큰 성식이의 말이 떨어지자마자 민철이의 주먹이 먼저 전광석화같이 터졌다. 두 몸이 금세 얼크러져 똬리 틀었고 아무래도 선방이 날아간 쪽이 유리하므로 민철이의 6:4 정도의 우세승으로 끝났다. 서너 시간 후 함께 까치 담배 나누며 없던 일로 지웠으니 그도 열혈 18세답다.

또 있다. 이번에는 운동화 착용 규제 문제다. 백구두나 단화를 신거나 군바리용 워커 착용을 요구하는 건 절대 아니다. 학교 마크가 찍힌 걸로 그것도 매점에서만 구입하라는 건 솔직히 '돈 놓고 돈 먹기' 아닌가. 그 규정된 운동화 대신 시장 골목 운동화를 산 것이다.

경기, 경복, 서울고 같은 경성구역 3대 공립도 학교마크 찍힌 운동화 규정은 없다. 그다음 순서를 노리는 대물포, 강주일고, 도전고, 강북고, 배산고 같은 지방 5대 공립에도 그런 규정이 없으며 소위 서울의 사립 명문인 종앙, 위문, 정동, 중당, 배광으로 통용되는 5대 사립에도 그런 규정이 없다. 그리고 여학교 5대 극성으로 혼성, 버성, 무성, 상성, 미성여고도 운동화 착용만큼은 일체 시비가 없고 삼대 발광인 석광, 미광, 무광여고까지 빨주노파 완전 자유다. 게다가 운동화 크기도 맞지 않는다.

내 (키 순서 1번, 149센티. 사춘기가 늦게 오는 중)가.

"저는 240이라 맞는 게 없는데요."

매점 운동화는 가장 작은 게 245밀리이니 마땅한 항변이다. 그러나 배 교련님은.

"손가락 잘라 빈칸 채워."

'욱' 하고 발바닥 크기를 내밀었다가 핵꿀밤을 먹었다. 그쯤에서 피했으니까 망정이지 뚜껑이 열리면 앞차기가 날아올 수 있었다. 발길질 따위야 익숙하게 견딜 수 있으나, 그게 변명만은 아니라는 게 확실하다.

배 교련님은 고교 시절 기계체조 전공인 체육과 수험생으로 고난도 철봉 기술인 대차 돌리기에서 손바닥이 미끄러지면서부터 고소공포증이 생겨났단다. 공중회전 상태에서 맨바닥에 부딪치면서 두피 함몰로 두 시간 만에 깨어났다나. 병장 계급장 내밀고 교련 보조교사로 채용되었다는데 '교장의 사위'라는 설도 있다. 전문대 졸업 직후 월남전도 다녀온 야전군 체질이니 그물망에 걸리기만 하면 봐주는 게 없었다. 훈육실 노 대위 앞에선 계급장 문제로 기가 죽는다는 풍문도 있지만 기실 우리는 관심이 없다.
　　"배 선생은 자격증이 달라."
　　노 대위가 얼핏 던지기도 했으나 모두들 한 귀로 흘려버렸고.

　　그런데 오늘은 상황이 다르다. 머리끝에서 발끝까지 거부하겠다는 가열찬 의식이 생겼다. 머리카락뿐만 아니라 소음이 더 중요한 문제일 수도 있다. 세느강 너머 인형공장의 쇠구루마 소리 좀 제발 멈추게 해 달라. 진짜 넌더리나는 주문이다. 달표를 빛낼 범생이들은 학업에 몰입할 수 없고 불량상품들 역시 소음 노이로제로 경기를 일으킬 판이다. 두피 함몰 후유증으로 몽둥이춤 추는 배 교련님의 동작 좀 쬐끔만 정화시켜 달라, 그런 것들이다.

　　특히 훈계 문장은 유치하기 그지없다.
　　'청소년들은 육체는 성인이지만 정신이 미숙하다'

'어른과 청소년의 구별이 안 되니까 마구잡이로 깎아야 한다' 는 시답잖은 논리를 솔직히 기백 번은 더 들었다. 예비 범죄생으로 규정한 채 조이고 눌러야 인간이 된다는 논리의 연장이다. 머리카락 길이도 그렇다. 중학교에 진학하지 못한 논두렁 친구들은 대부분 장발족이며 당연히 술집에서 담배도 피운다. 우리들도 그 틈에 끼면 똑 같다. 어떤 상황에서도 어른으로 변종하는 건 '식은죽 먹기' 라는 걸 알아야 한다. 빵모자만 뒤집어써도 뽀대를 올릴 수 있고 잘린 흔적 그대로 그냥 반창코나 파스를 붙여 부상병 포즈로 변신할 수도 있다. 그도 저도 아니면 아예 모자까지 벗어던지고 이마에서부터 훌러덩 벗어부치고 바리깡 고속도로를 내보이며.

'홀딱 깠다. 볼 테면 봐라, 상깔.'

통으로 드러내는 깡다구의 상징을 토로할 수도 있다. 민대가리로 다방 출입을 해도 시비 거는 일이 거의 없던 시국이니 '이가 아니면 잇몸' 이다. 중국집 방을 안내받으면 뽀이가 알아서 재떨이를 대령하고 볶음장에 배갈을 시켜 헤롱헤롱 마셨다. 내 친구 동구는 교복 차림 그대로 사창가 들어갔다가 임질이 걸리기도 했다.

그 중 독일어님(45세. 복싱 페더급 출신)은 특별히 인정이 많다. 그는 귀밑머리를 쥐어뜯지 않는 대신 손수 무료 이발 자원봉사를 실천하신다. 앞치마와 바리깡, 면도기, 가위, 머리 터는 솔, 머리카락 받아내는 보자기, 쓰레받기와 빗자루까지 이발 도구 일체를 정연하게 차려놓고 정식 세발 절차를 준비하는 것이다. 게시판 뒤로 불린 아이들의 이마를 짚고 이쪽저쪽 가늠하며 정성스럽게 모발을 다듬어준 다음 손거울을 비춰주며.

"마음에 안 들면 얘기해."

이발이 편안한 이유는 아스라하나마 부성애의 손길도 느꼈기 때문이었다. 인생 상담도 곁들여 다독다독 자투리 모발까지 정리해준다. 그동안 스승과 제자의 대화 기회가 전혀 없었으므로 독일어님의 단속만큼은 오히려 기다려질 정도였다. 졸업만 하면 무교동 낙지 골목에서 소주잔 놓고 가슴 터놓으리라, 그런 다짐도 생긴다.

"학생은 학생다워야 하는데."

그 지긋지긋한 문장도 독일어님이 던져주시면 느낌이 달라진다. 그러니까 똑같은 목소리도 스승마다 품격이 다른 것이다. 그랬다. 노대위님은 가위로 귀밑을 잘랐고 배 교련님은 날마다 고속도로를 내었지만 독일어님만큼은 순수 이발 자원봉사자로 나선 것이다. 프로에 근접하는 조발 솜씨로 이발비까지 절약되니 '악화가 양화를 생성하는' 셈이다.

그러거나 말거나 학동들도 살아있는 생명체임에 틀림없다. 스승님들이 나가자마자 서로의 고속도로를 문지르며 킬킬 파안대소에 빠진다. 거울 속 괴물 용상을 마주보며 이소룡 포즈로 빠샷빠샷 곡괭이 찍기나 고양이 발목치기도 선보인다. 어떠냐? 우리들은 극한 속에서도 분수 같은 에너지를 분출시키니, 그게 거선의 기관 소리 쿵,

쿵 울리는 청춘이다.

어느 날 배코머리가 '짠' 등장했다.

노 대위에게 이마빡 고속도로로 초토화 되던 다음날 기철이(175센티, 육군 준위 아들)의 표주박 대가리가 반짝반짝 나타난 것이다. 스님들이 비누 거품 바른 채 일자 면도기로 밀어낸 발광체 헤어스타일 그대로 번쩍번쩍 쳐버렸으니 마치 파리들의 미끄럼틀 같다. 새벽 등굣길부터 놀새떼들이 하나씩 기철이 곁에 몰려들더니.

"뭐라고 안 해. 꼰대들."

"……자를 수는 있어도 심는 방법은 없거덩. 아무리 싹싹 문지르고 물을 뿌려봐라. 싹 트고 뿌리 내리나?"

아닌 게 아니라 훈육실에서도.

'이 세이야……으이, 반항하지 맛!'

구두 닦듯 수건으로 슬컹슬컹 문질러나 보았을 뿐이니 배코 약발이 어지간히 먹힌 것이다. 그 후 벌초 당한 선수들이 하나씩 배코 대열에 합류하여 패거리가 되었으니 그게 '삭발 깡패'의 세력을 불어주는 후원자가 되기도 한다.

언제부터였나, 영등포 역전에서 등장한 삭발깡패들이 근방 포장마차부터 접수하더니 차츰 마포 쪽 당구장까지 갉아먹기 시작했다. 경찰들의 장발단속 호루라기 소리에도 도망칠 이유가 전혀 없으니 삭발깡패들 가슴도 담대해진다. 백열전구 대가리들이 모세관 현상으로 침투하다가 순식간에 교실의 주류로 자리를 잡게 된 것이다. 그랬다. 장발족 틈새에 빡빡이들의 출현은 신선한 위협이었다. 그 알전구 부대가 교실마다 서너 명씩 들어앉으니 반사체로 눈이 반짝반짝 부실 정도다.

그러나 밀어낸 모발은 반드시 성장한다는 진리를 깰 수가 없다. 며칠 사이에 터래기가 자라면서 오리지날 배코머리의 뽀대가 깨지긴 마찬가지다. 아무리 절망적 자해로 맨질맨질 밀어도 시간만 지나면 머리카락이 길어지게 되므로 스승의 바리깡은 녹슬 틈이 없다.

그 스승들의 폭주 행보에 제동을 걸 줄은 꿈에도 몰랐으니.

사춘기 럭비공의 돌발 상황에 너무 방심했던 것 같다. 생리적으로 성장하는 머리칼 행진에 무대뽀 진혹사 코스로 응징당하는 데 익숙했던 즈음.

"한 판 붙자."

처음에는 툭 던지는 소린 줄 알았다. 그런데 두식이의 어금니에서 뽀드득 소리가 들리는 순간 주변 풍경이 '동작 그만' 자세로 정지된 것이다.

"진짜야?"

이상하다. 종구가 소매를 바싹 당기면서 지진처럼 지축이 흔들리는 것이다. 철렁, 하는 서스펜스와 함께 목덜미로 소름이 오소소 덮었다.

"벌초 작업, 이제 초토화시키자."

그때까지 단속이 시작되면 그냥 견뎌야 할 뿐 반기를 들 수 있다고 생각한 적은 단 한 번도 없었다.
'달포 교정에서 대가리에 고속도로 작업만큼은 영원히 사라지게 만들 꺼야. 시발. ……몇몇이 짤리더라도.'

휴전선이 그어진 지 겨우 20년,
분단 조국, 언제 전쟁이 터질지 모르는 이 위기의 비상시국에 얼마나 무시무시한 모반인가. 그러거나 말거나 두식이가 총대를 메겠다고 선언하면서 그를 중심으로 모든 무게 중심이 출렁출렁 쏠리는 것이다. 그렇다. 한 판 붙을 수도 있는 것이다.
'할 수 있다.'
모두가 그렇게 영웅이요, 열혈 청년으로 변신하면 철옹성 담벼락도 무너뜨릴 수 있다. 그리고 분명히 들었다. 거선의 기관 같은 심장의 고동 소리가 쿵, 쿵, 쿵 울리는 지각변동 소리를 들었다. 놀새떼 구석 저만치에서부터 '일어서라' '일어서라' 추동하는 나팔 소리도 분명히 들었으니, 그게 '삼일천하'의 시발점이 된 것이다.

광화문 엽성 실업고(달포보다 떨어짐)에서는 스크럼 짜던 파워 그대로 교문 쇠창살 뜯고 연탄재도 퍼부었단다. 초장에 노발대발하던 스승들이 술취한 제자들이 몰려오자 종적을 감췄더라나. 학동들은 불 꺼진 교무실을 바라보며.

"교문 뜯어다가 엿 바꿔 먹자."
"교장 나왓! 혼자만 발 뻗고 잘 수 있겠냐구. 시헐."
'학교 종이 녹슬었다. 엿 바꿔 먹자. 선생님이 때리면 모두 덤비자. 우히히히히.'

저녁엔 술 취한 선수 몇 명이 현관까지 진출하여 유리창 날리고 쓰레기를 통채로 던져도 30분 동안은 두문불출이었다. 진짜 아무도 나오지 못하는 해방공간인 줄 알았다. 급기야 경찰이 삐융삐융 투입되고 주동자 다섯 명이 퇴학당하는 것으로 마무리되었다지만.

나는 생각이 달랐다.
"연탄재 투척하거나 유리창을 날리면 지는 거다. 그렇게 싸구려 태를 내면 '주위의 눈'들이 무시하게 돼."
나의 훈수는 거사의 품격을 세우기 위해서다.
"지고도 이기는 싸움이 있어."
그게 진심이었다. 깽판이 아니라 '상상하는 저항'이 되길 바랐다. 그리고 대부분 친구들은 즉흥적으로 편승해서 따라붙다가 결국은 이탈하게 될 것을 예단하고 있었다. 결국은 주동자 몇몇만 퇴학당할 것이니, 결국은 스스로가 감당해야 한다. 그렇다면 이 거사에 오래도록 자각될 수 있는 의미가 부여되어야 한다는 생각이다.

유신 중반 동토의 시국.

군홧발에 눌려있던 언 땅의 씨앗들이 그렇게 호시탐탐 고개 들려던 즈음이었다. 명문고 아이들은 의식화 대학생 선배들 따라 밧줄을 탄 채 '독재 타도'를 외치며 거리에 뛰쳐나오기도 했고 삼류고 아이들도 '두발 자율화'나 '무자비한 체벌 반대'를 슬로건으로 내거는 동맹휴업 사태로 울울 혈기를 삭이고 있었다.

"청년 학도여, 눈을 뜨자."

어느새 우리들 모두 애국자가 되었고 열혈 청년 독립투사로 변신했으니 이제 보스 두식이의 손가락 지시에 따라 목숨이라도 걸어야 할 판이었다. 그리고 새롭게 깨달았다. 숨이 막혔다가 고개 드는 순간 에너지가 스프링처럼 용솟음친다는 것을.

"우리의 몸을 지키는 민주화의 시발점이 될 거야."

"씨발점? ……년, 놈도 아니고?"

"책임은 내가 진다."

덕호(182센티, 흡연파)의 객쩍은 소리도 두식이의 어금니 깨무는 소리에 폭삭 파묻혔다.

"사열대에 올라 탄원서를 낭독하겠다. 선생님이 쫓아오면 교문을 뚫고 여의도까지 진출하자. D-데이는 3일 후다."

"……"

"오늘 밤 모여. 우리 집으로."

두식이가 선포하는 바람에 보통 반인 우리 반이 주축이 되었고 문과 우수반인 1반이나 이과 우수반인 7반 간부들도 몇 명 뒤늦게 따라 붙었으나 분명히 우리가 역모의 주역이다. 그렇다. 대학생들은 반역을 기하며 목숨을 걸기도 하는데 달포라고 훼손되는 몸을 못 바칠 게 없다. 아, 우리처럼 바닥 치는 성적표들도 거대한 슬로건으로 단체행동을 도모할 수 있구나.

"네가 검토해라."

나를 지목할 줄은 꿈에도 몰랐다. 두식이의 오더가 떨어지자마자 아이들의 눈길이 아주 잠깐 나에게 쏠렸다가 금세 흩어졌다. 앞자리 맨 구석에 박힌 채 한마디 말도 나누지 못한 내가 이번만큼은 특별한 역할을 맡을 수가 있는 것이다.

"교지에 글을 발표한 사람은 너밖에 없잖아."

나는 인쇄매체에 두 차례 발표했었다. 학교 교지와 세광교회 회지에 각각 한 번씩인데 두식이가 특별하게 눈여겨 본 것이다. 교지는 문예반 국어님께 투고를 했고 교회문집은 성일이(168센티, 범생이)가 슬쩍 들고 가더니 즈이 예배당 회보에 게재했다.

유리창에 성에꽃 핀 늦가을 아침 11월 20일. 그날이 거사일이다.

1라운드가 우리들의 승리였던 건, 담임인 찐빵님이 한 수 접어주었기 때문이다.

일단은 조용히 덮을 생각도 있었던 것 같다. 우리들 역시 곰돌이 인형처럼 통통 튕겨지는 기이한 체형의 담임님을 일방적으로 미워

한 것 같지는 않다. 4층 창틀에 매달려 교직원 축구 시합을 구경하다 보면 찐빵님의 그 레전드급 스피드가 혼비백산 진가를 발휘하곤 했다. 그때마다 아이들은 합창으로 감탄만 했다. 그 몸으로 진짜 잘 뛴다. 풀자루 같은 몸이 탁구공처럼 튀어 담도 넘고 철봉대도 넘는구나.

그랬다. 우리들이 교실문을 뛰쳐나가려는 찰나 그 찐빵님과 정면으로 부딪친 것이다. 이제 우리는 죽었다고 복창해야 한다. 그 강철 찐빵의 위력이 노발대발 폭발할 줄 알았는데, 오늘은 온화하게.

"얘들아, 교실로 들어가자."

웬일일까, 편안한 표정으로 다독이는 것이다. 어쩌면 선생님도 그 정도로 잠잠해지길 바랐을 것이다. 하지만 그 순간 학동들의 기가 분수처럼 솟구칠 뻔했다.

'보라. 우리들이 뭉치니까 선생님도 겁을 먹고 어쩌지 못하는구나.'

저 무시무시하던 훈육실 사부들의 축 늘어진 눈꼬리를 보라. 폭죽 기세 앞에서 억지 타협의 미소를 짓는 게 머지않아 항복할 것 같은 표정들 아니냐? 기왕 버린 몸 쇳물처럼 활활활 젊음을 쏟아보자. 사라호 태풍도 잠잠하다가 느닷없이 몰아부쳤으니 그게 폭풍전야의 고요다. 일면 불안하기도 했지만 이미 승해진 기를 주체할 수 없어 모두들 허공 5센티 이상 둥둥 떠다니는 것 같았다. 딱 한 명 나 혼자 불안했다.

"허심탄회하게 얘기해 보자."

저물녘 종례 시간에 찐빵님이 먼저 화해의 보따리를 풀었으니 지금쯤 다른 반 교실에서도 우리들처럼 담임과의 토론 시간이 벌어지고 있으리라. 우리들이 소원수리처럼 써낸 설문지를 읽으며 교무실에서도 격론이 벌어졌을 것이다. 그동안 닥치는 대로 때리고 깎던 행태를 반성하는 비둘기파 스승도 있었을 것이고 이런 때일수록 밀리지 말고 더 강하게 몰아쳐야 아이들 기를 꺾을 수 있다는 독수리파 스승도 있었을 것이다.

"어른들이 여러분들을 간섭할 시간은 앞으로 영원히 오지 않는다. 머리를 기르고 싶으면 대학에 가서 마음껏 길러라."

설문지를 체크하며 조목조목 해명의 시간을 가졌다. 망설이던 우리들도 조심조심 요구 사항을 내걸기 시작했다. 머리를 더 기르게 해주는 것도 중요하지만 제발 욕설 좀 정도껏 해주세요. 세느강 건너 인형공장 쇳소리가 너무 시끄럽다구요. 그 미주알고주알 사연이 엄살이 아니라 끝까지 참고 또 참았던 실체라는 것이다.

"선생님들이 화가 나서 어쩌다 한 번쯤 이 새끼 저 새끼라고 할 수도 있잖니?"

'어쩌다 한 번쯤'은 절대로 아니다. 적어도 몇몇 스승은 혓바닥에 비속어 제품을 오토로 생산했으니 당연히 그들이 타켓이 되어야 했다. 그런데 엉뚱하게.

"쥐새끼라고 해요."

관섭이(162센티, 흡연경력 보름)가 툭 튀어나온 것이다.

푸하하하하하.

"아니, 쥐새끼라고 말하는 선생님도 있었단 말이야. 그건 너무 심하다."

아이들은 전혀 우습지도 않으면서 책상을 치며 배꼽 잡는 시늉으로 데굴데굴 뒹굴었다. 그건 욕이 아니라 그냥 코미디 수준의 가벼운 단어일 뿐이다. 그런데 찐빵님이.

"좋다. 내가 시정시켜 줄게."

그러면서 엉뚱한 내용이 주문으로 추가된 것이다.

그 단어는 착한 남자 세계사님(27세, 167센티)의 입에서 나온 소리다.

갓 대학을 졸업한 그는 섬마을 수줍은 총각처럼 조신하려 했다. 실제로 첫 발령 한 학기 내내 단 한 대도 때리지 않고 수업에만 몰입하는 게 눈물겨울 정도였다. 그러나 달포인들은 순수 초식동물 그대로 놔둘 만큼 온순하지 않았다. 엎드려 자거나 도시락 까는 건 기본이고 19금 빨간 책을 보거나 땡땡이를 쳤고 더러는 일부러 이소룡 영화 스크린이나 혹성탈출 원숭이 흉내로 시비를 자초하기도 했다. 도시락 먹던 윤상이(174센티, 관악부)가 걸린 건 세계사님의 교단 입문 8개월 이후였다.

"나와 보올래. 야아, 왜 그래?"

발그스레한 쎄쎄쎄 제스처로 뺨을 밀어붙였을 뿐이니 그의 체벌은 '나는 마음이 약하다구요' 라고 양심고백 하는 수준이었다. 게다가 6교시 3반 수업에 가서.

"5반 아이 하나를 처음 때렸더니 마음이 아파."

그렇게 심약한 소리를 내던 스승이 서서히 인내심의 한계를 보인 것이다. 시간이 지날수록 목소리가 터프하게 변조되더니 가끔씩 맛이 간 사람처럼 뾰롱뾰롱 열을 받기 시작했다. 막대기가 배를 찌를 듯 얼씬거렸고 급기야 머리통까지 위협했다. 맞은 놈이 오히려 뒤뚱뒤뚱 오리춤을 추자 세계사님 얼굴이 더욱 시뻘겋게 부풀어 올라서 와르르 폭소를 터뜨리기도 했다. 그즈음 무심히 튀어나온 욕설이 '쥐새끼' 다. 책상 밑에 숨어 도시락을 까먹던 학수(168센티, 감자바위 출신)를 잡아내고.

"쥐새끼같이 숨어있네."

라고 딱 한 번 말한 게 끝이다. '나는 때릴 줄 몰라요' 하고 이마에 써 붙여놓은 것처럼 두어 번 툭툭 건드렸을 뿐이다.

그런데 교무실 비상대책회의 브리핑에서.

그 '쥐새끼' 가 툭 튀어나왔단다. 교장님을 위시한 70여 직원들이 뻣뻣하게 굳어진 회의석상에서 찐빵님이 차드를 넘기면서.

'쥐새끼도 있답니다.'

그 한 마디로 직원회의가 '빵' 터졌는데 세계사님 혼자 쥐죽은 듯 고개를 숙였단다.

"멩? 쥐새끼라구요? 아이구. 흉측햇."

교장님의 탄식에 조회 중이던 딸랑딸랑 스승들이 동시다발로 '휴우' 하는 한숨을 뿜었고 딱 한 명 세계사님 혼자 생쥐처럼 탁자 밑으로 들어갔단다.

그러나 그 곤혹스런 장면을 다시 우리 반 교실에서 털어놓는 걸 보면 결국 그 초짜 스승도 쫌보 스타일이다. 그는 벌겋게 식식거리며 소강상태의 교실을 점령한 채.

"40점 50점밖에 맞지 못하는 놈한테 호랑이 새끼라고 하니? 관악실에서 담배나 피우는 놈들한테 표범 같은 놈이라고 해. 쥐색기지, 똥개색기갆아. 교무회의 시간에 창피해서 아주 고개를 들 수가 없었어. 이젠 여기서 더 이상 머무르는 게 진저리가 쳐진다구."

그렇게 쉽게 자신의 인격을 드러내었다.

"……"

그래도 벗들은 모처럼 그의 넋두리를 고요히 들어주었다. 왠지 그이 목소리가 처연하게 느껴져서 한 번쯤 반성의 표정을 지어주고 싶었다. 그런데.

"나도 이 학교 출신이지만 공부만 열심히 해서 욘세대학교에 합격했어. 느네들도 할 수 있는데 왜 안 하냐구?"

엉뚱한 소리로 억장을 질러놓는 바람에 그는 피해자 겸 가해자가 되었다.

'40점짜리는 왜 쥐새끼 인생인가요?'

정공법으로 또박또박 맞서지 못한 채 그저 입술만 딱 붙였을 뿐이었다. 그러면서 부글부글.

'한 판 더 붙자.'

어금니 깨물었다. 그래도 이틀을 버틸 때까지는 다시 혁명전사처럼 용맹을 떨칠 줄만 알았다.

그랬다. 두 번째 도발을 시도하지 않았더라면 본전치기로 일단락 끝냈을 지도 모른다. 그러나 탄원서만큼은 반드시 군중 앞에 낭송해야 한다며 기어이 우리 반에서부터 한 판 일을 벌였다. 스승들이 그냥 잠재운 태풍으로 믿고 편안하게 입실한 순간 깜빡 놓친 것이다.

그런데 없다. 당연히 있어야 할 달포인들이 선명하게 사라졌다. 학동들은 이미 복도를 지나 계단에 진입했을 즈음이었다. 빈 가방만 망연자실 바라보던 배 교련님의 거무태태 빛깔이 순식간에 짬뽕 국물 색깔로 변종되었다.

그리고 저만치서 터져 나오는 아우성 소리.

"달포 건아, 끝까지 간다."

성원이(168센티)가 '밀림의 왕자 타잔' 처럼 '오오-오' 3층 계단 난간을 훌렁 넘는 게 시발점이었다.

우우우.

결의 수준만큼 하늘을 찌를 듯한 충천이 끝까지 지속될 줄 알았다. 나머지 열댓 명 역시 허들선수처럼 숑방숑방 질주할 때까지만 용감했었으니 ……솔직히 우리들의 능력과 한계가 딱 거기까지였다. 어느 새 훈육실 중년의 뱃살 팀이 이미 2층 출구에 바리게이트를 쳤으니 길목이 막힌 것이다.

"올라갓!"
 노 대위의 불어터진 찐빵 볼따구가 벌겋게 익어갔다. 손나팔을 내리고 박달나무 정신봉으로 난간을 꽝꽝 때리면서 기선을 제압했다. 3층 위에서 내리 밀어댔지만 선두 그룹이 막히면서 목소리가 죄죄죄 죽어가는 중이었다.
"……."
"안 올라가? 당장!"
 배 교련님이다. 지난 2년 동안 이 두 군복 스승들의 몽둥이 범위에서 한 치도 자유로웠던 적이 없었다. 막대기를 종횡무진 휘두르는 야전군 체질 앞에서 선두그룹에 선 열혈청년들이 딱 걸렸다. 몽둥이 바리게이트에 막혀 화들짝 몸을 돌렸는데 위쪽에서 막무가내로 밀고 내려오니 진퇴양난이 된 것이다. 게다가 본부교무실 스승팀에다가 과학부 선생님들까지 합동으로 막아섰으니.

 고혈을 짜낸 혈기창창 결의가 모두 거품이 될 판이다. 그러거나 말거나 인해전술처럼 밀고 내려오는 벗들은 선두 대열들이 팥죽이 되건 말건 무대포로 우왁우왁 밀어부칠 뿐이다. 그 소강상태의 와중에 내가 순간적으로.

"뒤로 돌앗."

그 얼떨결의 외마디에 스크럼이 분수처럼 꿈틀 솟구친 것이다. 그러자 난간 맨 뒤쪽부터.

"뒤로 돌앗!"

"뒤로 돌앗!"

돌림 노래 합창으로 재생되었다.

"매점 통로로 빠져 사열대 앞으로."

"매점 통로로 빠져 사열대 앞으로."

"오- 역시 문장가다운 순발력."

두식이가 어깨 치는 와중에도 단발마의 외침이 연쇄적으로 터졌다. 복창 소리가 산지사방으로 퍼져나가니 그게 바로 선동이다. 매점 통로로 빠지면서 우왕좌왕이 일사불란으로 변신한 것이다.

"교장실 옆 비상구 통해 운동장 사열대까지 진격."

그러자 뒤따라 쏟아지던 학동들 모두.

"교장실 옆 비상구 통해 운동장 사열대까지 진격."

마지막 '진격'이란 단어의 손나팔 합창과 함께 교장실 계단을 정면 돌파한 채 우르르 사열대 앞에 집합했다. 우리들의 급조된 전술이 막힌 장벽을 뚫은 것이다. 그렇듯 넓은 광장에서 제대로 한 판 붙는 줄 알았다.

두식이가 사열대에 올라 울멍울멍 탄원서 봉투를 꺼낼 때, 나는 보았다. 손가락을 깨문 그의 어깨 너머로 태양열이 후광처럼 '짱' 하고 내리찍는 것이다. 벗들 모두 어금니 깨무는데, 그가 종이를 펼치며.
"제가 이 자리에 오른 것은 한 개인의 사적 욕망이나 숨겨진 비하인드 스토리가 있어서가 아님을 어머니의 이름을 걸고 밝힙니다."
그렇다. 두식이 어머니 정도면 충분히 이름을 걸만한 자격이 된다. 나머지 어머니들이 모두 희생정신으로 살았더라도 '여자의 일생' 일뿐, 두식이 모친과는 차원이 다르다. 의식이 깨어있지 못하면 아무리 몸으로 박박 기어도 기껏 부지런한 노비가 될 뿐이다. 마찬가지다. 18세 청춘은 보호 대상이 아니라 역사의 주체가 되어야 한다. 유관순 누나도 16세이고 알프스를 넘은 하니발도 18세 아닌가. 춘향이와 이몽룡, 로미오와 줄리엣의 러브스토리도 이팔청춘 16세 때 얘기 아닌가. 그러니까 이 사열대 집회가 청년의식의 확산이 자리가 된다. 그때까지가 가장 용맹스런 달포 건아의 품격이었다. 그때까지만.

"저길 봐라."
종구가 손가락질한 3층 정면으로 망원경 하나가 지켜보고 있었다. 나머지 학동들도 도미노 현상처럼 고개를 돌렸다.
"교장님이다."

그리고 망원경이다. 광채를 뿜는 두 개의 구멍이 개미 새끼 하나 놓치지 않겠다는 듯 낱낱이 훑어내는 중이다. 기실 3층 창문으로 망원경이 등장한 게 처음은 아니다. 작년도 입학 직후부터 교장실 창문으로 가끔씩 감시망이 뜨긴 했는데 갸웃갸웃 지나쳤을 뿐이다. 그렇구나. 저 망원 렌즈가 호시탐탐 돌아가니까 스승들이 제자들을 옴짝달싹 휘어잡는 거구나. 스승들의 본성이 독해서 우리들을 괴롭히는 게 아니라 기성세대의 역학적 구조 속에서 기계처럼 움직이는 거구나. 어른들도 미로처럼 얽힌 먹이사슬을 견디는 거구나.

언제였던가, 복도를 순시하던 교장님이 느닷없이 우리 반 교실에 들어왔다. 그 틈입자가 게시판 쪽에서 낮잠에 빠진 아이를 깨우더니.

"에구, 느이 애비는 뭐하는 종자냐?"

제자의 가문을 들먹이며 콧수염을 다섯 개나 뽑았다. 차마 얼굴을 건드리기도 미안할 정도로 쪼글쪼글 노안인 동구(168센티, 재수생 출신)의 콧수염이다. 아, 쪼잔하다, 기껏 애늙은이 제자의 콧수염이나 뽑아대던 교장님이 이번에는 스승들의 감시자로 변신했구나.

그래서일까. 노 대위, 배 교련, 찐빵님, 덩치맨 물리님까지 전원 출동하여 법석을 부리는 것이다. 스승님들이 그렇게 점령군단으로 일제히 돌진하면서 우리들의 견고한 대오가 모래성처럼 무너졌다. 그랬다. 킹콩처럼 가슴을 쿵, 쿵 치며 달려오는 스승들 앞에서 우리들은 쥐새끼처럼 흩어지기 시작했다.

우리들은 허약했다.

두식이가 훈육실로 호출되면서 판세가 끝물로 접어들었으니 우리들의 실체가 결국 허약한 중생이었던 것이다. 그물에 걸린 물고기처럼 야금야금 떨어져나가는 비늘 파편을 더 이상 감당할 수 없었다. 종구, 석칠이, 민철이까지 맨투맨으로 끌려가면서 나는 포기를 선언했다. 그렇게 두식이도 패장이 되었다.

그 종례 시간,

각목을 치며 들어오는 찐빵님의 불타는 눈빛을 나는 영원히 잊지 못할 것이다. 벽돌이라도 날려버릴 듯 기세등등했던 질풍노도들이 일제히 꼬리를 내렸던 풍경도 도저히 잊을 수 없다. 오합지졸이 된 포로들이 다소곳이 고개 숙인 채 굽신굽신 처분만 기다리는 것이다. 그리고 교실마다 지상 최대의 매타작 쇼가 있을 거라는 소문과 함께 '게임 끝'이 선언되었다. 마침내 기세등등하던 우리들 모두 코가 쭈욱 빠진 채 교실로 끌려와 풀자루처럼 고개를 박는 중이다.

"1번 나와."

그게 60명 매타작의 첫 대면이다. 찐빵님이 겨누는 막대기가 내 얼굴을 구멍 낼 것 같아 눈을 뜰 수가 없었다. 여덟 명이 한 줄씩인데 매주 좌로 하나씩 이동하는 좌석 배치인데 오늘은 내가 맨 가운데 직방이었다. 제기랄, 처음 빳따(bat)와 마지막 62번째 몽둥이 강도가 하늘과 땅 차이라는 건 키 작은 앞자리 번호들만이 아는 설움이다.

나 역시 재빨리 찌질이 계산가로 변신했다.

스승들이 나를 시범 케이스로 지명하는 이유는 써먹기 좋은 재목이기 때문이리라. 적당히 만만한 떡 하나를 찍어서 아작을 내야 나머지 구경꾼들이 기가 죽는다는, 그 시범케이스의 생리를 나는 안다.

"왜 데모했어?"

동시에 튀어나온 대답이란 게 고작.

"얼떨결에 휩쓸렸습니다."

그 말이 정답일 수도 있다. 나는 주류에 속하지도 못하고 단지 두 식이가 던져주는 첨삭과정에 딱 한 번 끼어들었을 뿐이니, 그게 '얼떨결'이다. 단체 행동에서 나 혼자만 살겠다고 쏙 빠진다는 건 있을 수 없는 일이다. 최소한 대오만큼은 맞춰줘야 했다, 고 생각 중인데.

"넌 병신이냐?"

빠각.

정수리로 각목 파열음이 터졌고 교실은 얼음장 같은 침묵에 빠졌다. 나 역시 답변에 대한 자책으로 자존감이 망가지면서 아찔하게 힘들었다. 그러나 각목이 연거푸 터지면서 나는 창피함보다 매의 아픔을 견디지 못해 최대한 조그맣게 움츠려야 한다.

'넌 병신이냐?'

(그 문장이 몸 구석구석 수치스럽게 찌르기 시작한 건 종례가 끝나고 시내버스 정류장에서였고.)

"2번."

찐빵님은 부반장 2번 석칠이(158센티)보다 2센티 작은 단신이지만 가슴둘레는 두 배쯤 넓다. 교탁 위에 손목시계가 던져지면서 석칠이의 얼굴 빛깔이 납덩이처럼 잿빛으로 번진다. 먼저 찐빵님의 장풍(掌風)에 맞고 폐곡선으로 휘청거렸다. 석칠이의 울대가 단박에 시뻘겋게 부풀어 올랐다. 앞 번호 두 명의 시범 케이스를 체험한 2학년 5반 열혈청년들의 얼굴 빛이 모두 순식간에 회색빛 석고로 굳어버렸다.

3번 김충식은 등록금을 내지 못해 자퇴를 했고,

4번 백남일(관악부)이 세 번째 불려나온다. 그는 일찌감치 칠판에 손바닥 대고 엉덩이를 바싹 붙였다.

"관악부가 …….'

흐느끼듯 덜덜 떨리는 목소리에 진정성이 넘치는 것도 같다.

"나를 배신햇.'

유리창 너머 고양이 울음소리가 들렸지만 누구도 반응할 수 없었다. 아프다. 그러니까 아픔은 정서적 심정이 아니라 물리적 실체다.

"내가 투자한 시간이…… 얼마나 지극한데 …배은망덕한.'

관악부에서 찐빵 스승님의 헌신성은 이미 레전드급이다. 방과 후 무료 레슨에다가 공납금 없는 불우 제자를 위해 월급통장을 깨기도 했다. '으아아' 포효하듯 발산하는 게 그 배반감의 토로다.

그래서일까, 승일이는 죽을힘을 다해 칠판 짚은 손바닥을 떼지 않았다. 나중에는 흑판에 다섯 손가락 모양의 땀방울 자국이 부조처럼 움푹 패일 만큼 화끈하게 맞으면서 때리는 스승과 매 맞는 제자 사이의 고래심줄 의리를 확인시켜 주었다.

그러나 다섯 명 이후 몽둥이의 강도가 확실히 떨어졌으니, 키다리들은 안도감을 감춘 채 고요히 타작 순번을 기다릴 뿐이다. 그러다가 정작 자신이 매 맞는 차례에서는 '코프라 트위스트' 처럼 몸을 비틀어서 타격자를 만족시키는 연출도 제공했다. 덩치 큰 놈들 엄살이 더 심하다.

그리고 찐빵님이 원하는 대답이란, 그가 가장 경멸하는 문장이기도 한.

'얼떨결에 휩쓸렸습니다'

그 문장의 이중성이었다. 찐빵님은 내가 던진 '얼떨결' 이란 어휘를 항복문서 삼아 위엄 있게 매타작 잔치를 벌이고 싶었던 것이다. 그런데 열혈 청년의 패기로 불쑥.

"이건 인권침해입니다. 우리들의 신체인 머리카락을 본인의 동의 없이 함부로 훼손할 순 없습니다."

쩌렁쩌렁 외치는 학동은 송남이(163센티, 한문 독학생)었다. 찐빵님은 쓰뭉하니 바라보다가 냉혈인간 표정으로.

"……뻗쳐."

쇳날처럼 싸늘하게 뱉는다.

"신체발부는 수지부모(身體髮膚 受之父母)입니다."

열두 대를 맞으면서도 꼬마맹자답게 눈빛의 흐트러짐이 없었다. 찐빵님은 어렵쇼, 하는 표정으로 몽둥이질의 강도를 획획 높였지만 송남이는 마지막 열두 대째에서 보자기처럼 쓰러지면서도 신음소리 하나 지르지 않았다.

"그리고 친구들 사이의 의리를 지켜야 합니다."

송남이가 몸을 풀썩거리며 기어이 한 마디 보탠다. 그래서일까, 그 치도곤 과정에서도 소신파 벗들은 그나마 차별화된 눈총으로 보상받을 수 있었다.

"자퇴서를 내기로 했다."

아무 소리도 할 수 없었다. 어느 누구도 패장의 다음 행방에 대하여 물어볼 용기를 내지 못했다. 다음날부터 등급별 수위로 징계를 먹은 학부형들이 줄줄이 소환되면서 저마다 '내 코가 석 자'가 되어 자기 방어에 급급해져서 더 쉽게 무너졌다.

특별한 기억은 종구네 아버지(47세, 건어물 가게 주인).

빼빼 마른 몸과 독수리 눈매, 굳게 다문 입술이 딱 훑어도 만만찮게 보였다. 그는 교무실 앞에 서더니 대번에 무릎을 꿇는다. 화들짝 놀란 스승들이 아무리 팔을 잡아당겨도 돌부처처럼 굳어진 채 움쩍도 하지 않았다. 그래서일까. 그 중년의 사내가 교무실 앞에서 실제로 손이 발이 되도록 비는 스크린이 잊혔다가 되살아나곤 했다.

'내 자식을 살리기 위해서는 끝까지 무릎을 꿇고 일어서지 않는

다. 그러나 그게 안 되면 죽인다.'

종구 아버지가 가방 속에 낫자루 하나를 숨기고 왔다는 소문을 듣고 그 와중에도 싱숭생숭했었다. 그러다가 무기정학 열흘로 결론이 나자 미련 없이 묵묵히 귀가했단다.

"가방이 열렸으면 피를 보았을 거야."

그런 흉흉한 소문도 거품이 되었는데 종구는.

"이제는 어쩔 수 없이 공부를 해야겠다."

엉뚱하게도 열공파 선언을 해서 어리둥절하게 만들었다. 종구는 무기정학에 안도하면서 실제로 열흘 내내 복도에 엎드려 주경야독 포즈에 빠졌고 전투에 지친 나머지 벗들 역시 태풍을 보내고 빨리 입시 모드에 빠지려 했다.

마지막 축구 한판.

30번 안쪽과 바깥쪽으로 편을 갈랐으니 키다리 팀과 조무래기 팀의 대결이다. 최장신 덕호는 60번이었으나 애당초 작은 애들과 어울렸으므로 조무래기 팀으로 소속되었고 17번 공헌이는 키가 작았으나 원조 깡다구답게 흡연파가 많은 큰아이들 편에 섞여 축구를 했다. 체육복이 아닌 각자 집에서의 추리닝 차림이어서 훨씬 산뜻해 보였다. 그 중에서도 퇴학생 심판인 두식이의 바바리코트와 호루라기 착용이 가장 돋보였고.

그 송별 축구는 전후반 모두 팽팽하게 맞서다가 2:2로 동점이 되었다. 후반 종료 3분 전, 키다리 팀의 기습적인 골도 업사이드로 선언되었다. 마지막 패널티킥 승부까지 팽팽하다가 마침내 스코어는 8대7, 큰 놈들 쪽이 한 골 차이로 이겼다.

이제는 두식이와 영원한 석별의 시간.

그가 맞은편에 혼자 서 있고 스물두 명이 일렬로 도열한 채 악수 순서를 기다려서인지 왠지 우리들의 풍경이 대등하지 않다고 생각되었다. 석칠이는 헤어지기 직전.

"너의 선동 장면은 청년 18세 최고의 사건이었어."

사내끼리도 그렇게 진한 포옹을 나눌 수 있음을 처음 알았다.

"시간이 지나면 모든 것이 그리워질 거야. 세느강이나 바리깡 고속도로까지……다독다독 기다릴께."

맨 끝줄에 숨어있던 내가 간신히 두식이의 손을 잡았다.

"영웅은 원래 외로운 거야."

나를 물끄러미 바라보면서 두식이가.

"다음에 만날 땐 1번이 아니라 30번쯤이 되어서 만나자."

"이제 콧수염과 거웃도 나기 시작했으니 훌쩍 크게 될 거야. 드디어 몸에 물이 오르기 시작했다."

"너는 장차 시인이 될 것 같다."

나는 더 이상 말을 잇지 못하고 그가 쓰다듬는 손길을 다소곳이 받을 수밖에 없었다. 그리고 교문을 나서는 우리들 영웅의 뒷모습을 쓸쓸히 바라본 게 끝이다. 은행나무 위로 때까치 몇 마리 날개 칠 때마다 눈시울이 시린 건 진눈깨비가 희끗희끗 눈동자를 적셨기 때문이다. 오동나무 이파리가 빈대떡처럼 떨어지는 초겨울이었다.

나는 오늘 평화를 보았다

D-15

노 대위는 '질서'라는 단어를 혀에 달고 다닌다. '오와 열을 맞추라'며 똑같은 문장을 쫠쫠 틀어서 등굣길마다 맞춤형 노이로제를 제공하는 중년의 상남자 스타일이다. 여의도 왕복 행진이나 뚝섬 소풍, 체육대회 입장식이나 달포구 합동 교련대회는 그렇다 치더라도 등하굣길 길거리에서까지 네 명 이상이 걸을 때면 줄을 맞추라는 건 나가도 너무 나간 주문이다.

흩어져 다니면 학동들의 품격이 우왕좌왕 어긋나는 행위라는 논지에서 출발한다. 그 무질서 때문에 시민들의 눈살이 찌푸려지는 만큼 나라가 혼란스러워지며, 나라가 혼란스러워지면 휴전선 너머 북쪽의 적을 이롭게 하는 이적행위가 될 수도 있단다.

최근에는 새로운 아이디어 하나를 또 개발했으니 그게 교문 앞의 멀쩡한 건널목을 막아놓은 사태이다. 횡단보도 페인트가 멀쩡하게 그려져 있는데 그 길을 막아놓고 굳이 20미터 떨어져 있는 육교를 ㄷ자로 뺑뺑 돌아가라는 신개발 주문도 황당하다. 어느 운동장 조회 시간에 교장님이.

"서울시의 피 같은 공금으로 건설한 육교를 건너지 않고 사소한 편리를 위해 건널목을 건넌다면 그게 건설 공사에 대한 모독이다."

그게 교장님의 오더임을 빤히 알면서도 한사코 노 대위에게만 비난의 화살을 돌리는 우리도 떳떳하지는 않지만.

"육교 이용이 애국애족이다."

그 말이 이해가 되는 건 절대 아니다. 난간이 녹슬도록 방치하면 세금 납부에 대한 모욕이고 육교를 세워준 불도저 서울 시장님에 대한 무례란다. 따라서 그 오르막 계단을 비워놓으면 당연히 불량 학생이 된다.

'신고하는 엄마 되고 간첩 잡는 아빠 되자.'

계단을 오르내리면서 난간의 플래카드에 적힌 반공 표어를 좔좔 외우라는 속셈도 조금은 있을 것이다. 바야흐로 멸공 시국, 반공을 넘어 승공을 이룩하고, 승공을 뛰어넘는 멸공 정신으로 국민의 정신을 재무장해야 한다.

친절한 이웃들도 간첩인가 의심하란다.

그 의심의 축은 국민 총화에 포커스를 맞춘다. 언제부터였나, '산불조심' '산림녹화' 같은 실용성 표찰이 사라지면서 '구국의 10월

유신' 같은 애국적 문장이 주렁주렁 걸리기 시작했다. 그렇다. '시월 유신'과 '간첩 신고' 문장을 달달 외우기만 해도 애국심의 절반은 배양되니 일단 눈에 넣고 달달 외우는 게 중요하다.

대의원들에 의해 체육관에서 선출된 대통령을 존중하라는 플래카드가 펄럭이던 시국이다. 육교를 지나 마포대교까지 치렁치렁 도배시킨 현수막 문장도 딱 그만큼만 유용하다. 그래서일까, 스승들은 행여 사춘기 럭비공들의 '울컥'이 튀어나올세라 조심조심 입단속 시키는 중이다. 특히 교장님은 조회 때마다.

"대통령 직선제 비용이면 삼천만 국민의 일주일 양식인데 영도자 한 분 뽑는데 엠한 혈세를 낭비할 수 없다. 간접선거로 비용을 아껴야 국수라도 배불리 넣을 수 있다. 알겠죠?"

"옙!"

우리는 조회대의 연설이 짧아지기만 바란다, 단도직입 - 아가씨 치마와 운동장 조회는 짧을수록 좋다. 행여 집합 속도가 늦었거나 대열이 삐뚤어졌다는 잔소리로 연설 주제가 옆길로 새게 되면 어디까지 늘어질지 그 끝을 예측할 수 없는 것이다. 그러니까 훈시 시간이 고무줄처럼 늘어지기 전에 부동자세로 서 있어야 한다. 교장님 마이크의.

"친북좌파들은 숨은 그림처럼 보이지 않다가 갑자기 송곳 주머니를 뚫고 나와 느닷없이 기회를 노린단 말입니다. 그 암세포를 뿌리 뽑는 게 급선무인데……때가 비상시국이니만큼."

그 배후 조종자로 '빨간 잠바 대학생 부대'를 지목했다. 수박의 파란 껍질을 쪼개면 새빨간 속살이 정체를 드러낸다나, 어쨌다나. 그러니까 오랜만에 나타난 우리 삼촌도 간첩인가 다시 보아야 한다. 그 늘어진 테이프 같은 잔소리를 15분가량 견디면 아주 짧은 휴식이 찾아오니 그거라도 찾아 먹는 게 실속이다.

아니다. 더 적극적으로 추종해야 한다. 그가 '붉은 악마 타도하자'며 핏발 세우면 우리 학동들 모두 아프리카 킹콩처럼 두 발바닥 쿵쿵 굴리는 반응 자세를 보여줘야 한다. 그랬다. 운동장 조회마다 귀에 박히던 소리가 중심에 자리 잡았으니 그게 세뇌의 힘이다. 그러니까 계집애들 고무줄놀이에서도.

일하시는 대통령
이 나라의 지도자
삼일정신 받들엇 총
사랑하는 민족 위해
오일륙 이룩하여
육대주에 빛내고
칠십 년 대 번영은
팔도강산 뻗친다
구국의 새 역사
시월유신 김유신

물찬 종아리들이 폴짝폴짝 비늘 떨어내는 것이다. 치맛자락 나풀 댈 때마다 사명감이 폴랑폴랑 넘쳐서 헛배를 부풀리곤 했다. 9분도 쌀밥이 그림자처럼 골목길마다 아른거리던 시국.

D-10

운동장으로 먼지가 뿌옇게 피어오를 때마다 단풍잎들이 매연 속에서 이파리를 빨갛게 올리는 중이었다. 지금은 수험생들의 첫 관문인 예비고사를 달포쯤 남겨놓은 9월의 마지막 주,

그 초미의 타이밍에 고삐 매인 채 운동장에 끌려 나오는 코스라니……우리들은 아무도 대응하지 못했다. 달표 고교 교정의 무대뽀 교련 검열 시스템에 '소리 없는 아우성' 조차 내밀어선 안 된다. 스승들도 마찬가지이다. 제자들의 예비고사 준비보다 지금 당장 학교 행사인 교련 검열 통과가 더 중요하다.

예비고사는 전국 수험생의 절반을 잘라 대학 시험 자격을 부여하는 제도다. 명문고 학생들이야 그냥 통과의례 수준이지만 중하위권 고딩들은 모가지가 걸린 장벽이었고 특히 삼류 고교는 낙타가 바늘구멍을 통과하는 것처럼 목숨 건 전쟁이었다.

그렇다고 교련 검열에 자긍심을 가진 고딩이 없는 건 아니다. 소대장급 이상 간부들은 복장부터 달랐으니 어깨의 노란 견장부터 차별화되었다. 교련복 상의에 엑스자 흰 휘장을 걸쳐서 햇살이 내리쬘 때마다 번뜩번뜩 광채를 내면서 동급생끼리도 레벨이 바뀐 탓일까.

가을 땡볕 선두에 서서 목소리를 높이는 것이다. 그 대표 간판이 민석규였고.

우로봣.

그 복창은 육교 위 미니스커트 누나들의 눈빛을 의식해 촉수를 세웠을 게 틀림없다. 실제로 보았다. 우로봣, 목청을 터뜨리는 찰나 육교에서 내려오던 생머리 미니스커트와 눈이 마주쳤다나……얄미운 건 얄미운 거지만 마땅한 응징 방법은 없다. 특히 지난주에는 완장값이라도 하겠다는 양.

"교련 검열 퇴짜 맞으면 재검열 받아야 한닷!"

직함이 반장에서 소대장으로 바뀌는 만큼 교련 시간마다 새끼 교관의 흉내를 내는 것이다. 그뿐이었다. '발등의 불' 대학 입시 앞에서 교련 검열이나 받으라는 국가 시스템도 한심하지만 단추만 누르면 뺑뺑이로 돌리려는 스승들도 어이없고 동급생 완장들도 답답한 존재임을 분명히 알고 있다.

그렇게 전국 고등학교를 꽁꽁 묶어놓은 교련과목은.

일제의 잔재라며 1960년 4.19 직후에 폐지 시켰다가 김신조의 등장으로 부활된 작품이다. 1968년 이른 겨울, 북한 124 군부대에서 특수 훈련을 받은 무장간첩 31명이 서울 세검정 초소까지 잠입한 사태의 충격으로 시초가 되었단다.

그들의 잔인한 소문도 오싹하긴 하다. 세검정 초소에 다짜고짜 기관총을 난사했으며 지나가던 버스에 수류탄을 던졌고 현장 지휘자 최규식 총경을 전사시켰다. 당연히 그들도 죽었다. 군경합동 수색팀에 의해 31일까지 28명이 사살되고 김신조를 생포했으나 2명은 휴전선 너머 도주로 마감되었다.

"박정희 멱을 따러 왔수다."

기자 회견에서. 딱 한 명의 생존자 김신조의 인터뷰가 도발되자 선동 언론들이 마이크를 물어뜯기 시작했다. 브라운관은 멸공 논객들의 독무대가 되었다. 남한에서도 당장 서른한 명 숫자의 똑같은 인간병기를 급조하여 '기밀썽 멱을 따야 한다' 며 시불시불 레이저 눈빛을 쏟아내었다. 군 복무가 34개월에서 36개월로 늘어났으며 향토예비군이 창설되었고 등화관제와 불심검문으로 밤마다 칠흑의 그물에 꽁꽁 묶어놓았다.

중등학교에 예비역 장교나 장기 하사관들이 교련 교사로 등장하면서 찬바람이 불기 시작했다. 언제부터였나, 교련님들이 체육님들을 제치고 군기반장 1호로 자리 잡던 즈음이다. 제자들에게 군인정신을 주입 시킨 게 체육님과의 가장 큰 차별성이다.

대학생들에게까지 교련복을 입혔고 운동장마다 나무 목총 두들기는 소리가 왝왝 메아리쳤다. 여고생들도 구급법을 뛰어넘어 '우향 앞으로 갓' '줄줄이 돌아 갓' 군기잡기가 시작되었으니 그 덫과 굴레를 피할 수가 없다. 아침마다 그렇게 대열 맞추는 소리가 몰려오다가 하필 달표 고교가 마지막 타임인 10월 검열에 걸린 것이다.

"님께서 부르시면 이 몸을 초개같이⋯⋯."

그런데 맨날 열병, 분열, 총검술 따위만 강도 높게 반복하는 그 병정놀이 같은 제식훈련들이 실제로 전쟁터에서 무엇을 발휘할 수 있을까. '핵무기가 떨어져도 절도 있는 제식훈련이 가능한 것일까' 설레설레 흔들지만, 그러거나 말거나

"퇴짜 맞으면 초장부터 완죠니 다시 해야 돼."

그래서 우리들은 국군의 날 행진병처럼 팔을 90도 직각으로 올렸고 운동화 착지 소리를 쿵,쿵 일치시켰으며 목총으로 허공을 쑤셨다. 간혹 반항아들이.

"재탕 검열⋯⋯.링기미, 너 죽고 나 사는 거지."

콧방귀 뀌면서도 종시 불안했다.

D-9

노 대위를 다시 설명해야 할 것 같다.

'몇 대까지 맞을 수 있는 게 인간의 한계일까?'

제자에게 개머리판 내려치면 쓰러지며 비명을 지르는 악마의 실루엣이 영원할 줄 알았다. 그 첫 저항인 공순구의 등장까지는 그랬다. 그의 몽둥이를 흥부처럼 묵묵히 받아내는 '무저항의 저항'으로 전설이 된 사단은⋯⋯영어 단어장 때문이었는데.

"3중대 2소대 집합."

그 소리를 놓치고 약 1분 정도 단어장을 외운 게 죄가 된 것이다. 벗들이 세 발자국 움직일 때까지 단어장에서 눈을 떼지 못하는 순구(480명 중 14등, 斜視)가 레이더에 걸린 건 재수떼기만은 아니다. 그의 사팔눈을 '노려보는 눈매'로 착각한 스승이 기실 여럿 있었다. 모두 처음에는 몇 대 정도에서 끝날 줄 알았다.

"막지 맛! 손가락 부러진다."

손가락 대신 이마빡 깨지라는 주문인가. 막지 말라는 명령과 동시에 때리고 또 때리는 기계 작동 중이다.

딱, 딱, 딱.

낙숫물처럼 떨어지는 몽둥이 소리가 끊어지지 않는다. 천천히 오래 때리는 매가 가장 잔혹함을 처음 알았다. 그런데 순구가 전혀 피하지 않고 쏟아지는 막대기 세례를 수도자처럼 묵묵히 받아들이는 것이다. 그게 타격자를 더욱 열 받게 만들었으니 '어렵쇼' 표정이 '이것 봐라'로 바뀌면서 타격 강도를 높이기 시작했다. 스무 대 이후 공순구의 어깨가 조금씩 가라앉는가 싶었는데.

"일어섯."

제자는 정수리를 대주고 스승은 기계처럼 막대기를 내리친다. 그리고 37대에서 멈췄다. 눈물 한 방울 흘리지 않던 순구는 노 대위가 교실을 나가자마자 눈사람 녹듯이 푸시시 주저앉았다.

"영원히 잊지 않을 거야."

나도 역시 기억하는 '열아홉의 눈'이 되기로 했다.

유신헌법을 비판하는 스승들도 있어서 아주 가끔 숨통이 트이기도 했다. 불안한 눈동자를 돌리며 힐끗힐끗 곁눈질하다가.

'대통령 각하가 조금 성급하셨어요.'

에둘러 메시지를 전한 스승은……국어님, 역사님 등이니 아무래도 교과목마다 성향도가 있는 것일까. 사회님이.

"대통령 직접선거는 돈이 많이 드니까 통일주체 대의원들이 체육관에 모여 뽑는 간접선거로 바꾼 거야."

억지 설명을 하는데 내가 얼떨결에.

"대의원 선거는 돈이 안 드나요?"

제자의 도발에 어럽쇼, 사회님이.

"그런 말 하지 마라. 나는 거기까지만 설명할 수밖에 없다."

특히 '그런 말'이라는 어휘에 시니컬하면서도 환해지는 얼굴 표정이 묻어있음도 단박에 읽어내었다. 그 스승들의 행간을 찾으며 쬐끔 위안을 갖기도 했지만.

왜 또 다른 스승들은 대개.

멀쩡한 하이칼라를 던지고 군인 흉내 내기도 하는 것이다. 차렷 자세에서 양 무릎이 붙지 않았다거나 발바닥을 45도 벌리지 않았거나 거수경례에서 손바닥이 보인다며 어깨빵 치는 모습이 신종 수입된 군대 문화다.

우리들도 반항의 엄두를 못 냈으니 그게 스프링 논리다. 바위에 눌려 꼼짝없이 죽어 있다가 쬐끔 벌어지는 순간 강도 높게 튕겨 나가는 스프링 논리……지금은 그 옴짝달싹 눌린 상태이므로 반항할 수 없다. 그랬다. 교문만 나서면 뒷골목 건달들과 겨뤄 볼 만한 울울청춘들도 스승들 앞에서는 납작 숙이는 걸 당연하다고 생각했다.

D-8

멍때리는 케이스 해마님(윤리. 49세)은.
 학교마다 하나씩 존재하는 '미친개'나 '독사'의 전형이다. 본색을 보여준 조기 청소는 매주 수요일 새벽 월례 행사인데 학교 근방 소재지 학생들로 구성되었다. 30분 빨리 등교를 했고 주번 교사의 지휘 아래 비질이나 담배꽁초 줍기로 어영부영하다가 들어가는 작업이니 솔직히 엄청 힘든 것도 아니었다. 그날은 우리 반이 조기 청소에 걸렸고 하필 그가 주번 교사였던 게 원인 제공이다. 그때까지 정체를 몰랐으므로 짤짤이나 닭싸움으로 시간 때우다가 등교 직전 구름과자 한 대씩 뽀송뽀송 피운 다음 교실에 들어가려 했을 뿐이다. 여명 즈음 집합 소리가 들려서 작별의 잔소리 인사인가 보다 하고 무심히 모였다. 그때까지는.
 "우로 어깨 빗자루."
 싸리비를 오른쪽 어깨에 걸치라는 명령이니 그게 '우로 어깨 총'의 패러디이다. '우향앞으로 갓' '뒤로돌아 갓' 제식훈련에 돌입할 때만 해도 생뚱한 재미도 있었다. 잠깐 쉬는 타임에 놀새떼 학동 규섭이의 '빗자루 총검술'이 그의 레이더에 포착된 것이다. 왜 제식훈련 시간에 총검술이냐는 것이다. 솔직히 개그 훈련의 맞춤형 몸동작이었을 뿐인데 해마님의 핏줄이 불뚝불뚝 솟는 것이다. 빗자루 제식 훈련은 왜 상큼한 몸짓이 되고 빗자루 총검술은 왜 어긋난 가시가 되는가.

영문도 모른 채 손가락 까딱이는 대로 앞에 나갔을 뿐이다. 그 순간 해마님의 선방에 규섭이의 상체가 휙 제쳐지면서 비닐봉지 하나가 툭 떨어져 나왔다. 10원짜리 삼립빵이다. 절반쯤 떼어먹은 구멍가게 10원짜리 밀가루빵 사이로 크림 조각이 날름거리는 게 먹음직스러웠을까. 그 와중에도 빵 봉지를 훌훌 털어 주머니에 쑤셔 넣는 규섭이.

"……얼씨구, 삼립빵?"

해마님은 턱치기 서브미션 직후 엎드려뻗쳐를 시켰는데 아, 장난 아닌 사태가 벌어진 것이다. 열 대에서 스무 대, 마침내 서른 대까지 횟수가 불어나면서 구경꾼들의 얼굴이 하얗게 굳어버렸다. 다시 규섭이에게 빗자루를 들게 하더니.

"반경 2미터 원을 그리는데 5초! 실시!"

2라운드에 돌입한 것이다. 동그라미 속에 갇힌 규섭이 얼굴을 몽둥이로 겨누며.

"피하려면 피해 봐라. 단 네 몸이 금 바깥으로 넘어가면 처음 하나부터 새로 시작한다."

숑방숑방 토끼몰이 몽둥이질을 시작했다.

그물 속의 규섭이도 만만치는 않았다. 피하는 걸 포기한 채 '마음 껏 때리쇼' 몸짓으로 가드를 내렸으니 '예전의 폭행 노 대위와 체념 저항 공순구의 대결 스크린'이 된 것이다. 그리고 나는 보았다. 고개 숙인 규섭이의 눈자위에서 터지는 노랗고 파란 스파크를 재빨리 보았다. 아무 일도 없었다. 그 해마넘이 2학년 그의 담임반 제자들의 스트라이크에 쫓겨난 건 나중에 따로 벌여야 할 얘기이고.

D-7

이번에는 3중대 2소대 총검술 시범.

표준 체형의 교련복 40벌이 '와아~' 말굽 함성으로 일사불란의 틀을 갖추려 한다. 교실 60명 중 163센티에서 잘랐으니 3학년 2반의 앞번호 스무 명가량만 대기병으로 남게 되었다. 교실 창틀에서 제비 새끼처럼 매달려 구경만 하는 소아마비나 빈혈 환자들을 빼면 시범조에 뽑히지 못한 순수 짜리몽땅은 10명 남짓도 안 된다. 큰놈들은 뽀대만큼 몸이 혹사되고 작다리들은 몸이 편안한 만큼 뽀대가 죽는다. 그러거나 말거나 남아있는 장롱다리들끼리 그 찜찜한 휴식에 빠지는 중인데 내가(성강철, 157센티, 1년 사이에 5.5센티 더 컸음.)

"뭔 선발대 생고생이냐? 키 큰 놈들 몸값으로 뺑뺑이를 도는구나. 우이 씨. 편하고 좋잖아."

그러면서도 잔당의 휴식이 수모스러움을 쬐끔은 느끼는 중인데.

"느넨 왜 저기도 못 끼냐?"

5반의 박상운(179센티)이 땀을 닦다가 비양비양 묻는다. 교련복 소매로 땀을 닦는 표정도 여유만만이라서 머쓱한 부러움도 생길 판인데.

   "키가 작다는 핸디캡 때문이다. 짜샤."

   반전 답변이 생뚱해서 조무래기 교련복들이 더 크게 웃을 판이다. 두식이었다. 그렇다. 얼음주먹 두식이는 통나무 알통으로 키다리들을 제압할 만큼 힘이 세다는 소문도 뜬 상태다.

   "170 이하는 루저인데."

   박상운이 발을 빼면서도 한 마디 슬쩍 던진다.

   "요새는 미니스커트가 유행이야. 뭐가 유리하겠냐? 멀대 팀들."

   그때 뒷줄에서.

   "그만 얘기하고 글자 수 좀 맞추자. 선생들이 우리 미래를 책임지는 것도 아니잖나?"

   공순구가 단어장을 꺼내면서 사팔눈을 쏘아댄다.

   아닌 게 아니라 저쪽 우수반(1반)에서는 아까부터 탐구적 분위기라서 나머지 학동들 모두까지 면학 분위기로 바뀔 판이다. 그러니까 고3 수험생들은 각자 내 인생을 위해서 닦고 조이고 기름 치면서 발등의 불을 꺼야 할 판이다. 낙방생의 주홍글씨로 찍히지 않기 위해 우리끼리 공부한다.

   지금은 전략적으로 암기과목에 집중하는 시점이다. 노력한 만큼 오르는 과목이 있고 재빨리 포기해야 할 과목이 있는 것이다. 솔직히 영어만 해도 노력 여하에 따라 쬐끔씩 점수가 오를 수 있으나 수학은 달랐다. 수학은 타고난 두뇌에 의해서 좌지우지된다. 달달 외우고 문제풀이과정까지 분명히 뇌 속에 집어넣었더라도 막상 실전에서 숫자나 기호 몇 개만 비틀어 놓으면 헝클어지는 게 수학의 특성이다. 그 순간.

"총검술 시범조."

집합 명령이 떨어지면서 시불시불 주머니에 단어장 쑤셔넣는 소리가 들린다. 그런 부글부글을 감춘 채 조개처럼 입을 꽉 다물었는데도 스승님들은.

"질서가 없다. 질서!"

그 똑같은 목소리만 재생시킨다.

"파먹은 수박처럼 대가리 텅텅 비우고 검열에만 몰입하란 말이얏."

노 대위의 지시봉 따라 니엣니엣 몸을 팔아야 시간이 흐른다. 그가 4열 횡대 쉬엇 자세의 대열 사이를 지나가다가.

"그렇지?"

지시봉으로 툭 찌르면 화들짝 차렷 자세로 바꾸며.

"옛, 3중대 2소대 성강철."

기차 화통 소리로 정면 15도 상방향을 주시해야 한다.

D-6

"1중대 1소대. 총검술 시범조 튀어나와라."

1학년 맨 오른쪽 담벼락에 도열해 있던 새내기 교련복들이 발딱 일어서서 으쌰으쌰 출동 대열 준비 중이다. 1학년 1반이 1중대 1소대이니 우리 3학년 2반은 3중대 2소대이다. 사열대까지 몰려간 질풍노도들이 4열 횡대 대오를 이룬 다음 삽시간에 좌우로 벌려주는 동작이 노 대위의 희망포즈일 것이다. 자, 총검술 시범이다.

'찔러→ 찔러→ 길게 찔러→ 뒤로 돌아→ 내려막고 베어→ 찔러→ 위로 막고 차→ 찔러.'

그렇게 핵무기 시대에 임진왜란식 백병전에만 목총놀이로 몰입하는데.

"이렇게 질서 없는 놈들이 어떻게 적의 침략에 맞서겠다는 거야. 미사일 한 방에 오합지졸처럼 도망칠 놈들이야."

미사일이라면 당연히 답이 없는 게 정상이다. 아무리 치타처럼 빨라도 그냥 죽는 게 답이지만 아무도 대꾸하지 못한다. 지금은 배가 고프다.

이번에는 방 교련님(49세.대머리)이 복장불량 교련복을 찾아 조인트 자세를 취한다. 10월 말, 아직 내복을 입지 않은 종구는 허벅지 한 방에 총총총 깨금발 제스처다. 그 정도면 괜찮다. 버틸만하다.

"가미가제 특공대는 혈혈단신 비행으로 항공모함 굴뚝 속으로 자폭도 했단 말이얏! 그런 불사조 애국심이 없으면 붉은 악마의 먹잇감이 될 뿐이얏."

"가미가제는 자살폭탄조인데 웬 불사조? 불사조는 죽지 않는 새인데."

"원자탄 한 방이 히로시마 도스께끼 부대를 초토화시켰잖냐? 샴발."

변용된 욕설들이 친밀어로 세탁된다.

"이런 때는 군복 슨상 둘이서 죽이 맞네. 식빵."

아닌 게 아니라 두 교련님이 이마를 마주대고 뭔가 웅숭웅숭 상의 중이다. 우리들은 두 교련님의 줄다리기 법칙을 귀동냥으로 안다. 노 대위는 예비역 대위 계급장이지만 나이가 열 살 많은 방 교련은 작대기 네 개 병장 출신이다. 사슴과 개의 피가 다르듯 사병 출신 임시직 교사와 장교 출신 정식 교사와는 평행선 간극을 좁힐 수 없다. 다만 사이 나쁜 두 스승 모두 교련 검열 연습에는 혼신의 합체가 된다.

특히 복장 검사에 합동으로 엄격했다. 요대, 각반, 마후라, 명찰, 단추 중에서 하나만 삐뚤어지면 당장 대열 바깥으로 몰아냈다. 요대는 탄띠 대용이고 각반은 정글 수색시 파충류로부터의 발목 안전장치이며 마후라는 가슴 바람막이이자 그냥 폼생용이란다. 그것들이 검열관의 시야를 상쾌하게 해준다나.

"대학생이 되어 빨리 이 신세 면해야지."

그러나 대학생들도 길들여지는 시국이었으니.

'총각들 머리는 짧게 하고 아가씨들 치마는 길게 하라.'

경찰들이 소탕 작전에 나서는 것도 대통령의 지시란다. 형님들의 머리카락을 닥치는 대로 잡아챘고 누님들의 치맛단을 호시탐탐 노리는 중이다.

지금은 오후 타임 각개전투 훈련 중.

방독면 대용 비닐 포대가 기관총 폭음의 드라마틱한 확성기로 대기병까지 후줄근히 땀에 젖기도 한다. 돌격대 교련복들이 철조망 통과 후 수류탄 투척 몸짓으로 쓰러지며.

"고지 탈환 완료."

소대장 노민철이 깃발을 휘두르면 나머지 공격조들이 만세 삼창을 외쳤고 철봉대 아래 대기병 학도들까지.

"와—."

메아리 합창으로 반응했지만 운동장 어디에도 적군의 고지는 없다. 그냥 우리끼리 텅 빈 사열대 앞으로 치달렸고 맨땅에서 고지 등반 흉내를 냈을 뿐이다.

"소대장, 승리 총포를 터뜨리라고 했잖아."

민철이가 손가락으로 수직 발사 흉내와 동시에 '피융' '피융' 코맹맹이 소리를 낸다. 그리고 밴드부의 축하 음향 빵빠레가 터지면 일단 마감이다. 일주일 남았다.

D-5

방 교련은 조금 다르다. 마찬가지로 몽둥이과(科)이지만 가끔 위기의 긴장 상황을 쌈빡하게 털어주는 앗쌀함도 있다. 경복궁 사생대회에서 수채화 물감 타던 김길몽(169센티)에게 돌연 손을 내밀며.

"담배 하나 꿔주라."

"……허걱."

제자의 난감해하는 표정을 즐길 줄도 안다. 우리들 모두 과장된 몸짓으로 데굴데굴 뒹구는 시늉을 준비한다.

 길몽이가 22번 시내버스 앞좌석에 기댄 채 한산도 한 개비를 입에 무는 찰나에(버스 내 흡연이 통용되던 시절임)방 교련이 불쑥 올라타면서 정면으로 마주친 사건을 꼬집는 것이다.

'죽었구나.'

사시나무처럼 떠는 순간 방 교련이 '폐 삭는다. 짜샤' 한마디만 슬쩍 남기고 뒷좌석으로 넘어가 주었으므로 그걸로 정리되었다. 때릴 때 때리더라도 봐줄 땐 과감하게 봐주는 게 진짜 보스다.

또 있다. 마포부동산 할아버지 하나가 방 교련을 잡고.

"고등학상덜이 담배 피우는 것 점 뿌리 뽑으쇼. 대갈빡에 피도 안 마른 것 땜시 골목이."

핏대를 세우자 방 교련이 잠시 난감한 표정을 짓긴 했지만.

"답이 없어요."

"뭐요?"

"애들이 그렇게 크면서 어른이 되는 건가 봅디다."

슬쩍 넘기기도 했단다. 밤꽃 피던 유월 얘기였는데.

조금 온순한 방 교련님을 잡아먹은 게 석지훈이니 민망한 일이다. 부친의 허리가 부러져서 지금은 도장포 운영하며 먹고 사는 지훈이, 꾀돌이지만 그도 돌주먹이라서 아무도 건드리지 못한다. 그건 그렇고……모두들 좌향좌 하는데 석지훈 혼자 우향우를 했으므로 불려 나오는 게 당연하다. 세 번째 틀렸을 때 불렀으니 한 대 맞고 들어가는 게 정석인데.

"이런 자세로 적군이 잘도 잡겠네.……어떻게."

'적의 침략을 막냐구?' 방 교련의 장난 같은 발길질이 날아오는 순간 허벅지 붙잡고 걀걀걀 뒹굴었으니, 그 코스프레 동작이 참말로 석지훈스럽다. '아이고 떼고' 뒹굴었으므로 스승님이나 구경꾼 모두 난감한 표정이다.

"일단 쉬면 금방 낫는다."

방 교련님도 어물적 타협으로 넘어가려 했었다. 그런데 스승님이 자리를 떠서 저만치 떨어져 있을 때마다 쓰러진 채 기절한 척 눈을 감았던 지훈이가 홍알홍알 콧노래 부르면서 우리들의 약을 올렸으니……참으로 엄살쟁이 석지훈스럽다. '줄줄이 우로 갓' 상태에서 귓바퀴에 쏟아지는 불량노래는.

영자의 손목은 버스간의 손잡이냐 요놈도 잡아보고 저놈도 잡아보고
영자의 입술은 서울역의 수도꼭지냐 요놈도 빨아보고 저놈도 빨아보고
영자의 배꼽은 낙동강의 나룻배냐 요놈도 올라타고 저놈도 올라타고

D-3

날짜가 지날수록 교련님들의 표정에 살기가 묻어났지만 우리들의 초조감과는 내용물이 다르다. 저 중년의 스승들과 우리 수험생과는 지금 철저하게 남남일 뿐이다. 우리들은 입시 준비를 해야 하므로 슬퍼하거나 노여워할 시간조차 없다. 그건 그렇고.

괜히 한가해진 '국·영·수·사·과' 일반 교과 스승이라도 제발 사라졌으면 좋겠다. 보름 동안 시간표가 증발된 스승들끼리 삼삼오오 어슬렁어슬렁 구경꾼이 되어 시간을 때우곤 했다. 그 수학님의 손가락질에 아프게 찔린 사람이 바로 나, 성강철이다.

행진 시에 팔과 다리가 교대로 움직여야 하는데 나 혼자 오른팔과 오른쪽 다리를 동시에 올린단다. 로봇처럼 굳게 다문 입술로 양팔과 양다리를 동시에 올리는 게 웃기는 몸짓일 수도 있긴 하다. 그런데 수학 티쳐 따라 덩치 맨 물리님까지 푸헤헤 웃으니, 그 모욕감을 견딜 수 없는 것이다. 물리님(183센티)이 솥뚜껑 손가락으로 우히히 콧등을 비틀어댈 때는 솔직히 죽여 버리고 싶었다. 그러거나 말거나 이제 마지막 분열 연습이다. 물리님도 행진 뒤를 따라다니면서.

"하나! 하나! 왼발! 왼발!"

엉덩이를 찌르는 중이다. 거꾸로 매달아도 사흘은 지나간다.

D-day

태양이 허공에서 운동장을 향해 수직으로 꽂히는 늦가을의 정오.

10월 7일 교련 검열의 날,

달포고등학교 1,380명 모두 운동장에 도열했으니 개미 새끼 한 마리 기어 다니지 못할 삼엄함이었다. 사열대 앞, 연대장 바로 뒤에 선 기수들은 엘리트 교련복의 바지로 칼날처럼 다려져 있었다. 조간신문 광고의.

1) 잦은 세탁에도 줄지 않습니다.
2) 변색이나 탈색이 되지 않습니다.
3) 가볍고 질겨서 교련복지로 가장 이상적입니다.

후리늘씬 광고 모델의 그 교련복들이다. 모자 테를 턱에 두르니 사관생도의 절도가 직수입된 것 같은 표정으로 교련복 상의에 X자 흰 띠를 두른 채 묵묵부답이다. 그 엘리트 교련복 뽀대도 후리후리 키다리들에게만 어울렸던 것 같다. 다리가 짧으면 바지의 각을 칼날같이 세워도 뽀대가 안 난다.

"떴다."

밴드 소리가 울려 퍼지면서 사열대 주인공의 계급장이 바뀌었다. 선글라스에 빨간 모자의 예비역 대령은 도마뱀처럼 싸늘했고 그 뒤로 초록색 새마을 모자의 교장님이 그림자처럼 뒤를 따라다닌다.

"멸공!"

경례 구호는 학생 연대장이 아니라 방 교련님이었다. 그는 다시 '뒤

로 돌앗' 자세로 코 앞의 연대장 학생에게만 들리도록 낮은 소리로,
'열병'
작지만 날카로운 쇳소리 신호를 보냈다.
"열-병!"
연대장의 우레 같은 구령 소리가 카리스마 넘치게 울려 퍼진다. 다시 '연대장→ 대대장→ 중대장→ 소대장' 순서로 복창 소리가 물수제비처럼 넘어간다. 그렇게 두 시간이 지났고.

이제 검열관의 종합평가도 끝물이다. 그가 마이크를 잡는 순간 찬바람이 이마를 '딱' 때렸으니 그게 늦가을의 입문 정표다.
"나는 오늘 제군들의 질서로부터 지상에서 가장 평화로운 표정을 보았다. 여러분이 오늘 흘린 땀방울이 고향의 부모 형제 모두 두 다리 뻗고 편안하게 잘 수 있는 초석이 될 것이며 그게 곧 대한민국의 안보가 된다. 에또 지금은 그런데 친북좌파나……."
그가 마이크를 내려놓자 담벼락으로 노을이 몰려들기 시작한다.
"……끝났다. 이제부터 공부다. 시발."
그 교련 과목은 1980년대 후반 민주화 열풍 이후 선택과목으로 분류되면서 흐지부지 폐지됐던 것 같다. 교련 스승들은 체육이나 주산, 한문 쪽으로 전과(轉科)를 했고.

벙커 작업

자대 배치 다음 날 동트는 여명 즈음.

갓 작대기 하나를 달은 신병 가호철은 천소산 방커 작업장까지 100킬로 행군 준비로 배낭을 챙기는 중이다. 그 와중에도 마음이 아픈 이유는 어젯밤 발발 떨며 정리해놓은 관물들을 삽시간에 허문다는 게 너무 아까워서다. 군복과 추리닝, 팬티 그리고 수건 한 장까지 칼날 각으로 조마조마 세워 점호를 통과했던 걸 다시 흩으면서 쑤셔 넣는 허망함에 아쉬움을 떠올렸지만.

"동작 그만."

그 쇳소리 한 방에 '아까운 마음'이 순식간에 사라져버렸다. 육군 대위 계급장 하나가 나타나면서 막사 내 모든 작대기들이 몸을 뻣뻣하게 굳히는 것이다. 걸레질 사병은 걸레질 자세로, 칫솔질 사병은 칫솔질 자세로, 군화 닦던 군바리는 군화 닦던 자세로 석고처럼 굳어버리는 게 그 '동작 그만'의 명령수칙이다. 졸병들이 일제히 관물대나 페치카처럼 무정형 사물로 변신하면.

"공격! 제1소대 개인장비 점검 중."

경례 구호는 '충성'이나 '멸공', '단결' 같은 점잖은 구호가 아니라 하필 심장을 찌르는 '공격'이다. 뒤의 '격' 자도 짧게 하지만 앞의 '공' 자는 아예 초스피드로 전광석화로 끊어버려서 흡사 '꼑' '꼑' 비명처럼 들린다. 그 구호만큼 '군기에 죽고 군기에 산다'는 게 정태원 장군 '알통 사단'의 강철 전통이다. 지금도 그렇다. 조 대위가 겨우 칫솔 하나를 가지러 내무반을 지나쳤을 뿐인데도 졸병들 모두 딱딱한 조각품으로 굳어졌으니 슬쩍 밀기만 해도 아예 통째로 땡그랑 땡그랑 구를 것 같다. 그가 그냥 지나치려다 갓 전입 온 이등병을 힐끔 보고 걸음을 멈추더니.

"자네."

'가'의 어깨를 아주 다정하게 두드리는 바람에 깜빡 넘어간 것이다. 어제 중대장실에서의 신병 면담 때와는 완전히 다른 자애로운 눈빛이 싸—하게 파고드는 바람에 전입 이등병이 한없이 감읍하여.

"아, 예."

대위 계급장의 서릿발 위상을 놓친 게 깜빡 실수다. 하마터면 사제(私製) 대답으로 편안하게.

'아이구우, 성님, 안녕하세요? 여기서 또 뵙네요.'

소매를 툭 잡아 흔들 뻔했다.

"복창 소리가 부드럽구나. 아침은 잘 먹었니? 아무래도 집밥보다는 까칠할 텐데."

진짜 부드러운 그 눈빛에 취해.

"아유, 괜찮아요. 별 말씀을."

그 손길의 따스함에 진정성 서린 감정으로 받아들이며 예의와 공손을 갖추었다. 그렇게 조 대위가 퇴장한 후, 잠시 헛헛한 마음으로 전투복 팔소매를 접으려는데.

"이등병 집합."

박수근 상병이 소대의 이등병들만 침상 위로 따로 부른 것이다. 복장부터 촌태가 줄줄 흐르는 작대기 하나짜리 셋이서 오그르르 모여 눈알만 불안하게 끔먹댄다. '가'는 전입 하루짜리이고 부엉이 눈의 이해찬은 자대 전입 두 달 그리고 덩빠리 큰 구봉구는 스무날 뒤에 일병으로 진급하는 100일짜리이니 기실 짬밥도 먹을 만큼 먹은 상태이다.

"중대장님이 부르시면……."

이등병들이 차례로 '헉' 하고 침상에 쓰러진 이유는.

"관등성명 복창소리는 무조건 기차 화통소리닷. 알겠ㄴ?"

'알겠니'의 '니' 자(字)가 끝나기 직전 옆구리로 주먹이 연발탄으로 작렬했기 때문이다. 아차, 하고 정신을 차렸을 때는 이미 늦었다. 40일 고참 '이'와 이등병 말년 '구'까지 덤으로 맞은 것은 작대기 하나끼리라도 아랫것 군기 관리를 똑똑히 하라는 경고이다. 박 상병은 특히 구봉구를 향하여.

"이 쇠다마 새끼야. 이등병 위계질서를 세우지 못하면 시월유신 시대의 휴전선을 누가 지키냐 말이얏. 굿모닝 고추 새꺍."

한 대 더 때리려는 시늉을 느끼며, 움찔하는 순간 다행히 '박'의 몸이 멈췄다. 금세 공포를 잊은 이유는 행군 준비가 워낙 급했기 때문이다. 더블백을 트럭에 실은 다음 군장을 꾸리고 소총과 철모를 점검하고 워커 끈까지 동여맨 다음 내무반 마무리 쓸기를 해야 한다. 이제 100킬로 행군이 시작된다.

그 완전군장 100킬로 행군은 50분 걷고 10분간 휴식의 연속으로 24간 내에 주파하는 훈련이다. 취침은 없고 식사 시간에만 한 시간 휴식이 있으니 설거지를 마치자마자 재빨리 눈을 붙여야 한다. 여명의 새벽에 출발하여 걷다 보면 해가 뜨고 그 태양이 중천에 솟구쳤다가 날이 저물며 밤이 깊어지면서 오밤중이 한참 지나면 다시 새벽이 온다.

"10분간 휴식."

그 소리가 들리자마자 군장을 풀지 않은 채 그대로 누워 가면(假眠)에 빠졌다가.

"기상!"

소리와 함께 벌떡 일어서 철모와 소총 그리고 배낭을 확인하는 찰나 걷고 또 걷는다. 뭐 하나라도 놓치면 소대 전체가 박살이 난다.

드디어 24시간을 마치고 그 고난의 행군이 끝난 순간부터 안락한 휴식 타임을 주는 게 절대 아니다. 당장 벙커 작업 대장정을 위한 수십 개의 숙소 조립이 급선무다. 지금도 대대 본부 천막과 중대 본부 막사 4개를 만들고 다시 소대 텐트 16개를 세우기 위해 일사불란하게 서두르는 중이다. 작대기 고참들이 벌써부터 텐트를 치랴, 배수구를 파랴, 분주한데 '가'는 뒤꿈치에 생긴 물집이 터져서 워커를 벗을 수가 없었다.

처음 출발할 때에 군화 끈을 헐렁하게 조인 게 이유이다. 뒤꿈치가 군화 가죽 속에서 스물네 시간을 버걱버걱 돌면서 허옇게 부풀어 오른 것이다. 우선 휘어진 바늘로 부은 살갗 양쪽을 꿰뚫었다. 부푼 물집의 액체를 빼낸 다음 최소한 열흘 이상 마찰이 없어야 간신히 아물 텐데, 초장부터 껍데기가 훌러덩 벗겨지는 바람에 지금은 벌건 진물만 질질 흐르는 중이다. 하지만 슬픔이나 불안에 젖을 틈이 없다. 내무반장 마종기 하사가 이맛살 찌푸리다가 지휘봉으로 옆구리를 푹 찌르면서.

"워커 끈 풀럿."

소대 하사들을 '분대장'이라 부르게 했고 내무반 담당 말뚝 하사에게는 따로 '내무반장'이란 명칭으로 사병들과의 위상을 분리시켰다. 하사 계급장에게 '박 병장님' '손 상병님' 부르듯 '마 하사님' '김 하사님'으로 호칭하면.

"분대장님과 하사님은 명칭의 품격이 다르다궃!"

싸대기가 날아왔다. 지금은 이등병 앞에 호랑이처럼 버티고 선 내 무반장 마 하사가.

"워커 끈 매는 시간 30촛!"

이등병의 워커 끈 매는 동작이 느리므로 연습을 시키겠다는 것이다. 그 명령이 떨어지면 그렇게 의자가 되고 원산 철교가 되고 축구공이 되는 게 '쫄병의 수칙'이므로 까라면 무조건 까는 것이다. 그러나 마음이 바쁠수록 손가락만 벌벌 떨릴 뿐 제대로 꿸 수가 없다. 군화 끈 매는 시간이 초치기인 줄은 훈련소에서부터 진즉 터득했지만 지금은 내무반장 마 하사가 도끼 눈깔로 노려보고 있으니 멀쩡하던 실밥도 주르르 헝클어질 판이다. 끈 끄트머리가 워커 구멍에 맞춰지지 않아서 버벅거리면.

"다시 풀러."

코딱지 쑤시며 무심히 원위치를 명령해도 환장한 듯이 서둘러야 한다. 그렇게 '다시 풀러'와 '다시 매는 시간 30초'를 스무 번쯤 반복하면서 세상의 문학적 풍광들이 깡그리 사라졌다. 지나가던 작대기 고참들이 군화끈을 우왕좌왕 꿰는 이등병을 보더니.

"시발련. 뚫린 구멍도 못 찾고."

신조어 욕설로 툭툭 건드린다. 그건 라디오에 나오는 새로 개발한 라면 선전인데.

'산에 가야 범을 잡고 먹어봐야 맛을 알지. 시-락면(시래기 라면의 준말) 시-락면'

그 '시락면과 욕설 시발년의 합종'이 '시발면'이라니 유치찬란의 극치이다. 그래도 손가락의 숙달 탓인지 처음에는 8분쯤 걸리던 군화 끈 매기도 차츰 익숙해져서 5분으로 단축되기도 했다.

그 마 하사에게 배춧잎 석 장을 빼앗긴 게 종시 분하다. 내무반장 자리로 '가'를 부르더니 모처럼 자상한 표정으로 먹잇감을 바라보며,

"고참들이 돈을 꿔가면 무조건 떼먹히는 거니까 일체 냄새를 풍기지 마라. 불안하면 죄다 나한테 맡겨야 안전하다."

그 바람에 배춧잎 딱 석 장을 빼앗겼으니 결국 그 '눈 뜨고 코 베기'이다. 상대방의 손길이 따뜻할 때 아주 조심해야 된다는 걸 달달 외우고 있었지만 막상 닥치고 나니 피할 생각이 아예 나지 않았다. 아닌 게 아니라 돈을 꿔주자마자 최탁구 상병으로부터.

"조금 있으면 내무반장 그 새끼가 돈을 꿔달라고 할 텐데 무조건 쭉 뻗어라. '친절한 우리 이웃 간첩인가 다시 보자'가 아니라 '친절한 마 하사 꿔 달라면 다시 보자'이다. 신병마다 겪는 통과의례야. 알갔나?"

그러거나 말거나 이미 영수증 없이 빌려준 상태였으므로 무의미한 주의 사항이다. 밧줄처럼 '쌍둥' 거부할 수 없으므로 모험을 피한 채 돈을 잘라 바쳤다. 가호철의 작전은 기껏 치약 속에 숨겨둔 비상금 5만 원 중 배춧잎 두 장만 살짝 분리시켜 '마'에게 건네주는 수준이

다. '이게 전부요' 하며, 속으로는 '2만 원 또 있단다. 히히힛. 속았지.' 하며 상큼하게 정리했다.

여자가 쓸모없는 전선이라도
새카만 파마머리 잘라버리고
나는야 당신 곁을 따르겠어요
야이야 야-야 야이야 야-야

그러나 사병들의 집합 복장은 '보기 좋은 철모'와 전투복도 아니고 대검 꽂은 M16 소총의 위용도 전혀 아니다. 부대 자루 맨살 런닝에 반바지 그리고 너덜너덜한 작업화의 오합지졸 차림새로 먼지가 폴랑폴랑하다. 그 푸대 런닝 쫄병들이 소대장의 호명에 맞춰 일제히 일어섰다가 덜컹덜컹 앉는 중이다. 새벽 점호마다 중대원 130명이 오그르르 모여 주번 사관의 입술에 집중하면.

"시멘트조."

"앗, 시멘트조."

집합 시의 모든 호명에는 무조건 '앉아' '일어 서'를 반복시킨다. 시멘트조 여덟 명이 복창소리와 함께 일어섰다가 앉을 때마다 질통 소리가 덜컹덜컹 부딪친다. 그렇게 당직사관 박 소위의 일정 지시로 하루가 시작되는 것이니.

그 지옥의 작업장에서도 배당된 조마다 쉽고 어려움의 희비가 교차한다. 먼저 시멘트조이다. 무게 40킬로 이상이므로 중량급답게 오전에 세 번, 오후에 세 번, 도합 여섯 번을 오르내리는 화끈 시스템이다. 시간이 절약되는 장점이 있으나 무더기 힘을 한꺼번에 쏟아야 하므로 약골들은 함부로 지원할 틈이 없다.

"공구조."

"공구조."

2열 종대로 열 줄이니 딱 스무 명이다. 건축 연장을 나르는 조인데 오전·오후에 한 번씩 산꼭대기에서 연장을 정리하는 척하며 슬쩍 휴식 타임을 가질 수 있다. 여기까지는 비교적 야무진 체격으로 구성된 편이다.

"골재, 모래조."

"앗, 골재, 모래조."

나머지 칠십 명은 복창 소리만 요란한 무특기 잡탕 분과이다. 덩치도 오종종하고 이렇다 할 주특기가 없는 흥부네 오합지졸들은 무조건 자갈조나 모래조로 편성되니, 그게 신병 가호철의 자리이다.

처음에는 천소산 꼭대기까지 오전과 오후에 각각 네 번씩 도합 여덟 번을 올랐었다. 그 후 초여름 해가 길어지면서, 조식 전과 석식 후에 한 탕씩 각각 두 번이 추가되어 도합 열 번의 질통 대장정으로 늘어났으니, 예전의 그 여덟 탕 등반도 나중에는 아득한 태평성대 사연이 되었다. 하루해가 길다는 것은 그만큼 고단해진다는 얘기가 된다.

그러나.

"뱀조."

"앗, 비암조."

딱 두 명뿐인 뱀조는 완쥬니 '당나라 군대 나이롱 병과' 다. 중대장이나 간부들 보신용 뱀고기 조달을 위한 특과조인데 마대자루에 집게만 하나씩 쑤셔 넣고 풀숲이나 헤치고 다니는 '먹고 땡조' 이다. 비록 지금은 헤실베실 웃기나 하는 쫄따구 일등병에 불과하지만 그들의 그림자가 수풀 속에 비치자마자 온갖 파충류들이 오줌을 질질 싼다고 하니 필경 '뱀 잡는 귀신' 이 맞긴 하다. 이 군바리 땅꾼들은 완전히 특과이다. 그늘 어디서 막대기 쑤시다가 낮잠에 빠져도 감쪽같이 숨은 그림이 되니 알 수가 없다. 저녁때쯤 구렁이 두어 마리 막대기에 꿰어 바치면 간부들 입이 쩌억 벌어지므로 하루 일과가 '땡' 이 된다. 정작 물 좋은 살모사는 바위 밑에 숨겼다가 즈이끼리 몰래 밤참 시식한다는 소문도 아마 사실이리라. 아니, 틀림없다.

소대에선 당연히 소대장이 왕이 된다. 뱀살을 횟감 치듯 얇게 벗겨서 햇볕 좋은 바위에 말렸다가 소금에 찍어 먹는데 그 요리를 만들어 소대장에게 바치는데 거기까지가 뱀조의 기본 업무이다. 예쁜이 인형 눈깔 소대장 혼자 날름날름 먹을 때는 당연히 아무도 끼어들지 못한다. 기껏 딱가리 일병에게 살점 한두 개 적선하는 게 끝일 뿐 나머지 작대기들은 눈길조차 줄 수 없다. 누군가가 꼽쳐 놓은 것을 가끔

취침 점호 직후 사병끼리 나누어 먹을 때도 이등병들은 감히 끼어들 엄두를 내지 못한다.

더러는 벙커 작업 중에도 파충류 하나만 걸리면 순식간에 불에 구웠고 그때만큼은 쫄병들까지 오그르르 달려들기도 한다. 그 틈새에서 딱 한 점 떼어 먹어본 게 '가'의 처음이자 마지막 뱀 불고기이다. '가'가 더 이상 뱀 고기를 포기한 것은 껍데기를 벗기는 순간 맨살 위에 덕지덕지 붙어 있는 기생충 무더기를 만나면서부터이다. 스파르기늄 기생충에 감염되는 순간 당장 성기에 구멍이 오돌오돌 뚫어질 수 있단다. 그건 나중 얘기이고.

뱀조만큼 농땡이조는 아니지만 그 다음 기술자 특과로 알짜배기가 또 있다. 선수급 기술자 수준의 '폭약조'인데 하루에 딱 두 번씩 다이너마이트만 터뜨리면 된다. 바위에 착암기로 구멍을 뚫고 그 속에 가래떡 폭약을 잘라 넣은 다음 화약선을 30미터쯤 끌고 나와 불을 붙인다. 불이 화약선 따라 찌찌찌 타내려가기 전에 '폭파' '폭파' 소리 질러서 근방의 군인을 골짜기 저만치로 대피시키는 게 가장 중요하다. 바위 더미가 '쿵' 쪼개지는 장엄함을 맛볼 수 있는 폭약조는 자격증 있는 기술자만 뽑았으므로 아무나 함부로 넘볼 수도 없다. 이등병 가호철은 아무 기술이 없는 무특기병이므로 당연히 모래와 자갈을 지고 산을 오르내리는 질통조에 배치되었다.

"십 분간 휴식."

병사들의 허리가 한꺼번에 젖혀지면서 질통 부딪치는 소리가 '쿵 쿵' 터진다.

그런데 저 멀리 아득하게 펼쳐진 잔디밭이 하필 골프장이다. 그 '로얄 골프장' 망망 벌판은 태어나서 단 한 번도 들어가 본 적 없는, 어쩌면 영원히 구경조차 못할 미지의 세계이므로 그들끼리의 환상계인 만큼 황홀하게 아스라하다. 그 새파란 화보처럼 화사한 골프장으로 매끄러운 승용차들이 줄지어 들어간다. 그 속에서 노는 사람들은 왠지 보통 사람들과는 차원이 다르게 포동포동 기름기가 흐를 것이다. 그랬다. 잔디밭 위로 떠 있는 하늘도 작업장과는 빛깔부터 다르다. 그 기름기 사내들이 허공으로 골프채 휘두르면 캐디들이 우윳빛 뽀얀 공을 줍기 위해 포동포동 종아리로 옹송거릴 것이다. 가호철 혼자 '저건 천국과 노역장의 대비다' 라는 문장을 조합하는데, 뒤쪽에서.

"느그들은 좋겠다. 시발면 선수들아."
최탁구 상병이다. 성질은 더럽지만 전입 직후 신발끈도 매주면서.
'니도 대학물 먹었으니 애로사항 많겠다'
슬쩍 자기 학벌을 암시하던 상병 고참이다. 어깨가 좁고 몸의 탄력도 빈약하지만 눈빛 하나는 독하게 번뜩인다.
"어떤 놈은 팔자가 좋아 쫙쫙 빠진 캐디 시켜 골프공 심부름시키고 어떤 놈은 팔자가 엿 같아 시퍼렇게 젊은 몸으로 질통 등산인가?

아, 뼈가 삭는다."

　으드득 이빨 가는 시늉을 하더니, 고개를 홱 돌려.

　"제대하면 천소산 쪽으로는 오줌 한 방울 안 뿌린다. 하늘이 두 쪽 나더라도 고갤 돌리지 않을 거여. 아, 치 떨리는 등산이여. 시발."

　병사들의 웃음소리가 크하하 울리는 순간 '가' 는.

　'앗, 저 욕설이 바로 카타르시스다.'

　순간적으로 뇌리에 달라붙는 문장 하나를 꿀꺽 삼킨다. 그러니까 '최' 의 욕설이 정제된 생산 단계를 지나면서 심신의 에너지로 변신하니, 그게 승화이다, 그 혹사 작업 중에도 히덕히덕 틈새를 노리는 혓바닥들은 '존재 자체만으로도 뜨거운 청춘답다.' 고 재빨리 흩어진 문장들을 조합한다. 그러나.

　"휴식 끝. 질통을 진다. 실시!"

　시계를 보던 '최' 가 다시 벌떡 일어섰으므로 아랫것 졸병들도 무거운 몸을 일으키고 뒤를 따르면서 모든 문장들을 순식간에 놓쳐버렸다. 삐걱삐걱 터지는 신음들이 관절 부위마다 소리의 형태가 다르다는 걸 일깨웠다. 근육이 아픈 건 뭉친 세포가 풀리면 해결되지만 관절이 아프면 평생 고질병의 시초가 된다. '가' 는, 그 관절마다의 신음이 '의성어와 의태어의 혼재' 라고 정리하며 설레설레 흔든다.

　병사의 체질마다 훈련의 체감이 다른 건 이제 놀라운 일도 아니다. 그 금쪽같은 휴식 시간 와중에도 벌떡 일어나 태권도 옆차기나 스트

레칭으로 몸을 푸는 야생마 체질도 있으니 가물치처럼 팔팔한 근육들이리라. 그들은 가호철이 땀을 삐질삐질 흘리면.

"캠퍼스 축제 때 쌍쌍파티 기억이 아른아른하지? 우히히히."

낄낄대며, 안쓰러운 표정도 던져준다. 그런데 아니다. 그네들이 상상하는 '종소리 울리는 계단과 파라다이스 캠퍼스'는 적어도 '가'에게는 청춘의 실체가 아니었다. 부인하진 않았으나 아닌 것은 어쨌든 아닌 것이다.

꽃 잔치 만발한 봄 풍경이 황홀해서 허허로웠고 노란 은행잎 우수수 쏟아지는 늦가을에 눈이 부셔서 허허로웠다. 그랬다. 삼류대학이었고 여자 친구가 없었고 무력해진 지식 곳간을 채워줄 능력이 부족했다. 단풍잎은 너무 빨개서 무서웠고 여대생의 매끈한 종아리는 신기루처럼 잡히지 않아서 현기증만 일기도 했다. 그뿐이었다. 불순한 시국에의 노여움이나 깊은 철학의 궁핍도 전혀 아니었다. 단지 뭔가 잡고 싶은 게 있을 것 같은데 눈에 띄지 않아서 허우적거렸고, 그래서였을까. 입영통지서를 받은 심정은 두려움과 기대의 혼재였던 것 같다.

자대 배치 첫날 풍경이 스멀스멀 떠오른다.

이등병 계급장으로 처음 자대에 들어온 날 병사들 모두 출타 중이라서 텅 비어있었다. 그리고 텅 빈 막사의 모든 물상에는 각이 있었다. 페치카도 직각이었고 내무반의 모포도 직각이고 관물대에 개어

놓은 군복까지 직각이었다. 그리고 하필 턱의 선이 직각처럼 생긴 하사 계급장의 인솔자가 내무반에 '가'를 앉혀놓고.

"신병 얼라야, 고참 아자씨들은 작업장 출타 중인가 부다. 꼼짝 말고 있어라. 움직이면 쏜당."

그렇게 당직 하사가 자리를 비운 후 이등병 가호철 혼자 부동자세로 흑백 TV에 눈을 주는 중이었다. 그 순간 브라운관의 단발머리 여자와 '가'의 눈동자가 마주친 것이다. 그리고 여자의 눈동자에서 폭포처럼 쏟아지는 이슬 줄기를 보았다. 분명히 보았다. 브라운관 여자의 눈빛에서 쏟아지는 이슬의 폭포를 만나면서 눈동자가 흐려지기 시작했다.

꽃잎은 바람결에 떨어져 강물을 따라 흘러가는데
떠나간 그 사람은 지금은 어디쯤 가고 있을까

가수 '전영'은 윤기 흐르는 단발머리 표정이다. 화장발이 전혀 없는 먹테 안경과 노출 없는 복장이어서 더욱 지적 이미지이다. 입대 전에 규정했던 그런 범생이 문장이 훨씬 더 시리고 짠하게 파고드는 것이다. 그 아리고 시린 화면에 몰입하기 위해 그저 '실체 없는 실연'을 떠올리며 아주 잠깐 이등병 계급장의 척박함을 잊을 수 있었다. 생머리 화면이 모래 지우개로 겹쳐지면서 이번에는 미니스커트 가수 윤복희의 오빠 윤항기가 등장하더니.

봄날이 오면 뭐하노 그자.
우리는 너무너무 외로운데 그자

장발족 사내와 짧은 치마 여자가 저녁노을 뒤집어쓴 채 흰 거품 사이를 헤치고 있다. 바닷가 바람 소리로 음률을 풀어 넣다가 다시 파도 속에 너울너울 흩어 던진다. 외롭다. 가호철은 여자의 짧은 치마 아래로 드러난 뽀얀 허벅지를 바라보며 글썽이는 중이다.

그랬다. 윤복희가 가요무대에 미니스커트 차림으로 등장하면서 '미스'들의 세계에 태풍 경고가 터질 즈음이다. 허벅지 맨살이 브라운관에 혁명처럼 첫선을 보이자 호시탐탐 기회만 노리던 '노는 여자'들로부터 우르르 치마를 잘라내더니 이대와 숙대 같은 지성파 여대생 그룹들도 짧은 치마 허벅지로 도심지 거리마다 쏟아지기 시작했다. 뚱땡이 날씬이 할 것 없이 짱뚱이처럼 맨살들을 드러내며 화사하게 지느러미 비늘을 터뜨리려 했는데.

대통령이 미니스커트 아가씨를 엄청 싫어했으므로 내무·법무·보건·문화공보부의 합동 발표 담화문에서 '악의 축'으로 규정해버렸다. '사회 윤리와 질서를 저해하는 행위' 일체를 대상으로 '퇴폐 풍조 단속'의 칼을 불쑥 뽑아든 것이다. 그 퇴폐 풍조라는 게 '시버스 리걸과 밀실 여자'의 비사(祕史)가 아니라 기껏 젊은이들의 장발과 짧은 치마를 겨누는 것이다. 그렇게 경찰들의 손에 무게가 실릴수록 청춘들의 품격이 갖잖게 추락했다. 유행을 누리려던 청춘들이 거리마다 '가위와 30센티 자'를 든 경찰의 눈을 피해 숨바꼭질을 벌이는 슬픈 코미디가 연출된 것이다.

경찰들은 장발족 청년들의 머리끄덩이를 가차 없이 잡아당기며 가위질을 했고 아가씨들의 미니스커트 아래 허벅지 길이를 키득키득 측정했다. 청년들은 제복만 만나면 목숨 걸고 도망을 쳤고 아가씨들은 두 뺨을 빨갛게 물들이며 짧은 치맛단을 허리 아래로 바들바들 내렸다.

특히 만만한 민초들이 무소불위 철퇴의 주 타깃이었다. 빨간 신호등 앞에서 딱 세 발자국 걸었다고 '교통신호 위반자'가 되어 길바닥 바리게이트 계도소에서 몇 시간씩 발이 묶인 채 서 있어야 했다. 주로 리어카나 광주리 행상, 철가방 배달의 기수로 구성된 신호위반 포로들은 행여 호적에 빨간 줄이 올라갈까 봐 전전긍긍했다.

그 민초 대기자들이 지금은 졸병 군복으로 변신한 채 화주읍 천소산에서 방커작업 중이다. 맨 처음 '산꼭대기로 철판 올려놓기'이다. 대문만 한 철판을 정상에 옮겨놓으라고 지시했으면 반드시 이행해야 한다. 철판 아래로 여섯 명씩 머리를 들이밀고 가파른 정상까지 올리는 뺑뺑이 코스를 시작한다. 안 되면 되게 하는 것이다. 그저 '물개 젖 정력제' '기밀성 쌤새끼' 바락바락 발악하며 가파른 산을 떠밀다 보면 국방부의 시계추가 삐걱삐걱 밀려갔다. 특히 키다리 병사들은 허리를 엉거주춤 숙여주느라고 더욱 고통스러웠다. 산을 내려올 때는 머리끝부터 발목까지 모든 관절들이 죄다 바각바각 놋쇠 소리를 냈는데.

새벽 태권도와 석식 직후의 자투리 훈련 시간.
그 추가 훈련이 쪼갤 수 없는 틈새에 또 끼어든 것이다. 골재 운반 후유증으로 욱신거리는 삭신들이 호루라기 소리에 맞춰 앞차고 옆차고 삐걱삐걱 돌려 차야 한다. 나중에는 그 지옥 훈련의 기합 소리에도 스트레스가 해소되기도 하니, 아닌 게 아니라 '악으로 버틴다'는 게 이런 것이구나 하는 생각으로 굳어지기도 했고.
그중에서도 특히 마초 마니아들은 승단 시험 날짜를 손꼽아 기다리기도 했다. 국민학생 달리기 선수들이 운동회 날짜를 기다리듯 태권도 마니아들은 날마다 달력 숫자를 지우며 '헛둘 헛둘' 몸을 풀기도 했다. 벙커 작업 빈 질통 하산 때마다 다람쥐처럼 휠휠 뛰어내리던 군바리 체질들이 대부분 그렇다. 가호철 혼자 공포에 떨며.
'주여, 내 가까이.'
십자가에 SOS를 치는 게 생뚱맞게 민망했지만 어쩔 수 없었다. '가'가 유독 태권도를 저어하는 것은 아무래도 지병 탓이 가장 크다. 열다섯 살 때 관절염 발병 이후 운동의 강도를 높이기만 하면 뼈마디의 통증이 터지기 때문이다.
태권도에서 해결이 가장 안 되는 동작은 옆차기이다. 평행봉이나

100킬로 행군처럼 깡다구로 버틸 수 있는 종목도 있지만 10킬로 구보처럼 스피드를 요하는 종목은 몸이 재게 따라붙지 못하면 낙오병이 될 수밖에 없다. 옆차기처럼 관절을 두 번 비트는 종목도 마찬가지다. 앞차기는 연습을 통해 다리의 각도가 벌어질 수 있지만 옆차기는 각도가 다르다. 옆으로 올린 상태에서 고관절을 또 한 번 꺾어야 하므로 다리의 각도가 벌어질수록 통증이 두 배로 심해진다.

그런데도 맞짱 대련에서 전혀 밀리지 않는 이유는 '가'의 타고난 통뼈 체질 때문이다. 솔직히 기술이란 것들이 대개 힘에서 나오니, 1대1 대련에서는 뭐니 뭐니 해도 타고난 완력이 최우선이다. '회전 돌려차기'건 '고양이 목 치기' 이건 죄다 눈요기에만 좋을 뿐이고 맞장은 무조건 뼈다귀 두꺼운 몸이 우위를 점한다. 실제로 '검은 띠'와의 대련에서 정강이끼리 부딪쳤을 때 상대방이 '아이고' 하며 쓰러진 적은 수도 없이 많다. 그러니까 대련의 실전에서는 강하지만 형(形)에서 품새와 폼새가 전혀 나오지 않는 게 문제이다. 폼새는 '몸 뽀대의 보기 좋음'을 말하고 품새는 '공격과 방어 기술의 연속 동작'을 말하는데 '가'는 둘 다 엉망이다. 승급 심사에서는 실전 대련보다 모양의 품새를 더 중시하니, '가'로선 완죠니 치명적인데.

마침내 태권도 승단·승급 심사.

그날, 이등병 일곱 명이 승급 심사를 봐서 가호철 혼자만 떨어진 것이다. 같은 이등병 중에서도 홍장선 동기의 경우 한방에 검은띠로 인정받았는데 '가' 혼자 승단도 아닌 말단 기초 승급심사인 7급에서 탈락이라니.

그 절망적 낙오가 비열한 매질로 이어질 줄도 이미 예측했던 바이다. 최탁구가 소리 지르던 그 골프장이 보이는 산중턱이다.

"가호철!"

"앗, 이병 가호철."

인형 눈깔 박병수 소위도 호적상 원숭이띠이니 나이나 학번도 동급임을 피차간에 알긴 하지만 계급장의 간극은 그런 상황에서 촉수가 더 예민해진다. 맞짱을 트면 단방 짜리의 계집애 같은 몸들도 계급장 높이에 따라 위세가 규정되는 막사의 법도.

"나왓!"

파리하게 떨어주면서 일단 소대장의 권위를 세워준다. 어쩌면 병장이 된 이후에도 품격만 달라질 뿐 장교 앞에선 불가촉천민의 덫을 벗어날 수 없는데.

"메리야쓰 올렷."

헤멀건 뱃살이 풀자루처럼 축 드러난다. 이상하다. 분명히 '가'의 얼굴과 손등이 나무등걸처럼 거친데 백옥처럼 새하얀 속살이 웅크리고 있는 것이다. 그래서 그의 본질이 '속살이 하얀 사내'이다.

"한 대씩 맞을 때마다 '태권' '태권'이라고 복창한다."

박 소위가 지휘봉으로 포동포동한 뱃살을 때릴 때마다 '가'는.

"태권……태권."

소리쳐야 하니 하얀 속살의 품격도 제로가 된다. 막대기가 터질 때마다.

딱.

"태권"

딱.

"태권."

탁.

"태권."

타닥.

복창을 외치다가 마침내 악이 터져서.

"태권, 시발."

그 얼떨결의 욕설 도발이 유일한 반항이다. '아차, 실수다' 하며 당황했는데 웬걸, 박 소위가 씨익 웃으며.

"오케이. 그렇게 악이 바쳐야 검은 띠가 되는 거야. 그렇지요. 고참 옵바들."

"어얏. 맞습니닷."

그 유치 개그 매질의 박 소위도 기실 파란 띠를 매고 있으니 어이없는 일이다. 그러거나 말거나 태권 복창으로 매를 맞는 국군 장병 졸병을 구경하던 나머지 고참들도 그만 시들해졌는지 서서히 딴전이다. 지금은 로얄 골프장 승용차 위로 아스라이 쏟아지는 봄 햇살을 보며 부르튼 뱃가죽을 만지는 중이다.

그 계급장 성분 탓일까? 위관급한테 맞을 때는 노여움이 덜한 편인데 작대기 고참한테 맞을 때가 유달리 분한 것이다. 오종종한 놈이 때리면 약이 올라서 이를 갈고 덩치 큰 놈이 때리면 분해서 이를 갈았다. '참다, 참다, 끝까지 참을' 수밖에 없지만.

막사 주위로 동초(動哨)를 도는 밤.

이제 '사랑하고 용서하는 시' 따위는 절대 쓰지 않겠다. 미워할 놈은 끝까지 미워하겠다, 며 착한 문장들을 설레설레 날려버렸다.

밤 열두 시.

쫄따구들의 연쇄 집합이 벌어진 이유는 중대 회식 뒤끝의 푸닥거리다. 술은 PX 막걸리요, 안주는 면세품 과자이지만 그것만으로도 막사 전체가 얼큰한 술판을 벌이던 딱 그 때까지만 행복했다. 당연히 '가' 도 그 회식 놀이 춤판에 폭풍 카타르시스로 끼어들었다. 기껏해야 원숭이춤 정도나 흉내 내는 고참들 틈에서 '투스텝 알리 고고' 를 선보이자 '역시 대학생이야' 하면서 환호성과 박수도 터져 나왔다.

'가' 로서는 일병 고참 장영석이 엄청 불편한 이유는 어젯밤 그가 사타구니 사이를 침범했기 때문이다. 처음에는 엉덩이를 비비기에 '어렵쇼, 뭐가 잘못 들어왔나' 했는데 그게 다음 날에도 이어지니 또 하나의 강박증이 되었다. '가' 는 얼굴이 거칠지만 털이 하나도 없어서 허벅지 속살만큼은 미스코리아처럼 매끄럽다. 그런데.

처음으로 기분 좋은 회식 끝에는 일단 만사가 편안하고 싶었던 것 같다. 장 일병의 사타구니 침탈도 관심 없이 그저 잠에만 푹신 빠지고 싶었다. 그런데 아니다. 그 깊은 밤, 쫄따구 깨우는 계급장들의 갑질 행태가 산지사방 터지는 것이다.

맨 처음 마 하사가 술 취한 쫄따구들을 내무반에 무릎 꿇려놓고 '술자리 예법도 모르는 샴색기들' 어쩌구 훈계를 했다. 그 잔소리가 끝나자 이번에는 병장들이 작대기 세 개짜리 상병들을 내무반 구석에 집합시키더니 '군기가 개판' 하며 주저리주저리 '쫄따구 집합'을 종용했으니, 그게 오픈 게임이었다.

지금은 포대 런닝 군바리들 스무 명 남짓 오솔길 검은 언덕으로 오르는 중이니 회식 뒤끝의 집합이 시작된 것이다. 작대기 세 개, 25개월 차 중고참 셋에서 그 아래 기수에게 사발통을 띄웠고 그게 연쇄적으로 전달되었으니 이제부터 '까라면 까는' 것이다. 낮에는 모래를 지고 올라갔던 그 산마루로 오밤중에 또 하염없이 오르는 중이다.

이제부터 울울청청 사나이들이 매를 맞는다. 숟가락 숫자가 모자라거나, 설거지 식판에 밥풀 하나가 묻었다는 이유, 양말을 도난당했거나 분대장 빤쓰를 챙기지 못했다는 등의 죄목들이 주저리주저리 귀싸대기로 돌아오는 집합 현장이다. 열외는 그 시각 불침번 딱 한 명뿐이다. 불침번은 소대에 한 명씩 밤마다 막사 내부를 지키는 임무이고 동초는 중대에 두 명씩 배치되어 막사 바깥을 지킨다. '가'는 하필 새벽 다섯 시 마지막 동초였고.

집합 3인방 중, 27개월 차 천영호 상병은 인천 짠물 토박이로 전파사 수리공 출신이다. 일병 시절 공병대에서 전출 오는 바람에 짬밥 순위 2개월을 텃세로 먹혀주고 25개월 차와 동기를 이루어 산다. 사단에서 폭약 자격증을 받고 천소산 바위 폭파를 맡은 다음 국방부 시계에 몸을 맡긴 채 느긋하게 세월을 때우는 중이다. 몸이 다부지고 사회에서 이미 태권도 검은 띠를 땄고 축구와 텀블링까지 잘하니 무탈한 군대 체질이다.

그의 동기 이원규 상병은 160센티의 작달막한 체구지만 윗도리를 벗는 순간 복부의 왕(王)자 근육이 꿈틀꿈틀 위협적이다. 덤프트럭 기사 출신으로 팔뚝이 굵으며 담배 중독으로 자기에게 배당된 별사탕과 비흡연 군인의 화랑 담배와 바꾸어 먹는다. 평소에는 졸병들을 잘 챙겨주고 표정이 부드럽지만 일단 한번 화가 터지기만 하면 '분노조절장애' 체질이므로 걸리는 순간 '죽었다' 고 복창해야 한다. 포근한 표정에 깜빡 방심했다가 큰일 나는 수가 있으므로 졸병들은 핫핫 웃으면서도 긴장을 늦출 수 없다.

감자바위 태생 박수근 상병은 원주역 사창가 주먹패 행동대장 출신으로 프로복싱 웰터급 신인왕전에 출전했던 캐리어가 있다. 180이 넘는 키에 원숭이 팔의 소유자로 스탠딩 타격으로는 부대 1인자이다. 평소에는 과묵하지만 일단 화가 나면 그도 통제가 불가능한 다혈질이니 좌우지간 고참이란 것들은 누구 하나 만만한 몸이 없다. 그 포식자 무리의 맞은편에 열일곱 명의 먹잇감들이 부동자세로 서 있는 중이다.

"우로 번호."

하나. 둘. 셋. 넷 ……열다섯, 열여섯, 열일곱 번호 끝.

집합 대열의 맨 끝에 선 '가'가 '열일곱 번호 끝'을 짧게 지르자 풀벌레들이 일제히 숨소리를 죽였다. 무덤 위의 달빛 탓일까. 어둠은 포식자의 몸집을 확장시키는 만큼 포획당하는 자를 왜소하게 쪼그라뜨렸다. 그리고 지금은 고참 3인방의 그림자가 크레인처럼 그릉그릉 버티고 있고 그 앞에 열일곱 명의 쫄따구들이 사시나무처럼 떠는 중이다. 달빛만 저 혼자 휑했다.

22개월 차 최탁구는 그들과 3개월 차이인데 작대기 셋을 달고서도 집합 대열 맨 앞에 서 있는 처지이므로 물리적 아픔과 자존심 손상이 합체된 케이스다. 기실 '최'는 집합시킨 고참들보다 제대 날짜가 빠르다. 대학물 3년을 먹고 입대해서 교련 단축 6개월 혜택을 받게 되므로 제대병의 개구리복 입는 순서는 3개월 빠른 고참보다 거꾸로 3개월이 더 앞선다. 그러나 만기전역 대기 고참들은 그의 제대 순번을 절대 인정해주지 않으니 예비군복 입는 그날까지 고삐를 풀어주지 않겠다는 심사다.

그 교련 혜택이 가방끈 없는 고참들의 뚜껑을 열리게 만드는 제도

인데,

 대학교 1학년을 마치면 교련 수업 혜택 2개월, 2학년 마친 사병은 4개월, 3학년을 마치면 6개월 복무 단축 혜택이 건빵처럼 던져졌다. 학벌 좋은 놈을 만난 것도 열이 받는데 국방부 시계까지 빨리 돌려주니 그게 학력 별무 고참병들을 속 터지게 만드는 제도이다. 그래서일까, 그들은 '최'의 전역 날짜가 나올 때까지 족쇄를 풀어주지 않기로 결의를 다졌단다. 그나마 3중대에서 대학물을 먹은 딱 두 사람뿐인 '최'와 가호철은 서로 의지해야 할 판인데.

 자, 이제 상병 고참 3인방의 몸풀기 굿판이 시작되었다.
 먼저 천영호다. 일렬횡대로 주르르 늘어선 쫄따구들 앞에서 몸을 좌로 2보씩 '찻찻' 이동시키며 원투를 날리는 동작이 전광석화처럼 빠르다. 숲 그리고 어둠, 나뭇잎 흔들리는 속도로 뻗는 피스톤 움직이는 대로 쫄병들의 그림자가 도미노 현상처럼 쓰러진다. 때리는 놈도 멋있고 쓰러지는 몸도 단칼로 무너져줘야 뽀대가 난다. 열일곱 명을 쓰러뜨린 다음 뫼둥에 앉아 담배 연기 날리며 머리 싸매는 포즈도 범상치 않다. 그리고 매질 이후 휴식 타임을 주면서 쓸쓸히 뿜어대는 담배 연기의 스산함이라니.
 이원규는 신체 부위별로 네 가운데를 정하여 오른쪽과 왼쪽에 각각 두 대씩 타격했으니 그게 그 나름의 구타 원칙이다. 먼저 짧은 팔을 점프하듯 올려 싸대기 양쪽을 날린다. 쫄따구 몸이 타격만큼 앞으로 숙여지자 복부를 두 대씩 강타하여 다시 허리가 완전히 휘청 굽혀지게 만든다. 굽혀진 허리에 다시 양쪽 팔꿈치 가격으로 데굴데굴 쓰러뜨린 다음 마지막 발길질 두 대로 마무리 짓는다. '싸대기 → 복부 → 팔꿈치 가격 → 발길질' 까지 각각 두 대씩이니 쫄병 1인당 여덟 대씩 공평하게 안겨주는 것이다. 마지막 발길질에는 모두 팥죽으로 발발 엎어졌으니 그게 정리 정돈 발길질이다.

박수근은 프로급 캐리어답게 주먹을 쓰지 않고 손바닥 장풍 한 방씩이다. 가장 덜 아픈 가슴팍만 밀었을 뿐인데 쫄병들은 저만치 밀리면서 낙엽처럼 쓰러졌다. 더러는 스치기도 전에 부웅 떨어졌지만 박수근은 엄살 여부를 따지지 않고 그대로 넘어가 준다. 그리고 푸닥거리 직후 민망한 표정으로 한 마디 던진다.

"곤히 자는 놈들 깨워 몇 대씩 조져서 미안하지만 군대가 죄다 그런가 보다 해라. 나도 쫄병 시절 죽을 만큼 맞았고 느이들도 곧 쫄따구들을 때리게 될 것이다. 나는 지금 두 시 불침번 서러 갈 테니 각자 담배 한 대씩 핀 다음 기분 풀고 내려가라."

그 '병 주고 약 주기'도 인간적 멘트처럼 고맙다. 이제부터 매 맞은 쫄따구끼리 웅숭웅숭 화랑 담배 연기를 날리며 하루의 지난(至難)함을 마감하는 줄 알았지만 당연히 아니었다.

1라운드를 마친 국군 장병들이 그림자 터덜터덜 흐트리며.
'아, 오늘도 한바탕 푸닥거리가 끝났으니 이제 잠시나마 발 뻗고

자야겠다.' 가 완전히 착각이었음을 곧바로 알게 되었다. 내리막 바위 옆에서 하산하던 앞자리 그림자들이 우뚝 멈추면서 '쉑' 쇳소리로 허를 찌르며.

"이쪽이야."

장영석 일병이 팔목을 낚아채 무덤가로 끌고 가는 순간 '아차' 가슴이 철렁 내려앉는 것이다. 1차 가해자들이 어둠 속을 밀물처럼 빠져나간 후, 다음 군번인 최상병과 김민식이 그 아래 기수들을 '헤쳐모여 집합' 시키는 푸닥거리 기획이 있었던 것이다.

'가' 도 이제.

'시발, 갈 데까지 가보자.'

그런 배짱이 공포와 혼재되기도 했다. 박 소위한테 뱃살 긁히고 마 하사한테 돈 뺏기고 천영호, 이원규, 박수근 작대기 셋짜리한테 돌아가며 깨지더니 이번에는 그 아랫것들한테까지 깨지는 '홍어젓' 이 되다니.

"앉아 번호."

"하낫, 둘, 셋 ……열둘 번호 끝."

가장 권위적인 '앉아 번호' 가 이번에는 '가' 의 '열둘 번호 끝' 으로 마무리되었으니 첫 집합대열에 서 있던 고참 다섯이 빠져나간 것이다. 김민식은 소나무 둥치에서 팔짱 낀 채 구경 중이고 '최' 혼자 연신 봉분을 딛고 뛰며 좌충우돌 몸을 날리기 시작했다. 펀치의 강도는 턱도 없이 약했다. 하지만 그는 자신의 주먹 파워가 1라운드 고참들

보다 한 수 아래라는 것을 전혀 모른 채 날리고 차는 동작에만 혼신을 바친다. 손바닥을 날리는 '최'의 입술에서 먼저 '타탁' 소리가 튀어나오는 개그 펀치 수준에 장단 맞춰야 했으니 쫄병들은 엄청 아픈 포즈로 쓰러져야 한다.

'으으-윽'

신음까지 그럴싸하게 섞으면서 타격자를 만족시켜야 한다. 그런데 레프트 자세를 취하던 '최'가 짐짓 동작을 멈추고 '가'를 지그시 응시하더니.

"네가 왔다고 해서 사실 나는 반갑고 기뻤다."

목소리를 낮게 까는 바람에 하마터면 차분하게 얼굴을 마주 볼 뻔했다. 아카시아 사이로 풍기는 '최'의 막걸리 냄새가 점차 진해지며.

"그리고 실망했다. 너는 소위 유신독재 시대에 대학물을 먹었다는 먹물 놈이 통일과 해방에 대한 이데올로기도 없느냐?"

동시에 홍두깨처럼 날아오는 '최'의 통렬한 가격을 '이데올로기 싸대기'라고 명명하다가 '가' 혼자 혼란에 빠진다. 통일은 그렇다손 쳐도 해방은 또 생뚱맞게 뭐란 말인가. 8.15 광복이 분명히 지났는데, 해방이 무슨 뚱딴지 같은 소리인가? 묵직한 벽돌에 머리를 찍힌 것 같다.

그 70년대 후반은 비상사태 시국이었는데.

대학가 교문 앞으로 탱크가 진입하기도 했고 느닷없이 중고교까지 조기방학에 들어가기도 했다. 그래봤자 '가'는 데모의 '데' 자(字)도 모르는 지방대학생으로 오로지 습작시의 단어를 예쁘게 다듬기에만 몰입된 세월을 보낸 것 같다. 대학 시절 단어의 모양 바꾸기에 빠진 것은 조지훈과 김영랑의 영향을 많이 받은 탓이다.

시(詩) '승무'에서부터 '하얀 고깔'이 아니라 '하이얀 고깔'이라고 했다. '감추고'가 '감추오고'로 바뀌었고 '귀뚜라미'가 '귀또리'로 변신하면서 훨씬 시적 영감으로 먹히는 것이다. 특히 '빡빡 깎은 머리'를 '파르라니 깎은 머리'로 표현하는 게 정말 기가 막힌 다듬이로 파고드는 것이다. 또 있다. 김영랑의 '부드러운 → 보드레한', '살며시 → 살포시' 역시 느끼하지만 그 모든 게 시어 조탁(彫琢)의 묘미리라.

그러다가 언제부터였나, 심상이 '악의 축'으로 바뀌었다. 예쁜 단어 대신 저질 단어를 선택하는 쪽으로만 뇌를 쓰기 시작한 것이다. 험상궂은 단어만 골라 특정 부분을 잘라내거나 살 붙여 조합시키거나 구부려 비트는 방법이다. 가장 재미있는 것은 욕설이다. '시발' 보다는 '시헐'이, '좆같이' 보다는 '족같이'가 확실히 더 리얼하게 다가오는 것이다. 그렇게 날이면 날마다 단어 하나하나를 만지고 쓰다듬는 시인이 되고 싶었으니.

정치나 데모에는 관심이 아예 없었고 설령 모순구조의 실체를 안다고 해도 몸을 던지는 행태에 쏠릴 생각도 없다. 다만 딱 한 가지, 무릇 데모란 것도 배춧속처럼 '머리가 꽉 찬 아이들이 하는 거'라는 정도는 알고 있었으니.

고3 여름날 대흥동 독서실 앞에서.
'긴급조치 해제하라'
그 선언을 이유로 수배자 전단이 붙은 대학생 얼굴들을 바라본 기억이 있긴 하다. 세 명의 수배자는 모두 167센티 이하의 서울대학생이었는데 현상금이 200만 원씩이었다. 3개월 전에는 50만 원이었는데 네 배로 껑충 뛴 것도 놀랍지만 특히 그 액수가 '간첩 신고 포상금 20만 원의 열 배'라는 게 도저히 기가 막혀서 벌린 입을 다물 수 없었다.

공산계 불법단체인 인혁당 재건위, 재일 조총련계와 일본 공산당, 국내 좌파가 복합적으로 작용된 단체란다. 74년 4월 3일을 기해 '정부를 전복하려 한 불순세력'이라는 죄목이다. 이들은 '북괴의 통일전선 형성공작과 동일한 4단계 혁명을 통해 노동자 농민에 의한 정권 수립을 목표로, 과도적 정치기구로' 민족지도부 결성을 획책하였다'고 발표했다. 그런데 수배 사진들이 모두 사슴 눈빛이었고 아담 사이즈 체격이라서 더욱 안쓰러웠다.

"신고하지 않는 이유로 5년 징역은 너무 심하다. 형이 빨갱이면 동생이 신고해야 하나?"

그러자 현상 수배 전단을 보던 범생이과(科) 왕눈이 친구가.

"수박처럼 겉만 파르스름하지 쪼개보면 속이 새빨갛다니까. 빨갱이 위장술 전법."

퉁방구리 놓는 바람에 찔끔 당황했던 것 같다.

"이 사람들 열댓 명이 무슨 수로 대한민국 정부를 전복시키냐?"

"북괴와 손을 잡으면 일당백이야."

왕눈이는 더 이상 생각하기 싫다는 듯 콘사이스를 펼쳤다. 일체 한눈을 팔지 않는 그 전교 1등 포즈가 자꾸만 갸우뚱 걸리는 것이다. 그 수배자 벽보와 '최'의 이데올로기 싸대기는 어떻게 연관될 수 있는 것일까. 장래가 보장된 명문대 간판보다 소중한 구호의 의미는 과연 무엇이었을까.

대통령이 딱 한 명뿐인 줄 알았던 시국이 있었으니 그게 56년생 원숭이띠 가호철 세대다. 좌우지간 1963년, 여덟 살 때 처음 입력시킨 대통령 이름이 박정희 하나였다. 그 후로도 오랫동안 딱 한 사람만이 통수권자로 존재했었다. 초등학교 6년 졸업 때까지 통치자는 그 한 사람이었고 중학교 3년, 고교 3년 그리고 재수생 세월이 지나도 여전히 한 사람만이 옥좌에 앉아있었다. 입대 직전인 대학 1,2학년 이후에도 18년 내내 한반도의 대통령은 고정불변이었다. 남북 모두 그렇게 붙박이 통치자로 세월이 가는 게 당연한 줄 알았다.

기실 여섯 살 때 대통령이란 단어를 처음 들었는데 이름은 몰랐고 '딱지놀이' 계급장 순서의 맨 꼭대기 글자에서 외웠을 뿐이다.

'대통령 → 부통령 → 참모총장 → 사령관 → 대장 → 중장 → 소장 → 준장 → 대령 → 중령 → 소령 → 대위 → 중위 → 준위 → 상사 → 중사 → 하사 → 병장 → 상등병 → 일등병 → 이등병'

계급장은 대통령과 부통령을 빼곤 제복의 사내들이 줄을 이었는데 별의 숫자가 줄어들수록 카리스마도 잦아들었다. 대통령(별 10개)과 부통령(별 7개)을 제외하면 도지사도 없고 면장이나 사장, 우체국장까지 아무도 끼어들지 못했다. 그 제복의 별자리 개수대로 카리스마 표정 순서도 나란히 배열되어 있었다. 딱지에 나오는 여자는 간호 장교 딱 한 칸뿐이었는데 그나마 계급장 순서의 맨 아래에 붙어 있었다.

'참모총장 별 여섯 개 → 사령관 별 다섯 개 → 대장 별 네 개 → 중장 별 세 개 → 소장 별 두 개 → 준장 별 한 개'

착한 아이와 나쁜 아이는 계급장을 부르는 호칭부터 달랐다. 착한 아이는 영관급 계급장을 '무궁화'라고 불렀고 나쁜 아이는 '말똥 세 개 죽었어. 스발.' 하는 식으로 호떡처럼 깔아뭉갰다. 착한 아이는 위관급 계급장을 '다이아몬드'라고 고급스럽게 부르는데 나쁜 아이는 '밥풀떼기 두 개 네가 처먹어'라며 코 묻은 딱지를 넘겼다.
 아랫것들 계급장 호칭은 무더기로 합체시켰다. 부사관급들은 '갈

매기'라고 통용시켰으며 사병들은 그냥 '작대기'로 쓸어 부쳤다. 별 딱지 하나면 작대기 딱지 열 장이건 스무 장이건 한 방에 빼앗겨야 했는데, 딱 한 가지, 일등병의 열외 규칙이 있었다.

가장 높은 대통령 딱지가 일등병 딱지와 만나면 단박에 잡아먹히는 특별 규정인데 그건 윷놀이의 '빽도'처럼 통쾌한 변칙이었다. 그래서 특별 써비스로 붙여준 별칭이 '빛나는 일등병'이다. 그러나 딱지판 계급장과 다르게 막사 내 이등병의 실체는 쥐구멍조차 없었고.

   소령 중령 대령은 찝차 도동놈
   소위 중위 대위는 권총 도동놈
   하사 중사 상사는 모포 도동놈
   불쌍하다 일,이등병 건빵 도동놈

그 딱지판 맨 아랫것들 계급장의 차이가 그리도 무시무시했으니, 지금 포식자 자리에 버티고 서 있는 장영석 일병의 위용부터 그렇다. '장'은 호적이 2년 빨리 기록되는 바람에 고등학교 중퇴로 입대했으니 호적이 1년 늦게 기록된 '가'보다도 세 살이나 적다. 그래도 고참은 고참일 뿐이므로 출생 연도를 내세운 반항은 절대 금물이다. '가'는 자대 첫 날 밤 침상 옆자리에서 그 풋고추 '장'으로부터 사타구니를 공략당하면서도 속수무책이었지 않은가? 당연히 대응 방법이 없다.

지금은 다시 산 중턱에서 20미터를 내려와 일병 이하가 집합 중인데.

"번훗."

하나. 둘. 셋. 넷. 다섯 번호 끝.

이제 줄에 서 있는 졸병이 다섯이므로 가호철은 '다섯 번호 끝'으로 맺음을 하였다. 그리고 마찬가지로 허수아비처럼 세워놓고 치는 놈의 주먹은 항상 강하다는 걸 느끼는 중이다. 덩치가 크건 작건 강골이건 약골이건 때리는 놈도 뽀대가 나고 맞는 놈도 드라마틱하다.

"나는 살인자다."

봉창 터지는 소리가 툭 튀어나온다.

"친구를 절구로 찍어 죽인 사람이 바로 나야. 짤짤이 외상값 5천 원을 갚지 않고 도망치는 놈을 쇠꼬챙이로 쑤셔 죽였어. 앞으로는 사람 죽이는 게 아무것도 아냐. 알아서 기엇!"

'삼류 소설 같은 뻥을 치다니 천상 고삐리구나'

그런 비웃음도 마음속으로만 가능하다.

'왜 문장의 처음엔 절구였다가 나중엔 쇠꼬챙이로 바뀌는 거요.'

그렇게 말꼬투리를 잡았다간 당장 싸대기가 날아올 것이다. 그저 고삐리 출신 고참의 엄포에도 기가 죽는 시늉을 취해 주어야 한다. 아니, 실제로도 겁을 먹었다, 며 울컥을 꾹꾹 누르는데.

"정호일 2보 앞으롯!"

청계천 선반공 출신 정호일이 머뭇머뭇 2보 앞으로 나간다. 손바닥은 크지만 머리가 작고 어깨도 좁은 순둥이 사내다. '장'은 착한 일병 정호일 한 사람만 골라 세워놓더니 '쉑–' 소리와 함께 앞돌려 차기를 날렸다. '정'은 처음에는 어이없다는 표정으로 몸을 피하려다가 잠시 후 커버 상태로 맞다가, 금세 체념한 듯 양팔을 내리고 아무 말 없이 두들겨 맞기만 했다. 둘은 기껏 짬밥 20일 차이이므로 원래 호칭도 대충 뭉뚱그리는 사이였는데 이번 기회에 '장'이 고참 끝발의 경계를 확실히 긋겠다는 의도다.

'가'는 그저 화살이 자신에게 날아오지 않은 것만 다행으로 여길 뿐이다. 어쨌든 '통수는 불어도 세월이 가는 법'이므로 그렇게 '장'의 푸닥거리가 끝나면 이번에는 드디어 '기나긴 집합의 밤'이 마무리되는 줄 알았다. 서쪽에서 떠오른 달님이 동쪽으로 완전히 넘어갔으니 네 시가 가까워진 시각이리라. 그런데.

"구다마 교육 시켜."

'장'은 그렇게 이등병 둘을 '구'에게 넘기고 허우적허우적 산을 내려간다. 이제 '장'도 그 위의 기수 고참들이 그랬듯 정 일병에게 '소대의 군기를 바로 세우기 위해 어쩌구, 구타 이후의 화해'로 풀어 주는 척할 것이다. '가'는 다시.

'마지막 눈 붙일 시간까지 날아가는구나.'

시헐시헐 계곡으로 끌려가는 중이다.

네 번째 집합, 이제 모두 포기 상태이다.

1,2,3라운드 선수들이 뭉텅뭉텅 빠져 나갔지만 마지막 새벽 딱 두 명만 남은 바닥 집합까지 넘겨야 한다. 이병 갈참 '꺼꾸로 불러도 구성구'가 이해찬과 '가'를 세워 놓았으니, 이 멤버는 '가'의 자대 다음날 박수근에게 깨지던 이등병 올스타 멤버다. 원양어선 출신의 그는 성기 양쪽에 구슬 두 개를 박아서 '구다마'로 통용된단다. '구'는 지금 딱 두 명 남은 이등병들을 세워놓고 집합자의 고뇌를 흉내 내는 중이다. 다만 말투만은 부드럽게.

"괜찮아."

그 첫마디로 칼자루가 부드러울 것 같아 다행이다. 언제부터였나, 맞지 않으면 잠이 오지 않는다. 취침 소등 이후 끌려 나가는 게 비일비재하므로 일찌감치 몇 대라도 맞아야 잠이 왔었는데, 오늘은 너무 길다. 이제 소대에 들어가더라도 새벽 다섯 시 동초를 서야 하니 하룻밤이 송두리째 날아가 버린 것이다.

"입대 전부터 쫄따구를 절대로 때리지 않으려 작정했어. 앞으로 왕고참이 되더라도 쫄따구들 손을 대지 않을 거야. 그 대신 몇 마디만 짧게 할게."

모자란 양말은 무조건 채워라. 고참 관물대에 아침마다 양말 하나씩 꼭꼭 챙겨 넣되 빵꾸난 것은 일이등병이 신어야 한다. 나한테는 괜찮지만 바로 윗 고참들이 부를 때도 소대장에게 대답하듯 계급과 성명을 크게 복창하라. 밥풀때기나 갈매기나 작대기 고참이나 똑 같은 상관이야. 식기 세척 이후에는 항상 냄새를 확인해서 고린내가 쬐끔이라도 나면 무조건 이등병이 먹는 게 부대의 행복이요, 쫄따구가 사는 길이다. 담배는 막사 뒤에서 고참들 안 보이게 피워야 요새 쫄병 싸가지 없다는 소리를 안 듣는다. 보초 설 때는 담배를 총구에 집어넣고 피워야 연기가 새어나가지 않는다. 식사 집합 도중에 한 명만 빠져나와 옆 중대 빨래 건조대만 훔쳐내어도 양말 열 켤레는 충분히 들고 올 수 있으니 그게 맞지 않을 자유의 쟁취다. 새벽잠에 빠진 이 시간이 바로 찬스 타임이다. 그러나 아무리 노력해도 안 맞을 수 없는 게 군대다. 빨리 움직이면 덜 맞을 수 있지만 한 대도 안 맞는 것은 절대 불가능하니 '군대가 그런가 부다' 하고 알아서 견뎌라. 그 짧은 몇 마디가 모기 떼에게 종아리 뜯기는 40분이었고.

새벽 다섯 시, 마지막 동초 순번을 돌면서.

'가' 는 2중대 동초가 막사 뒤쪽을 도는 사이에 재빨리 움직여 양말 더미를 훔쳤다. 상대 소대 동초가 반대쪽 막사로 한 바퀴 돌아 다시 제 자리로 오는 오 분 남짓 사이에 건조대 양말 뭉치를 작업복 사이로 쑤셔 넣는 것이다. 그러면서.

'나는 양말을 훔친 게 아니라 일주일 자유를 쟁취한 것이다'

그런 대구법 문장을 건조대에 대롱대롱 매달아 놓는 중이다.

훔친 양말들을 분대 고참들 관물대에 하나씩 올려놓는 순서다. 전파사 천상병과 이데올로기 싸대기 '최', 고삐리 주근깨 '장' 의 관물대까지 접수했으니 최소한 일주일 동안 양말 집합만큼은 피할 수 있다. 오후에는 다른 중대 울타리 너머 식기와 숟가락 더미까지 집어와야 한 달이 편해진다고 정리하는데.

순간 '가'의 눈이 커지면서 풋풋 웃는다. 이제 막 잠이 든 채 코를 골던 구성구의 성기가 어느새 빤쓰를 뚫고 불쑥 텐트를 쳤기 때문이다. 앗, 이게 바로 '구다마의 굿모닝 고추'구나. 구봉구. 봉 그러니까 성기 양쪽으로 두 개의 구슬을 박아 매달린 거로구나. '가'는 새벽의 문장 조합에 아주 만족스러워하고 싶다. 그 옆으로 바드득바드득 이빨을 갈아 마시는 '최'의 잠버릇에는 '이데올로기 잠버릇'이라고 재빨리 명명했다. 그리고 침상 끝의 풋고추 '장'이 꿈결에 취해 우헤헤 웃는 표정을 보며 오므려졌던 주근깨를 튕겨버리는 게 '못난이 삼형제' 표정에 대입시킨다. 그렇게 설레설레 고개 흔드는 순간 곧바로 날이 밝았고.

빰빰 빠빠빠 빠빠라라라.

기상 나팔소리가 피도 눈물도 없이 터지는 것이다. '가'는 그 굉음의 소리와 맞대결하듯 기차 화통을 터트린다.
"기사앙. 일어나라. 시발면들아."
취침 병사들의 귓구멍들이 비몽사몽 막힌 것일까. 이등병의 단발마 명령에 고참들은 물론 소대장까지 스프링처럼 튀어나와 오로지

우당탕탕 모포 정리에 빠졌을 뿐이다. '가'도 모포를 말아 올리기 위해 소총을 비켜 멘 채 한쪽 끝을 잡았다. 자, 또 벙커작업 막사의 하루가 시작되었다.

응답하라, 1989

근 한 달째 그랬다. 출산 날짜가 다가올수록 비상대기 상태의 간극이 초조하게 좁혀지는 것이다. 그 불안한 감성이 열흘 이상 미루어지다가 마음이 느슨해지던 찰나가 딱 한 차례 있었다. 그나마 장모님이 찾아와 대기 중이어서 천만다행이다. 그 역시 대부분 칼퇴근으로 아내의 동태를 체크는 했으니 어쨌든 착한 남편의 기본자세라도 보여준 것 같다. 그렇게 예정일 8월 10일에서 열흘이 지나면서.

'오늘도 아니겠지. 아마도.'

한 잔 술에 빠질 뻔하다가 겨우 벗어난 게 천만다행이다. 퇴근길 1대1 소주로 딱 한 병 시켜서 절반씩 나누었고 다시 한 병을 시켜서 각자 1병으로 마감하려던 순간 송태우 스스로 불현듯.

"아무래도 불안해서."

후배 최 선생이 소매 끝을 붙잡지 않고 그대로 보내준 것도 기가 막힌 타이밍이 되었다.

"그만 마셔야겠네. 혹시 하는 노심초사야."

30분 만에 마감했으니 근래에 가장 짧은 술자리가 되었다. 벽걸이 달력의 89년 8월 숫자를 흘낏 훔쳐보며 만 원짜리 두 장을 내었고 3천 원을 거슬러 받았다. 그렇게 소중한 생명체 탄생의 보호자 역할을 벗어나지 않은 게 천만다행이다.

시국은 난세였다. 황석영 소설가와 문익환 목사의 방북으로 민간인에 의한 통일 소통이 물꼬를 틔우는가 싶더니 그들 모두 수갑 찬 철창행으로 이어졌다. 곧이어 외국어대학생 임수경이 일본과 동독을 거쳐 평양에서 개최한 '세계 청소년 축전'에 화려하게 참석한 후 판문점으로 돌아오자마자 잡혀 들어갔다. 마찬가지이다. '6.29 선언' 이후 대통령이 바뀌어도 대학가 여기저기서 최루탄과 화염병의 공방이 끊어지지 않는 것이다.

또 있다. 그해 5월, 충북 제천의 새내기 교사 강선호 선생이 '북침설을 주장했다'며 생뚱한 사건을 엮어 이제 막 창립을 선언한 전교조 출범식에 빨간 색칠을 덧씌우는 중이었다. 먼저 북침설을 배웠다고 주장하는 제자 여섯 명을 내세워 서류를 내밀었다. 그 선수를 친 고발장 하나가.

'우리 선생님은 북침설을 가르친 적이 절대로 없습니다.'

탄원서를 제출한 그 학교 다른 학생 300명의 의견을 잡아먹은 것이다. 북침설을 배웠다고 주장하는 6명의 제자 중 2명이 결석으로 처리된 출석부 자료를 제시했지만 재판 결과에는 전혀 영향력이 없었다. 강 교사가 그렇게 징역 1년을 선고받고 학교를 쫓겨나던 노태우 정권 2년 차 정국이다. 그 사태의 여파가 날마다 일간지에 대서특필되더니 곧바로 '전국교직원노동조합 창립선언문'에 명단을 공개한 교사 조합원들에 대한 대대적 징계작업이 착수되었다.

'설마 스승들 수천 명의 목을 자를 수야 있겠어.'

절대로 불가능할 것 같았던 그 '설마'가 세상을 뒤집으며 스승들의 목이 줄줄이 단두대에 오를 줄은 차마 몰랐다. 처음에는 앞장선 주동자 스승 몇 명만 목을 칠 줄 알았는데 자꾸만 그 숫자가 불어나는 것이다. 아무튼 지금은 왠지 집에 빨리 가야 할 것 같은 느낌으로.

딱 한 병을 절반씩 나누어 술을 마친 송태우 선생이 불안한 마음으로 아파트 문을 열었지만.

"몸이 이상해."

아내 임희숙(31세)은 남편의 조금 늦은 귀가를 전혀 타박하지 않고 오히려 다행이라는 표정만 지었다. 이마에 담뱃불 자국이 꿈틀했지만 여전히 착한 미인의 모습이다.

"진통이 시작된 게 확실해. 빨리 나가자."

축협 2층 사모 산부인과를 택하지 않고 사거리 김한별 산부인과를 택한 건 이모저모 정보를 살핀 이후 고뇌의 선택이다. 두 병원 모두 강 건너 구시가(舊市街) 2층에 있었는데 최종 분만 장소를 축협 2층 대신 사거리 2층을 선택한 것이다. 친정어머니 이수선 여사(57세)가 출산 준비용 보따리를 챙겨 들었다.

이수선 여사는 친정아버지 임봉식(60세)보다 반 뼘쯤 커 보이지만 온순하고 순종적인 성품이니 그게 '여자의 일생'이 되었다. 박봉식 씨는 지금 조치원 구시장 입구에서 건어물 가게를 운영 중이다. 언제부터였나, 대형 마트가 우후죽순처럼 간판을 세우면서 소도시 상점들이 우수수 문을 닫을 거라는 풍문도 있지만 긴 평생 그 가게에 물건을 들이면서 아홉 자식을 키웠고 아직도 진행 중이다.

한때 박봉식도 다혈질에 잰 몸놀림으로 신작로 바닥에 소문을 뿌리던 이력이 있다. 이십 년 지난 얘기지만, 보따리 장사 이동 좌판 시절 건물 가게 주인인 정육점 아들의 목에 젓가락을 들이대 읍내 경찰서까지 끌려갈 뻔한 적도 있다.

정육점 앞 좌판이 시비의 이유이다. 솔직히 생선 좌판으로 정육점 앞을 가리게 차렸으니 무조건 불편을 준 게 확실하다. 그래도 옛 주인 시절에는 팔다 남은 생선도 가끔 바치면서 그럭저럭 묻어 지낼 수 있었지만 그가 아들에게 가게를 대물림하면서 자리다툼이 벌어진 것이다.

"저리 나가서 장사를 하든지 하숏! 전망을 막으니 손님이 오나?"
임 씨도 처음에는 점잖게 타이르듯.
"자네 아버지하곤 잘 지낸 사이야."

대충 뭉개려는 순간 그 젊은 아들이.

"나가라구욧!"

좌판을 툭 걷어찼는데 하필 와르르 무너진 것이다.

"이마빡에 피도 안 마른 놈이."

임봉식이 젓가락으로 목을 찌를 듯 달려들 때 젊은 그가 재빨리 한 발 물러서며 몸을 피한 게 천만다행이다. 구경꾼들이 몰려들었고 하필 순찰 중이던 경찰들까지 호루라기 불며 달려왔다. 자초지종 사정을 들은 경찰관이.

"영업 방해가 맞긴 하네요. 그래도 나이 든 어른한테 젊은이도 야박하게 굴지 말고."

그렇게 마무리해주는 바람에 철창생활은 간신히 피했지만 결국 신작로에서 밀려나 우체국 후미진 골목으로 들어가 오종종한 좌판으로 먹고 살아야 했다.

또 있다. 안 그래도 운동 경기 구경을 좋아하던 그가 컬러 TV 시판 이후로 더욱 광적인 스포츠 팬으로 승격한 것이다. 좌우지간 축구건 권투 구경이건 브라운관 중독자가 되었다. 그 네모난 바보상자에 몰입한 채 아내 앞에서 탁자를 내리친 게 치명적 실수이다.

83년, 멕시코에서 열린 '세계 청소년 축구대회'에서 한국이 4강에 오른 직후인 그해 가을이었다. 한국팀은 조별리그 첫 경기에서 스코틀랜드에게 0대2로 패했지만 곧바로 개최국 멕시코에게 2대1로 역전승을 거두며 풍파를 일으켰다. 그리고 조별리그 마지막 경기에서 호주를 2대1로 또 누르면서 스코틀랜드에 이어 조 2위를 얻어 2승1패로 8강에 진출했다. 준준결승의 상대는 우루과이였는데 신현호가 두 골을 넣어 2대1로 4강에 진출하면서 한반도가 함성으로 우우우, 뒤집어 터진 것이다. 붉은 유니폼으로 벌떼처럼 종횡무진 달려드는 한국 선수들에게 '붉은 악마'라고 별칭을 붙이던 바로 그 가을이었다.

임봉식 씨는 틈만 나면 복덕방으로 몸을 움직였다. 신작로에서 유일하게 컬러 TV를 들여놓았으니 축구 경기가 시작될 때마다 그 자리로 일단 달라붙으면 엉덩이가 떨어지지 않는 것이다. 건어물 가게를 찾는 손님이 와도 엉덩이를 뭉개는 바람에 놓치기도 했으니 아내 혼자 이리 뛰고 저리 뛰는 모습도 안쓰러웠다. 그날도 장똘뱅이 서너 명 틈에 끼어 기껏 한일전 축구 경기에 빠져 가슴을 조이는데.

"식사하세유."

임봉식씨는 여전히 TV 스크린에서 눈을 떼지 않았는데, 아내 이수선 여사가 두 번째 부르며.

"나와욧!"

목소리가 커지면서 구경꾼 사내들까지 귀가 쫑긋 열린 게 불편한 풍경이긴 했다. 박봉식 씨의 동동주 낮술 한 병도 이유가 될 것이다. 한국 팀 공격수 차범근이 30미터 전방에서 프리킥을 내지르기 직전이었다.

"나오라구홧! 희숙 아빳!"

고개를 돌린 찰나 프리킥이 골대 그물에 꽂힌 것이다. 아내의 재촉에 그 황홀한 타이밍을 놓친 울컥의 심사로 밥상을 내리쳤으니 순전히 얼떨결이다. 브라운관 축구경기에 몰입하던 중년의 사내 대여섯이 화들짝 놀라 일어섰고 임봉식 씨도 아차, 하면서 정신이 화들짝 들었다. 곧바로 행주를 빨아 남의 집 복덕방 사무실에 흩어진 자국을 서둘러 지운 것이다. 그뿐이었다. 이수선 여사도 아무 말 없이 펌프를 틀고 적삼 끝을 구겨 비누칠을 했다.

"재빨리 빨지 않으면 반찬 국물이 지워지지 않아. 이 정도는 양념이지."

때까치 한 마리 날개 치던 늦가을 창공이 시리도록 푸르렀다. 감나무 꼭대기에 홍시 몇 개를 까치밥으로 남겨두었으니 그게 '조선의 홍시'이다.

"정신 차리세홧! 아부지."

장성한 자식이 무섭다는 사실을 처음 깨달은 날이기도 하다. 그날 밤, 스물한 살 여대생 임희숙이 눈물을 뚝뚝 흘리면서 부친께 대들면서 집안이 늪처럼 가라앉았다. 맏딸의 어금니 옹무는 뽀드득뽀드득 소리를 들으며 중년의 부부가 잠을 설쳤다. 그 후 임봉식 씨는 술을 끊었고 가게 일에만 매진했으니 애초에 본성이 착한 게 맞긴 하다.

"예정일에서 사흘만 지나도 태아가 위험할 수 있으니 제왕절개를 해야 합니다. 강요는 아니니 본인이 선택하세요."

이상하다. 메스를 잡은 의사의 눈빛이 어디선가 만난 듯한 표정이어서 갸우뚱했다. 나중 얘기지만, 왼쪽 볼 아래 사마귀에 얽힌 우울한 기억 때문이었다. 새까만 사마귀 가운데 굵은 터래기 하나가 깊이 박혀 있는 것도 비스무리하다.

'그놈은 절대 아니지만.'

설레설레 도리질 쳐도 오래도록 지워지지 않는 불쾌한 상처이다. 그러거나 말거나 의사의 한 마디에 '여자의 엄마'와 '사내의 엄마'가 함께 걱정을 나누는 시간을 가졌다. 의견은 상반되었지만 서로 사돈 간의 예법을 지키는 중이었고.

두 병원에서 예고된 날짜의 차이가 벌어지는 게 수상하긴 했다. 사거리 김한별 산부인과에서는 예정일이 8월 25일이라고 했는데 축협 2층 사모 산부인과에서는 8월 10일이라니 출산의 진단이 보름 차이이다. 처음에는 사모 산부인과에서 예고한 분만 날짜에 맞췄는데 예고된 시간이 지나도 진통이 나타나질 않는 바람에 조급해진 것이다.

시어머니는 아기를 빨리 낳는 걸 해결책으로 판단하며 제왕절개라도 해야 한다고 주장하고 싶어 했다.

"작게 낳아 크게 키우라고 했어. 아기가 막힌 뱃속에서 오래 있으면 신체 발달에 나쁠 거 아니냐?"

그러나 친정어머니 이수선 여사는 달랐다. 사돈 앞에서는 말을 아꼈지만 딸이 혼자 있을 때는 뒷담화 섞인 귀엣말처럼.

"된똥 한번 누듯이 땀 흘려 힘을 주면 쑥쑥 나오게 되어있다. 내가 9남매를 낳았으니 너도 에미 체질 받았으면 쉽게 낳을 거다. 양수만 제대로 터지면 아기 머리부터 자궁 바깥으로 편안히 나오게 되어있어. 멀쩡한 생살에 함부로 칼을 대고 흠집 남기는 게 아니여."

그렇게 뒤에서만 다른 의견을 펼쳤다. 기실 산모 임희숙도 제왕절개로 후딱 결과를 보고 싶기도 했다. 어지러운 시국으로 몇 가지 사건이 동시다발로 중첩된 것도 심란한 이유가 된다. 3주 전쯤 되었을까, 송태우 선생이 전교조 탈퇴각서를 쓰느냐 마느냐를 놓고 옥신각신 뒤숭숭했고.

61년생 임희숙도 모친을 닮아서 몸과 힘이 모두 출중한데, 한 성질 터칠 줄 아는 점이 엄마와 다르다. 초딩 시절 6학년 때까지는 웬만한 남자들은 힘으로도 제압할 정도로 체격이 컸다. 사내들 틈에 끼어 축구도 했고 여중 시절 교내 씨름대회 개인전에 출전해서 우승도 먹었다. 결승전에서 몸무게가 15킬로 더 나가는 여학생을 한방에 메다꽂기도 했는데.

고2 때 딱 한 번 비열한 놈을 만나 잠깐 방심했다가 이마에 담배 자국이 난 게 가장 안타깝다. 조치원 철둑길 저무는 비탈을 '나 홀로 산보' 중이었다. 웬 술 취한 사내 하나가 따라오는 걸 보긴 했으나 처음부터 신경을 쓰지는 않았다. 솔직히 웬만한 남자들과 맞장을 붙어도 쉽게 밀리지 않을 정도로 힘이 좋았으므로 일단은 무덤덤했을 뿐이다.

"담뱃불 좀 빌려주겠어?"

'담뱃불 이야기'로 다가오는 사내를 보며.

'뭐지?'

생뚱 표정으로 방어의 몸짓을 취하긴 했다. 멀쩡하게 흡연 중인 놈이 불을 빌려달라는 얘기도 어리둥절한데다가, 하필 여학생한테 담배 얘기를 꺼내는 것도 어이가 없다. 특히 반말에 거슬려.

"뭐야? 웬 반말?"

고개를 돌리는데 사내의 몸에서 소주 냄새가 훅 불어 닥치는 것이다. 저만치 부산 쪽 방향에서 기차 소리가 가까워지면서 점차 크게 들리는 게 조금 심란하기도 했다.

사내의 몸이 덮치듯 달려오는 순간 싸대기를 날렸으니 그게 동물적 보호본능이다. 그리고 멱살을 잡아 밧다리를 걸어 넘기려 했는데 아주 짧게 아찔했던 것 같다. 담뱃불로 얼굴을 지지는 공격 몸짓을 깜빡 놓친 것이다. 손바닥으로 놈의 팔뚝을 밀어붙이자 불똥이 튀면서 사내의 얼굴 갸름한 하관 왼쪽 볼에 붙은 검은 사마귀가 잠깐 환하게 비췄던 것 같다.

이마를 감싸며 비틀대는 그 찰나 사내가 철둑길 저쪽으로 몸을 휙 날리더니 언덕 아래로 쏜살같이 도망치는 것이다. 간발의 차이로 소매 끝을 놓친 희숙이 포기한 것은 치달리는 열차의 가속도 때문이다. 사내가 넘어질 듯 선로를 건너자마자 기차 소리가 굉음을 토하며 금세 앞을 가로막는 것이다. 그놈 역시 목숨을 건 도주 행각이리라.

그렇게 닭 쫓던 개처럼 달리는 열차만 망연자실 바라볼 수밖에 없었다. 쇳덩어리 냄새 저쪽 불빛 환한 객실로 인파의 표정들이 새하얗게 나타났다가 사라지곤 했다. 어느 창문에서는 끄떡끄떡 졸기도 하고 더러는 깔깔대는 웃음 조각으로 흩어진다. 더러는 박수 치는 웃음 풍경으로 비쳤다가 달걀 껍질 벗겨 입에 넣는 화사한 풍경으로 변신하기도 했다. 기차가 사라진 후 철둑길 너머로는 아무도 보이지 않았다. 없다. 선명하게 사라진 놈을 다시 찾는 건 불가능하다.

바로 그놈 얼굴로 아주 잠깐 겹친 것도 사모 산부인과를 포기한 이유 중의 하나이다.

솔직히 임신초기까지만 해도 8등신으로 돌고래 점프처럼 쭈욱 뻗친 곡선미가 있었다. 거기까지만 화려했다. 시간이 지나면서 매주 1킬로씩 살집이 불어나더니 몸이 거듭 두꺼워지는 것이다. 나중에는 상체를 지탱하는 관절에서 버걱버걱 소리도 났다. 틈만 나면 먹거리를 밝히는 것도 새로운 변신이다. 이상하다. 떡을 보면 떡을 먹고 싶고 김치를 보면 밥 위에 얹어 꿀꺽 넘기고 싶다. 임신 9개월 직후 75킬로가 넘는 몸을 지탱하지 못해 절룩거릴 즈음 교직원들과 가족들이 순서대로 찾아오기 시작했다.

'전교조 창립인 명단'에 들어있는 남편 송태우의 이름을 지우기 위해서이다.

그들 역시 송태우에게 차마 강권하지는 못하고 슬그머니 의사 타진 정도만 던지긴 했다. 교감님도 박카스나 사과 봉지를 들고 벨을 누른 다음 엉거주춤 앉았다가 돌아가기도 했다. 잉태된 아기는 그렇게 불안한 시국을 먹으면서 무럭무럭 몸집을 키우는 중이었고.

다시 대웅아파트 203동 306호.
"김한별 산부인과는 아닌 것 같다. 한별이란 이름도 한자로 쓰면 일성(一星)이니 이북 김일성이랑 똑 같은 게 뭔가 수상쩍은 작명(作名) 음모가 숨어있는 것 같아 아무래도 마음에 안 들어. 사모란 건 사람을 그리워하는 건데 이름부터 신뢰를 주거든."
시어머니가 그렇게 손을 드는 사모 산부인과 편을 따를 뻔도 했다. 자궁을 통해서 아기가 나온다는 생리가 무섭기도 하고 왠지 원시적인 느낌이 들어서.
'어차피 아기를 하나만 낳을 건데 제왕절개면 어떠랴.'
그러나 거실 소파에 앉아 있었던 이수선 여사는 여전히 자신만만했다. 젊고 튼튼한 몸이 자산이라는 것이다.
"몸으로 낳는 병원으로 무조건 옮겨야 한다."
그 자신감이 한국 여성의 풍모처럼 당당해 보이기도 했다.

'다 죽으면 다 산다.'

'교사는 노동자다'라는 슬로건을 내걸었다가 매스컴의 융단폭격을 산지사방으로 받으며 전교조 역시 혼신으로 저항하는 중이었다.

'선생님들이 노가다인가요?'

그 논리의 반격 카드를 유인물로 만들어 여기저기 돌리는 작업을 했다.

'노동의 건강성을 깨우치는 겁니다. 교사가 사회적 약자 쪽에 서야 한다는 의식도 있구요.'

송태우는 전교조 창립에 명단을 공개하긴 했지만 소위 강경파는 아니었다. 전교조 지도부에서 행여 '마주 달리는 열차끼리의 치킨 게임 충돌'을 피하는 지침이 내리길 마음 한편으로 기대도 했으나 조바심대로 이루어지지 않았다. 가족들 역시 불안에 떨면서도 차마 그 슬로건에 제동을 걸 엄두를 내지 못했다.

'명단 공개 교사를 모두 자르면 2학기 수업을 못할 텐데.'

교육부 측의 계산은 달랐다. 현재의 임용 대기자가 3만 명이 넘으니 만 명 이상이 해직되더라도 충분히 빈자리를 채울 인력이 있다며 자료를 내놓았다. 교원 수급 정책 실패의 산물인 '발령 적체자'로 해직시킨 스승들의 빈자리를 채우겠다니 '악화가 양화를 대체'하는 격이다.

'다 죽으면 다 산다. 그 말이 틀리진 않지만 모두 죽을 수 있는 게 과연 가능한 일일까?'

송태우 혼자 이 풍진 시국을 고민하면서 가끔 바람 부는 벌판에 혼자 서 있는 것처럼 외로움에 시달리기도 했다.

기실 임희숙도 체육 교사 자격증을 만지작거리며 만약의 사태에 대비한 포석으로 요모조모 궁리하긴 했다. 남편이 해직되더라도 한두 해 안에 의무발령도 가능하니 해볼 만하다고 마음을 다지는 것이다. 동지들이 목을 내밀면 당연히 함께 해야 한다. 동시에 남편이 이 미친 시국의 광풍을 못 이긴 체 피했으면 하는 바람도 아주 없는 게 아니었으니 부부끼리의 마음도 '바람 앞의 등불'처럼 흔들리는 일상이었다. 그래도 징징 짜는 모습은 손톱만큼도 보이지 않았으니 그게 운동권 청년 기질의 남은 기상이다.
'이 젊은 나이에 아기 하나쯤 책임지지 못하랴.'
그런 뱃심도 있었고……그리고 또 있다.
'만약 발령을 받았더라면 나도 전교조란 깃발을 놓고 험한 시국과 한바탕 붙었을 텐데'
그런 깊은 아쉬움이다. 하필 체육과를 제외한 다른 과목은 후배들까지 턱걸이 발령으로 교직에 임용되었으니 그미 혼자만 스크럼에서 제외된 것이다. 문득 시위 인파가 도도한 파도처럼 넘실거리던 6월 항쟁의 기억들이 지척에서 넘실거린다.

87년 6월 10일.

대한민국의 수도 서울 한복판에서는 나라의 명운을 가리는 두 가지 대규모 행사가 동시에 일어났으니 서로 극과 극으로 상반된 입장의 현수막이다. 하나는 정부 주도의 행사요 하나는 재야단체의 행사였으니 슬로건은 '호헌'과 '개헌'이요 '간접선거와 직접선거'의 치열한 싸움이다.

　먼저 장충체육관의 민정당원 전당대회에서 집권당 전두환 대통령이 그의 육사 동기생 노태우를 차기 대통령 후보로 직접 지명한 것이다. 실내 체육관이 들썩거리는 박수를 받은 노태우 후보가 지명받은 소감으로.

　'가슴이 콱 막히고 눈물이 핑 돈다.'

　센티멘털한 감회 문장을 글썽글썽 토로하자 집권당 깃발이 나부끼며 '와아-' 소리치는 함성이 체육관 천장까지 들먹거렸다. 그렇게 체육관 간접선거를 선포했으나.

　같은 시각 명동성당에서는 국민운동본부 행사에 모인 민중들의 인파가 '직선제 쟁취 투쟁본부'를 선포하는 중이었다. 처음 시작은 불가능에 도전하는 뼈아픈 외침 정도일 줄 알았으나 '구르는 눈덩이'처럼 인파의 몸집이 서서히 불어나기 시작했다. 아스팔트에 틔운 싹들이 잠든 민중들을 깨우며 스크럼을 이루더니 도도한 물결처럼 한 계단씩 철옹성 방벽들을 밀치고 나아갔다. 그리고 이겼다. 김세진과 이재호, 조성만 열사를 넘어, 박종철과 이한열이 세상을 떠나는 데 충격을 받은 민중들의 피 터지는 구호가 마침내 군부독재의 바벨탑을 무너뜨린 것이다.

그해 6월 29일.

이 장엄한 역사적 선포를 아무도 거역하지 못할 줄 알았었다. 그리고 안타깝게도 민초들의 환희는 딱 거기까지였다. 정치인들에 대한 절망은 나중 얘기이고.

다시 89년 6월,

전교조 윤영규 위원장이 처음 파면과 함께 수감 되는 사진이 조간신문 1면에 실린 것이다. 곧바로 지도부들에게 줄줄이 구속 영장이 발부되었고 15개 시도교육청에서 징계 절차가 전광석화처럼 착수되는 과정들이 브라운관을 채우기 시작했다. 빠르고 잔혹하게 철저했다. 전교조 출범을 지휘하는 지도부 순서로 이미 수십 명 이상이 해직되면서 모든 교사들이 날마다 두근두근 시달리던 시국이었다.

그의 지역사회에서도 지부장과 부지부장 순서로 파면이 확정되자마자 철창에 갇혔다. 출근길 교사가 아이들이 보는 교문 앞에서 연행되기도 했고 수업이 끝나고 나오는 스승을 복도에서 체포하여 승용차에 태우기도 했다. 탄압의 강도(强度)는 예상보다 훨씬 빠르고 집요했으니 순식간에 명단 공개를 한 모든 교사들 차례가 되었다.

일간지에 조합원 명단을 공개한 전교조 교사들의 양상에도 차이를 보이기 시작했으니 풀어가는 해법이 다른 만큼 금이 가는 조짐도 보일 수 있다. 단두대에 가차 없이 목을 넣는 투사 같은 스승들도 있었고 더러는 징계 직전에 몸을 빼어 현장을 선택하는 명목으로 몸을 챙기는 조합원도 생겼다. 집권당 책사들이 그 칼질할 틈을 놓칠 리가 없다.

그 사모 산부인과 대기실에서 이미 출산한 후배 구병구의 아내 임정순을 만난 게 행운이긴 했다. 임정순의 남편은 거꾸로 불러도 똑같은 이름자인 구병구인데 부부 모두 사범대 연극반 후배이다. 그랬다. 그 연극반 동아리에서 잔뼈가 굵어지고 젊음의 심장을 태우던 청춘이 있었다. 그리고 둘이는 같은 '나주 임씨' 종친 여대생으로 만나면서 각별하게 친했었는데 또 병원에서 만났으니 그미의 정보만으로도 참으로 다행이다.

그 80년도에 만난 연극반 선배들은 모두 '영화 속의 위대한 독립군' 그 자체들이었다. 조국을 위해 가차 없이 몸을 던지는 투사요 혁명가들이 눈앞에 나타났다가 무지개처럼 사라지는 것이다. 줄줄이 퇴학을 당하고 감옥에 갇혔으며 1980년도 삼청교육대에도 끌려가면서 상처뿐인 훈장을 주렁주렁 매달았다. 다행이랄까, 연극부 후배 임정순은 가장 막바지에 발령을 받은 상태였다.

"이 병원 이상해요. 언니."

"산부인과에서 아기만 잘 낳으면 되지. 뭐가?"

"산모들 모두 제왕절개를 시키는 거예요. 저 아줌마도 그렇고 저기 212호 산모까지 제가 본 사람은 모두 100프로 제왕절개를 했어요. 저도 얼떨결에 마찬가지가 됐구요."

담력 좋은 희숙 씨이지만 분만의 불안감으로 시달리던 차이므로.

"일부러 배를 가르는 산모도 많다던데? 일단은 너무 아프고."

"무슨 소리예요?"

"……"

임정순의 강한 태클에 멈칫했더니.

"잘못된 상식이 사람 잡아요. 제왕절개는 멀쩡한 생살을 찢는 거잖아요? 언니, 가정과 출신인 내 말을 제발 들어요. 자연 분만하면 일주일이면 아무는데……제왕절개는 마취를 하기 때문에 그 순간 아픔을 잠깐 덜어갈지 몰라도 그 뒤로 훨씬 길고 엄청난 고통에 시달려요. 두 명 이상은 낳지도 못하고요. 수술 통증 아무는 데만 한 달 이상 후유증에 시달려요. 나는 실수로 했지만 언니는 절대로 안 돼요. 병원은 돈을 벌지만 산모의 몸이 아파요."

역시 가정과(科) 출신답게 구체적이고 일목요연했다. 차마.

'둘 이상 낳을 생각은 없는데.'

그 말은 꺼내지 못하는데 임정순이 한 마디 덧붙이기를.

"병원 입장에선 꿩 먹고 알 먹기예요. 수술 편하고 돈 벌고."

"그건 그렇고, 구병구 선생은 어떻게 한다?"

"이미 단두대에 목을 넣었어요. 한 사람이라도 더 짤려야 교육이 살아요. 그 대신 내가 회복되는 대로 돈을 벌어 아기를 키워야지요. 남편은 해직 교사, 아내는 첫 발령 교사, 괜찮은 조합이 되지요? 후

후훗."

　임정순의 여유 있는 웃음을 느끼면서 가슴이 철렁했다. 동시에 '너는 발령을 받아서 그런 공간도 있구나' 하는 쓸쓸함도 엄습했다.

　송태우가 근무하는 교무실 역시 전교조 창립 문제로 촉수가 곤두선 분위기였지만 정작 교직원끼리 목소리 높이는 언쟁으로 옮겨가지는 않았다. 그 대신 수시로 대화가 끊어졌다. 분위기를 맞추려고 일부러 농담을 하다가도 어느 순간 얼음 같은 침묵이 흐르곤 했다. 맨 처음 그 학교의 교무부장 이준철이 찾아왔다. 그는 월남전쟁 참전의 이력을 가진 15년 선배로 교감 승진을 목전에 둔 시점이었다.
　'각서만 써라. 그러면 모두 산다.'
　그즈음 송태우 선생은 교무실 책상 위에 〈파면 철회 김시철, 이수경〉이란 팻말을 걸어놓고 무기한 단식 수업 중이었다. 단식을 하려면 누워있어야 하는데 수업을 하면서 단식을 하려니 몸이 망가지는 조짐이 금세 보이기 시작했다. 어지러웠고 체력이 뚝뚝 떨어지는 게 다른 직원들의 눈에도 환하게 보일 정도였다. 송태호 역시 가끔은.
　'차라리 이대로 쓰러지고 싶다.'
　라는 생각도 떠올렸었다. 그래서일까, 송태우가 굳은 표정으로 내미는 서명 용지를 처음에는 단 한 명도 거부하지 않았다. 덕분에 모든 교원들로부터 이제 막 해직이 확정된 그 지역 두 교사의 파면 철회 서명을 무리 없이 받을 수 있었다.

"파면, 안 되지. 누가 감히 공직자를 함부로 자르나? 나는 용납 못해."

교무부장 이준철도 처음 서명 '사인' 때까지는 단호하고 당당했다. 거기까지였다.

그날 밤 전화벨이 울렸고 수화기를 받았을 때는 술떡으로 찌든 목소리가 전선줄을 타고 아득하게 올라오는 느낌이었다. 수화기 저쪽으로 잠깐 동안 이어지던 침묵이 깨어지고.

"나여. 이준철."

"알아요."

"……내 이름 좀 빼줘."

잠시 뜸을 들이며 고뇌의 정적을 보이더니.

"미안해. 나는 너무 평범하게 살아서."

송태우는 그의 간청을 받아들이는 쪽으로 재빨리 정리했다.

'그래. 이런 분은 출구를 열어주어야지.'

이 사람은 태생적으로 마음이 약해서 반정부 서명으로 맞부딪치다가는 심장 조각이 떼어지는 고통을 느낄 것이다. 더구나 교감 승진도 앞두고 있으니 그가 살아온 도정을 이해하며 감싸주는 것도 전교조의 정신이다. 그렇게 전화를 끊자마자 전교조 지역 지부에 전화해서 이름을 지워달라고 부탁을 했으니 민망한 일이다.

그런데 이튿날 등교하자마자 그가 송태우를 휴게실로 끌고 가 매달리는 것이다. 그를 바라보며 어이없는 표정으로.

"지웠다니까요. 빼줬다고요."

"실수로 안 지워졌으면 어떻게 하지? 흔적이라두 남을 수 있거덩."

하여, 그가 보는 자리에서 다시 전교조 지부에 직접 전화를 걸어서 서명 철회 사실을 확인시켜주는 촌극까지 벌였다.

"그래도 불안해."

두 눈으로 재확인해야 한다고 졸라서 전교조 지부에 다시 전화를 걸었으니 어이없는 일이다. 상황을 설명하고 서명 철회 명단 복사 용지를 팩스로 받아.

"보세요."

짜증을 내지 않고 온화한 표정으로 문서를 보여준 게 오래도록 다행이다. 그래도 그는 일주일 내내 재탕 삼탕 철회의 확인을 또 요구하고 또 부탁했고 그때마다 낑낑 확인시키며 안도감을 주어야 했다.

'교무주임님, 곧 교감님이 되실 거니 안심하십시오.'

그해 여름방학에 마침내 연수를 마쳤으니 이제 그는 세월만 기다리면 자동 승진이 된다. 동료들의 목이 단두대에서 뎅강뎅강 잘리는 걸 빠드름하게 보면서도 그는 하급 관료로 승진했으니 나름의 목표를 달성하는 것이다. 그래서일까, 송태우에게 철회각서를 받으러 온 교무부장은 제대로 말도 한마디 걸지 못한 채 볼펜만 만지작거리다가 돌아갔다.

여름방학이 끝난 일주일 후였던가.
후배 최 선생과의 술자리를 짧게 끝내고 이제 막 집에 돌아온 송태우가 아내의 표정을 살피며 김한별 산부인과에 전화를 걸었더니 하필 통화 중이다. 1분이 하루처럼 길다는 말을 실감하는 찰나였다. 다시 전화를 넣었고 간신히 연락이 되었는데, 간호사 왈.
"진통이 5분 간격으로 이어지면 무조건 오셔야 해요."
첫 경험이란 뭐든지 불안을 담보하는 것이다. 그리고 기다림이란 단어는 그렇듯 조급함과 안도감을 동시에 가져다준다. 그러거나 말거나 김한별 산부인과 간호사들은 산모나 보호자처럼 서두르지는 않으니 그게 프로의 자세이다.
"양수 터지면 빨리 말씀하세요."
"……네."
부모가 되는 길은 그렇듯 다양한 의학적 용어와 지식을 익히는 과정이 되기도 한다. 언재부터였나, 낯선 용어들이 익숙하게 몸에 붙었다.

정자의 생성 기간은 70일이다. 3억 개의 정자들이 단 한 개뿐인 난자에 진입하기 위해 무시무시한 경쟁을 뚫고 돌진하는 것이다. 목표까지는 불과 18센티이지만 몸길이 3,000배의 까마득한 거리를 통과해야 하며 생존율 역시 3억분의 1이니 가혹한 지옥 레이스이다. 길이 8센티의 1차 관문은 장애물 접착제의 끈적끈적한 길이다. 1분에 3밀리미터의 속도이며 1차 관문 통과시간은 27분이다. 이 사이에 정자끼리의 치열한 경쟁과 충돌이 수도 없이 발생하며 다시 길이 1센티의 2차 관문을 40분 이내에 통과하면 드디어 난자 하나가 나타난다. 마지막까지 살아남은 정자 200마리 중 단 하나만이 난자와 결합할 수 있으니 치열한 경합이다. 살아남은 마지막 정자의 주인공은 단 한 마리, 여기서 정자와 난자의 결합은 인간이 가진 가장 작은 세포와 가장 큰 세포와의 만남이 된다. 그리고 일단 이루어진 단 한 차례의 정황은 절대로 뒤집을 수가 없다. 마지막으로 또 하나, 아기가 남자냐 여자냐는 정자 안에 있는 유전자가 X세포이면 고추 잠지이고 Y세포이면 조갑지 아기가 태어난다. 그러나 지금 송태우는 아들이냐 딸이냐가 전혀 중요하지 않다.

두 번째로 교장님이 나타나셨다. 그는 49세 젊은 초짜 교장으로 39세 가장 젊은 나이에 장학사 시험을 합격했다. 교육청에서 7년 동안 근무하다가 시골 학교 교감으로 임용되자마자 1년 만에 교장이 되었으니 초고속 승진 가도를 달리는 탄탄대로 사내이다. 그도 노련한 연륜답게 탈퇴 각서를 쉽게 들이밀지는 않는다. 숨을 고르며.

"어떤가?"

"며칠 이내에 낳을 것 같습니다."

"아들인가?"

"아들, 딸 구별 없이 엄청나게 사랑할 겁니다. 딸이 더 좋긴 합니다만."

"……마음이 힘들겠지만."

그가 슬그머니 백지 한 장을 꺼내들더니 차마 눈빛을 맞추지 못한 채 고개를 돌린다. 아니다. 백지가 아니라 짧은 문구가 든 서류이다. 베란다에서 서늘한 바람이 불어온다. 전날 장대비 이후 엄청난 무더위가 꺾였나 싶었는데 아닌 게 아니라 어느새 달력에서 입추(立秋)를 가리킨다.

교사 송태우는 교육자적 양심과 신념으로 교사들의 노동조합을 결성하는 명단 공개에 참여하는 이름을 수록하였으나 교장선생님의 간곡한 설득으로 인하여 탈퇴각서를 수락합니다.

1989년 8월 10일 송태우

"도장 하나에 의지를 시험하니 심려가 복잡하신가? 나는 어떤 경우에도 송태우 선생의 편입니다. 내 교무실 직원의 애국적 신념에 흠집을 내는 건 추호도 싫지만 어쩔 수 없이 행정 처리를 하더라도 그건 내 진심이 아니라오. 우리끼리 이념 가지고 싸우지는 맙시다."

"동지들을 배신할 수는 없습니다."

"백 번, 천 번 이해하지. 그 서슬 퍼런 결단은 존중하지만 그렇다고 앞길이 구만 리 같은 젊은이의 직장을 생으로 빼앗기는 걸 교장 입장에서 가만히 보고만 있는 것도 말이 아니지. 나는 송 선생 같은 애국자가 교단 현장에 남아있기를 바라는 마음이야. 탈퇴 문구는 내가 다 만들어놨으니 송 선생은 눈 딱 감고 도장 하나만 누르면 되는 거야. 물론 내가 강압적으로 강요할 일은 아니지만. 자, 보시게. '교장의 간곡한 설득으로 인하여 탈퇴각서를 수락합니다'라고 적혀있지 않은가? 이 문서만으로는 내가 뒤집어쓰는 내용이야."

송태우가 입술을 한일자로 옹물자 교장은 다시 서류 봉투를 가방에 슬그머니 집어넣는다. 송 선생도 스스로의 우유부단을 자책하는 중인데 아내 임희숙이 나서며.

"오늘은 그만 가시지요. 제가 아기 탄생이 오늘, 내일 하는 중이라서."

아닌 게 아니라 키 큰 여자의 배가 남산처럼 부풀어 오르며 발길질까지 툭툭 치는 소리가 난다. 난세에도 생명체 하나가 우쑥불쑥 크는 것이다. 그들 부부는 대략 2년의 연애 기간으로 혼인식을 올렸으니.

87년 12월, 대통령 선거 때는 노태우, 김영삼, 김대중, 김종필의 4자 대결이었으니, 김종필까지 합치면 '3김씨'이고 그를 뺀 김영삼, 김대중은 '양김씨'로 통용되던 즈음이다. 민중 후보로 나온 야생마

백기완 선생이 '양김의 단일화'를 호소하며 '노태우가 되면 나는 죽습니다' 하는 초강수로 군부독재의 종식을 애타게 호소하는 중이었다. 송태우도 만나는 사람마다 소매끝 잡고 선동하듯.

"단일화는 됩니다."

확신을 보이자 쭈뼛대던 몇몇이 안도하며 스크럼에 끼어드는 것 같았다.

"안 될까 봐 불안해요."

"확실히 된다구요. 고지가 바로 저긴데."

누군가 조마조마를 토로하면 아예 먼저 공격적으로 치고 나갔었다. 그리고 투표 전날인 마지막까지 기다리고 기다리던 그 예측이 빗나가면서 얼굴을 들 수 없었다.

87년 12월 17일 늦은 6시.

그 지역의 운동권 젊은이들이 마지막 결전처럼 도청 앞 정문으로 모였고 발령 직전의 송태우도 당연히 참석했다. 어디선가 구로동 투표함이 외부로 반출되려 했다는 소문이 들리면서 더 다급해졌다. 밖으로 나가려는 트럭의 빵 상자에 완전히 봉인되지 않은 투표함이 발견되었다는 것이다. 마찬가지로 대전 도청 앞의 젊은이들도 스크럼을 채워갔다. 송태우도 정문 쪽 경사로에 배치된 대열 맨 앞쪽에 앉았다. 그때였다. 후리늘씬 앳된 여대생 하나의 지휘에 따라 노래를 부르고 구호를 외치는데 '어허.' 갑자기 가슴이 철렁 내려앉은 또 다른 이유를 알 수가 없다.

앞서서 나가니
산 자여 따르라

'임을 위한 행진곡' '죽창가' '모내기 전에 돌아가리라' 등을 부르는 사이마다 '군부독재 타도하고 내년부터 공부하자' 등의 구호도 고래고래 외쳤다. 그게 미루나무 젊음의 막바지 스크린이었던 것 같다.

그러나 개표 결과는 절망이었다. 초장부터 노태우 후보의 우세가 이어지더니 마지막까지 뒤집혀지지 않았다. '후보단일화의 실패' 탓이 가장 크다. 오후 10시 이후로는 구성원들의 힘이 빠지면서 점차 자포자기 상태가 되었다. 진압 대기하던 전투경찰들조차 일찌감치 철수했다. '도청 사수'를 외치던 스크럼들도 맥이 빠졌고 허탈한 발걸음으로 해산을 선포했다. '죽 쒀서 개 주는' 풍경으로 우울히 등을 돌리니 겨울 달빛만 둥두렷이 솟아오른 채 처연히 비춰주기도 한다.

"으으흐흐흐흐"

벽을 치며 우는 사내는 대통령 당선자와 이름 두 자가 똑같은 발령 대기생 송태우였고 그를 달래던 여자는 사범대 졸업생 임희숙이다. 그렇게 함께 술청으로 들어섰고 이듬해 둥지를 틀었으니, 운명이다. 어느새 그런 사연들이 아득한 옛날이야기처럼 가물거린다.

세 번째는 장인어른 임봉식이 직접 나타났다. 그는 앞서 나타난 두 명의 관료들과는 다르게 단도직입으로.

"아기를 키우지 못할 것 같아서 그런 게 아니야. 나이도 서른 중반이면 뭘 해도 식솔들을 먹여 살릴 수는 있어. 그러나……."

송태우가 조급히 가로막으며.

"아내와 자식은 굶기지 않겠습니다. 저를 믿어주십시오. 다시 공무원 시험을 볼 수도 있어요."

"공무원 시험을 보려면 왜 멀쩡한 학교를 때려 치운다?"

그 말도 일리가 있다고 생각은 했으나.

"교사가 노동조합을 만든다는 이유로 스승의 목을 함부로 치기 때문입니다. 지는 걸 알면서도 싸울 때가 있습니다."

"한번 리스트에 오르면."

장인어른 임봉식은 목 자르는 시늉을 하던 손을 내리고.

"내가 살아온 이력도 만만치 않네. 식민지도 겪었고 6.25 때도 마찬가지야. 모난 돌이 정을 맞았고 연좌제에 걸리기만 하면 일가친척 모두 공직에 오를 수 없었당께."

"시대가 다르니 그 정도는 아니지요. 아기 엄마도 몇 년 이내에 발령이 날 수 있어요."

"슬기롭게……나도 까부는 놈 목에 젓가락도 찔러보았는데 그 후 많이 힘들어. 슬기롭게……."

잠시 숨을 고르는 찰나 글썽이는 눈시울도 재빨리 보았다. 아아,

마음이 약해진다.

"바위를 밀어내겠다고 급류를 쏟아내며 정면 승부도 하겠지만 때로는 바위 아래로 흘려보내며 조금씩 밀어내기도 하는 거야. 슬기롭게."

그는 특히 '슬기롭게' 라는 단어에 힘을 주면서 세 번씩 되풀이하였다.

"자네는 가만히 있기만 하면 돼."

손을 잡는 바람에 울컥 치밀어 오르는 것을 진정시키는데.

"원망을 받더라도 내 딸을 위해 총대를 메겠네. 자네는 나만 원망하면 되는 거여."

슬쩍 출구를 열어놓는다.

여름방학 보충 수업비를 톡톡 털어 쌀도 한 부대 사긴 했다. 혹시 하는 마음에 기저귀와 분유도 잔뜩 쟁여놓고 저무는 술청을 찾았다. 그렇게 술떡이 되어 비몽사몽으로 옆방의 문고리 채우던 그날이다. 교장님과 장인어른의 두런거리는 소리를 들으며 그는 차라리 자는 시늉에 빠지는 게 가장 편하다는 사실을 알았다.

그렇게 조작된 탈퇴각서에 도장을 찍는 소리가 생생하게 벽을 뚫으니 그게 암묵적 동의의 의미도 있다. 아무리 귀를 막아도 기차 화통소리처럼 귓전을 울리는 그 소음을 견뎌야 하는 이유를 설명할 길이 없다. 도장 찍는 소리가 '쾅' 들리는 것 같았으나 귀를 틀어막아야했다. 그렇게 일단 목줄은 보존되었으나 사내는 그 수모감으로 한

동안 얼굴을 들지 못했다.

아아아아악. 엄마.

김한별 산부인과 복도에 들어서자마자 터지던 비명이 이튿날 병동을 나올 때까지 그치지 않는 것이다. 처음에는 옆방의 산모가 아기 낳는 소리인가 했지만 이틀째 진통만 계속 이어지는 거란다. 신체적으로 모진 여자의 팔자가 아프고 서글프다. 희숙 씨도 더럭 겁이 나긴 했다. 차라리 몸으로 때우는 극기 훈련이라면 격렬한 용감성으로 견딜 수 있겠지만 산통은 경우가 다르다.

아—아악 후엉 후엉.

다행히 진통이 아주 오래 걸린 건 아니다. 저녁 7시쯤에 병원에 들어섰고 본격적 진통은 10시 이후였으며 아기를 낳은 시간이 새벽 4시 30분이었으니 모두 합해도 예닐곱 시간 정도이다. 옆방의 산모에 비하면 턱도 없이 짧은 진통 시간이다.

그러나 그 시간도 지옥이었다. 터지기 시작한 비명을 멈출 수 없었으니 이제부터 시작이다. 발가벗은 아랫도리로 허리를 파닥파닥 올리며 어금니 깨문다. '나실 제 괴로움 다 잊으시고'라는 노래 가사가 제대로 실감이 나는 순간이다.

"딱 5분만 쉬었으면 좋겠어."

3분 만이라도 쉬고 싶어. 아니 1분만……10초라도 진통에서 벗어나고 싶다. 차라리 제왕절개를 했더라면 지금 이 분만의 고통만큼은 건너뛸 수 있었을 텐데 하는 후회도 들었으나 지나간 일이다. 아무

방법이 없다. 그리고 마지막으로 찢어지는 고통이.

아아아아악.

겨우 끝나면서 마침내 귀여운 여자 아기가 태어난 것이다. 임희숙은 막 태어난 핏덩이를 보며 씨익 웃더니.

"아, 이제 한 달 동안 누워서 푹 쉬기만 하면 되는구나."

그랬다. 전교조 교사 1,550명이 해직되던 그 해에 새로운 생명체 하나를 얻은 것이다. 그리고 한 핏덩이의 일생이 시작되는 순간이었다. 이상하다. 그 고통스러웠던 진통의 기억이 삽시간에 까마득하게 걷히고 새로 탄생한 아기에게만 집중되는 것이다. 황순원 소설 「소나기」에 나오는 '맑고 청량한 초가을 햇살'이 부스스 쏟아지는 중이다.

음주운전 오디세이

쏘주 딱 한 잔에 완죠니 거북이 서행 운전이니 아무 걱정이든 내려놓으십시오. 작년부터 탑승자 음주운전 공동책임 시스템이 새로 생겼으니 형님께서 공모자가 안 되도록 온몸으로 조심합니닷. 솔직히 오늘 같은 날은 경찰도 없어요. 비도 부슬부슬 내리지만 걔네들도 등허리 붙여야 내일 정상 근무할 거 아니우? 심약한 선배 한 분 태웠으니 징검다리 건너듯 조심조심.

술이요? 열다섯 살 때 처음 접했으니 사춘기 음주 도둑질이지요. 옛날엔 환갑잔치나 초상집이 마을 잔치였잖수? 환갑집 마당에 포장 쳐놓고 주전자 막걸리에 주로 돼지비계를 김치에 싸서 먹었는데 촌동네에서 그때 아니면 육고기로 목구멍 때 벗기는 게 어디 그렇게 쉬운 일이었던가요? 그러다가 나오는 길에 노름꾼 봉구 아저씨가 실수로 길바닥에 던지고 간 소주병을 중딩 셋이서 주워 비운 거지요. 성공은 못했어요. 절반쯤 비우다가 실수로 짚누리에 엎질렀는데 그보다는 머리가 어지러운 게 문제예요. 세 놈 모두 짚누리에 코 박고 잠이 들었는데 엄청 고생하는 바람에 다시는 술을 안 마실 줄 알았어요. 웬걸, 한 달 뒤에 또 발동이 걸렸으니 그 사춘기 때 배운 실력이 수십 년 지난 지금까지 온 거지요. 고향 얘기 좀 하고 쬐끔 있다가 다시 얘기할 게요.

우리 고향은 격렬비열도에서 가장 가까운 서해 바다 근방이라 해산물이 풍부했던 거요. 아시죠? 안면도가 압도적으로 크고 원산도, 묘도, 죽도 같은 작은 섬들이 조르르 붙어 있는 그 리아스식 해안. 그 동네가 그렇죠. 자식들 중학교 진학은 못 시켜도 일꾼들 모내기 품앗이에서 갑오징어나 꽃게무침은 흔하게 먹었으니, 요즘 물가 기준으론 이해를 못 할 계산인데, 시대 상황이 달라요. 냉동고가 없던 시국이고 서해에서 잡은 해산물을 대처까지 운반할 교통량이 전혀 안 되니 갯마을에서 빠른 시간 안에 자체 소화를 시키지 못하면 죄다 썩으니까 값싸게 유통된 거유. 계란 구경은 못해도 생선은 펄펄 뛰는 놈으로 실컷 먹었다오.

다시 처음 술 마신 얘기부터 합니다. 중학교 때 마을 갑부 양조장네 할배가 죽자 동네 농투성이들이.

'대갓집 떡고리 쓰러졌다.'

투전판 깔아놓고 초상집 밤새미 술 파티를 싱글벙글 친 거지요. 그런데 아까 얘기한 대밭집 그 봉구 아저씨가 과방(果房)에서 쏘주 댓병을 몰래 훔쳐 당신 집에 가져가려고 밤길 걷다가 똥이 마려우니까 길바닥 중간에 내려놓고 억새밭 들어가서 허리띠 푼 거요. 그 다음 '어허, 시원하다.' 며 깜빡 그냥 놓고 집으로 갔는데 하굣길 중딩들에게 쏘주 댓병이 발견된 거예요. 코밑수염이 거무스레 나기 시작한 덕규가 가수 이장희 노래로,

'마시자. 한 잔의 술을.'

나머지 두 놈 끌고 짚누리에 퍼질러 앉는 거요. 박박대가리 셋이서 도시락 뚜껑에 따라 벌컥벌컥 마셨으니 겁대가리 없던 청춘이지. 반찬 그릇에 남은 짠지 조각 몇 개를 안주로 씹다보니 머리는 혼미해지는데.

'아항, 어른들이 이 기분으로 술을 마시는구나'

기분이 알딸딸해지는 거예요. 술맛을 처음 접한 그 날은 박살 났지요. 질풍노도 세 놈 모두 논두렁 짚토매에 쓰러져 꾸역꾸역 토하다가 집으로 몰래 숨어들었어요. 우리 아버지는 원래.

'어디 아프냐?'

말 한마디 묻지 않는 무사태평 스타일이거든요. 그러거나 말거나 워낙 머리가 아프니까 다시는 마시지 말아야지, 하는 생각이 들더라구요.

그런데 일주일쯤 지나니까 또 입맛이 살살 다셔지니 그 사건이 술꾼 입문 시발점이 되었다가 그 후 수십 년 연장이 된 거지요. 박정희 시대 통일벼가 막 나올 때쯤부터 지금 '조국 대전'이 벌어진 문재인 정권 때까지 주구장창 퍼마신 거니 40년 캐리어지요. 형님은 범생이

출생이라 스물두 살 때까지는 입도 안 대다가 제대 후 늦깎이로 배워 초로까지 주태백이시라매요? 일찍 배운 놈이나 늦게 배운 사람이나 기실 알콜 축적 분량이 똑같은 거지요. 물리학에서 등장하는 '총량 불변의 법칙'.

싸움도 좀 했어요. 초등학교 고학년 이후 주먹 이짱이었어요. 일짱은 나보다 나이가 두 살 많고 키도 반 뼘은 컸는데 둘이 서로 경계하느라고 실제로 붙지는 않고 빙빙 돌면서 웬만하면 못 본 척하며 무사히 졸업을 했어요. 근데 걔가 가난해서 중학교를 안 들어가니까 내가 면소재지 신작로 출신 중에서는 자동 일짱이 되었지요.

문제는 내 실력을 모르는 타동 학교 출신입디다. 울타리 하나에 대장 호랑이 두 마리가 함께 살 수 없잖아요. 타동 초등학교 출신들과 일짱 자리를 놓고 서열을 가리는 날마다 벼랑 끝 상황이 된 겁니다. 하필 사춘기가 남들보다 한두 해 늦게 오는 바람에 키가 안 크는데 이 자식들 고추에 털 나면서 개학만 되면 훌쩍훌쩍 불은 몸으로 '한 판 붙자' 도전장 디미니 피할 수 없는 운명의 대결.

한 달에 대여섯 차례 맞짱을 트는 게 힘이 들어 날마다 일기장에,
'제발 키 좀 크게 해주세요. 한 뼘만 커 주면 아무도 못 덤빕니다.'
기도문을 썼는데도 효과가 없습디다. 아무튼 중3 때 155센티의 단신으로 170이 훨씬 넘는 타동 아이들과 맞짱을 트다 보니 나중에는 '맞은 만큼 때린다' 그런 이력이 붙으니 싸움판이 전혀 두렵지 않

앉아요. 비닐하우스에서 치고 박고 싸우다 교무실에 무릎 꿇고 있으면 지나가던 선생님들이 출석부로 머리를 툭툭 건드리는데, 그때 수학 선생 이름도 안 잊어요, 엄덕배 씨가.

'길태, 저 새낀 나중에 조폭이 될 거여. 50원 건다.'

이랬다니깐요. 육영수 여사가 8.15 광복절 기념식장에서 문세광의 총에 맞던 그해였으니 44년 전이우.

그러다가 고등학교 때 늦게 사춘기가 오면서 갑자기 일 년에 10센티씩 두어 차례 커버리니까 세상에 무서운 게 없습디다. 넘치는 힘을 주체하지 못해서 지나가다가도 그냥 누군가를 어깨빵으로 툭툭 건드리고 싶은 거요. 그래서일까, 지금도 질풍노도들이 '말죽거리 잔혹사' 처럼 싸우는 걸 보면 나는 '그래, 좋다. 다치지만 말고 건강하게만 커라' 하며 관대해집니다.

잠깐만요. 신호대기니 멈추고 창문 좀 열겠습니다. 어느새 그 지긋지긋한 더위가 가시고 초가을 날씨네요. 낮에는 형님이 좋아하는 문장 황순원의 「소나기」에 나오는 '맑고 청량한 초가을 햇살' 이더니 어느새 썩은새 같은 어둠이 덮였네요. 그래요. 30년 전만 해도 검문이 엉성하고 부드러웠지요. 이차구차 봐주기도 하던.

첫 번째 검문 탈출이 92년도 말이니, 아스팔트 중앙경계선이 두세 개로 보일 때까지 퍼마셔도 당연히 운전대를 잡던 시국이지요. 그때만 해도 순경들이 운전자에 대한 인정도 남아있어서 소위 인간적 유도리도 있던 시절이오.

시장통에서 내 친구 김윤석이 부르는 거예요. 옥천 출신 군대 고참인데 내가 대학 졸업 후 입대했으니 나이는 나보다 한 살 어린데 이 동네에서 다시 만난 케이스이지요. 92년 12월 김영삼 씨가 대통령이 되던 그해 겨울 제가 공무원 선거 개표원으로 차출되었는데 그 친구는 교사 개표원으로 와서 제대 이후 처음 조우했지요. 군대 고참 계급장과 나이를 서로 하나씩 까부시면서 그냥 친구로 트고 지내는 중이지요. 그 후 가끔 전화 걸어 만나 마시는 사이가 되었지요.

공주에서 선생 하던 그가 출장차 놀뫼에 왔다가 마침 시간이 남으니까 혼자 관촉사 어디쯤 빙빙 돌다가 나를 떠올린 거지요. 공무원 퇴근이 여섯 시인데 그날은 다섯 시에 나왔으니 술청 시간으론 조금 빠르다 할까? 그 예비역 병장은 특공대 출신답게 체력 하나는 끝내 줬지만 술을 전혀 못해요, 덩치와 알콜 분해 능력은 완전히 별개인 거 아시죠? 아무튼 술을 못해도 벗들에게 자기 돈 들여 사주는 것을 좋아하는 흥부 같은 친구라오, 나는 독주에는 약하지만 맥주는 무한정 스타일인데 그날은 이차구차 얘기하면서 5천CC가량 마셨으니.

그래 빠이빠이 한 다음 집으로 오는데 어둑어둑 대교동 샛강 다리에서 검경 합동단속이 벌어진 거예요. 10미터 앞에서 도깨비불이 반짝반짝하니 이거 빼도 박도 못하는 시추에이션! 그때 내 차는 빨간색 프라이드 땡칠땡칠이우. 왜 있잖수, 뒤에 트렁크 없는 프라이드, 티코보다 쬐끔 더 큰 차 말이죠.

자동차 경주 때 티코가 일등을 하고 프라이드가 꼴찌를 했어요. 티코는 남들이 흉볼까 봐 죽어라고 꽁지 빠지게 달려서 일등을 했고 프라이드는 '나는 티코가 아니야' 라는 팩트를 증명하기 위해서 슬로우비디오로 달렸답니다. 그건 그렇고요,

제복 입은 경찰이 프라이드를 세우는 거예요. 차문을 열자 술 냄새가 바깥으로 진동하니까 자, 내리시우, 하더니 일단 차 키를 빼앗데요.

'선생님 약주 하셨나요?'

그냥 걔네들이 통상적으로 부르는 호칭인데 나는 굳이 선생님이 아니라 시청 공무원이라고 밝히고 싶은 걸 일단 참았지요. 곧바로 음주측정기를 붙이더라구요. 앞에 대여섯 명이 음주측정 대기 중인데 이거 큰일이네요, 시키는 대로 불었다가는 100프로 걸릴 게 뻔하고. 그래서 일단.

'차 키를 주세요.'

'왜요?'

'차에 귀중품이 있는데 잃어버리면 나중에 책임질 꺼유?'

갸우뚱거리며 줍다. 받자마자 그대로 무궁화 예식장 뒷골목으로 튀었어요. 뒤에서 '잡아라' 소리가 들렸는지 안 들렸는지 기억도 나지 않아요. 부여행 외곽으로 사타구니에서 방울소리 나도록 정신없이 토꼈으니……그때만 해도 100미터 13초 이내였으니 잘 달리는 노루발이었지요. 휙 돌아보니 어둑어둑한 제방에서 나보다 커다란

제복의 덩치 하나가 여전히 따라옵디다.

그런데 이게 웬일, 1킬로 이상 달렸는데 추적자와의 거리 차이가 도대체 벌어지질 않는 겁니다. 어쩔 수 없이 10미터 넘는 제방 아래로 뛰어내렸는데 공사판입디다. 더 이상 기력이 없어서 판자때기 옆에서 흐물흐물 주저앉았지요. 그렇게 늘어지려는 순간 내 앞으로 무슨 물체 하나가 쿵, 떨어지는 거예요. 아까 그 덩치 큰 경찰인데 글쎄 스물서너 살짜리 애송이 얼굴입디다. 그러거나 말거나 그 애송이 경찰복이 얼마나 무서운지 '죽었구나' 복창이 절로 튀어나오더라구요.

그가 내 허리띠를 잡는데 힘이 만만치 않아요. 물론 치고 박고 밀어붙이면 빠져나올 수 있을지 모르지만 그건 진짜 중범죄가 될 수 있잖아요. 순간적으로 얼굴 조아리며 싹싹 빌었지요. 젊은 경찰 어쩌구 따질 것 없이 빌 수밖에 없었어요. 처음에는 그냥 쇼처럼 빌었는데 나중에는 진심으로 변하더니 실제로 눈물까지 줄줄 흐르는 거예요.

'한 번만 봐주시오, 헉허억. 나는 시청 공무원인데 여기서 끌려가면 우리 집이 망한다오, 보아하니 젊은 경찰 같은데 삼촌이라고 생각하고 한 번만 봐주시면 은혜를 영원히 잊지 않겠오.'

그 친구도 헉헉대면서 허리띠를 놓기에 다시 싹싹 빌며.

'아내가 집을 나가서 노모 혼자 아기를 보고 있으니 여기서 끌려가서 파면이라도 당하면 내 인생은 끝장이니 제발 한 번만 봐주시오.'

거의 10분을 비니까 그 친구 표정이 부드러워지더니.

'선생님, 저도 경찰복 입은 지 석 달밖에 안 되었어요.'

그 순간 '앗, 잘만 하면 살 수 있겠다.' 하는 촉이 퍼뜩 스치데요. 그러더니.

'사실 저도 어머니와 둘이 사는데 우리 엄마는 아직 직장 다니는데요. 대전시청 다니지만 공무원은 아니구 화장실 청소하고 있어요. 근데 사모님은 어디 가시고 혼자예요? 정말 많이 힘 드시겠네요.'

사실은 둘째를 가져 친정에 쉬러 간 건데 시치미 뚝 떼니까 이 친구가.

'선생님. 그냥 어려운 사정이 있다고 얘기하면 봐줄 수도 있는데 아까 왜 도망을 가신 거예요.'

어둠 속 눈동자가 천사표로 반짝입디다. 그래서.

'겁이 나서 뭐 그런 정황이 없었어. 미안해요. 동생.'

순간적으로 '동생'이라는 친밀어를 내밀며 머리를 조아리는 순간. 저 언덕 위에서 라이트가 번쩍, 하는 거예요. 뒤늦게 따라온 경찰 두 명이 후배 경찰이 안 보이니까 불안하고 궁금한 거지. 저 꼭대기 아카시아 울타리 속에서 불빛이 흔들리며.

'어이 잡았어?'

목소리가 기차 화통처럼 큽디다. 이 젊은 경찰이 아주 잠깐 망설이는데, 가슴이 두근두근하는 거예요. 이제 이 친구가 '여기 잡았어요.' 실토하면 음주 검문 불응 도주자가 되어 공무수행 방해죄로 체포가 되는 거요, 그런데 손나팔로 소리치길.

'놓쳤어요. 젠장.'

그 찰나 '아. 살았다' 하는 탄성을 간신히 참았어요. 어두컴컴한 아카시아 수풀에서 반딧불이 광채가 그리도 찬란합니다. 그 젊은 경찰이 위를 보며 큰 소리로.

'있다가 올라갈 테니 경위님, 먼저 가셔서 지구대에서 기다리세요. 네.'

손나팔로 소리치는데 엎드려 큰절이라도 하고 싶은 심정입니다. 천당과 지옥을 왔다 갔다 했지요.

승용차를 놓고 온 건 괜찮으냐구요. 물론 그 사람들도 주인이 누구인지 다 알아요. 그래도 위법으로 수집한 건 증거가 못됩니다. 사생활 방지법,

얼마 전 '법무부 장관 청문회'에서 국회의원 하나가 장관 후보 여식(女息)의 성적표를 공개했잖아요. 그게 개인정보 수집 위반이지요. 아따, 수신제가 치국평천하, 소리치며 후보를 혼 내키는데 오싹합디다. 다음날 그쪽 국회의원 아들이 음주운전 사고에 운전자 바꿔치기로 걸렸다고 매스컴에 뜨더구만요, 뒤집기 사건으로 터질 줄 알았는데 후폭풍은 약했고……처음엔 기자들 보도가 뜨다가 금세 흐지부지되었으니.

그러거나 말거나 짜깁기해보면 그날은 '제가 음주운전 안 한 거'로 알리바이가 성립됩니다. 나는 그냥 차를 거기에 세우고 내린 것으로 기록이 남는 거니 불법 주정차 정도가 되지요. 딱 하나, '경우의

수', 나를 잡았던 젊은 경찰이 지구대로 소환하는 방법이 있지만 그가 통과시켰으니 면죄부지요. 그래요. 나는 그렇게 첫 음주 검문을 살아났어요. 보통 사람은 검문 장면이 보이는 순간 오금이 서려 도망칠 엄두를 못 내지만 나는 사춘기 시절부터 날쌘돌이로 단련된 몸이지요.

나중 얘기지만 그 젊은 경찰이 또 코치해줍디다.

'한 시 넘어서 우리가 철수하면 끌고 가세요. 나머지는 잘 얘기할게요. 선생님.'

하기에 그 조카뻘 경찰한테 허리를 70도로 숙여 꾸벅 인사를 하고 다시 아까 형님과 마시던 그 호프집에서 또 한 잔을 마셨어요. 한 시쯤 되었는데 비가 부슬부슬 옵디다. 그리고 경찰서에 전화했더니 면허증이 없다는 거예요. 그래 술기운에 '아니. 흘리면 어떻게 해요' 냅다 핀잔할 뻔하다가 '아차, 면허증은 내가 잃어버린 거지' 생각이 들어.

'아닙니다. 너무 감사합니다.'

아무도 보지 않는 공중전화기에 꾸벅 고개 숙여 인사를 했지요. 그거야 갱신(更新)하면 되는 거구요.

다음날 지구대에서 면허증도 찾았다는 전화가 와서 아내가 받았지요. 그 직원이 뭘 알고 있다는 듯,

'아저씨한테 오라고 하면 안 올 테니까 아줌마가 와서 찾아가슈.'

아내가 박카스 하나씩 돌리고 간신히 대서사의 스토리가 종을 쳤

다오. 92년도니까 김영란법은 당연히 없었고 핸드폰이나 삐삐도 없어서 공중전화로 소통하던 시절이고.

아이쿠, 저 자식은 트럭이 왜 갑자기 끼어들어. 간신히 피했네. 사고 나면 우리는 망가져도 저 인간은 보험 처리하면 그뿐이지요. 피하는 게 상책입니다. 엇, 빨간 신호등이네. 이런 거 걸리면 3,4분이 그냥 깨지는 거고.

쉬어가는 김에, 양아치들 세 놈하고 시비 붙은 무용담 하나.

발단은 유치해요. 지방대 입학 직후 춘삼월, 시장통 선술집 혼술 중 맞은편에서 마시던 양아치 세 놈과 우연히 눈이 마주쳤고 피차간에 눈빛이 밀리지 않은 게 시비의 이유이지요. '야, 눈깔아 쨔샤, 그런 거 있잖아요. 나는 평소에는 잘 피하지만 취했을 때 상대방이 걸어오면 양보가 없거든요. 원래 양아치 싸움이 대개 그런 거지요. 왜 노려보느냐. 어깨를 부딪쳤느냐, 왜 시발, 나보다 키가 더 크냐, 따위로 목숨 건 활극을 벌이는 거지요. 객지라 타동 타는 것도 있구요. 자식들이 먼저.

'금강으로 가자.'

'근데 느들 양아치처럼 3대1로 붙을 거냐?'

양아치 소리는 듣기 싫었는지 수군수군하더니 두 놈은 백사장에 앉아있고 완죠니 장발족인 놈 하나가 대표로 나오더라구요. 딱 가늠해보니까 날렵하긴 한데 어깨가 좁아 근력이 약한 기골이데요. 날아오는 놈을 업어치기로 넘기고 올라타서 머리를 잡아당겼는데 으악, 머리카락이 통째로 홀라당 빠지더니 대머리가 번쩍 등장하는 거예요. 나도 깜짝 놀랐지만 알대가리를 들킨 그놈 표정이 더 가관입니다. 무슨 알몸 들킨 스무 살 처녀처럼 황망스런 표정 때문에 내가 더 당황했어요. 몇 대 갈기려다가 그만 멈추고 싶어서.

'친구들, 타협을 하자. 느네도 쪽수가 많은데 그냥 맞기만 하면 그쪽도 체면이 상할 테니 한 놈 당 한 대씩만 때려라. 그걸로 깡뚱하게 끝내자. 오케이?'

놈들도 고개를 끄떡여서 무방비 자세로 각자 한 방씩 세 대를 맞아주었어요. 구경꾼 두 놈은 복부와 가슴을 때려서 견딜 만했는데 가발족 그놈이 '시방 시키' 하면서 얼굴에 날렸어요. 맞을 때는 몰랐는데 다시 화해주에 취해 하숙집에 돌아와 거울 보니까 뚱뚱 부어있습디다. 그놈들은 나중에 시장 골목에서 만나 손도 흔들어줬으니 뒤끝은 없어요.

깜빡 신호를 놓쳤으니 또 3분 대기네요. 어때요? 휘황하지요? 형님이 원숭이띠니까 병신년생, 그때만 해도 시골에선 50프로가 국졸이라고 했지요. 내가 소띠니까 5년 차이인데 우리 친구들은 거의 고졸 이상이나 그 사이에 국민 소득이 확 오른 건가요. 6.25 직후 우리나라 국민소득이 70불이었는데 열 배면 700불, 100배면 7,000불, 지금은 2만8천불이니 300배 가까이 성장했다는 게 참.

자, 두 번째 음주 검문 사연이요. 유신아파트에 살 때니까 94년도 얘기고 내가 서른 초입이니 그때만 해도 펄펄할 때 얘기지요.

옆동 복희 후배한테 전화가 왔어요. 아, 여자가 아니라 남자 이름입니다. 그도 축협에 다니는데 아들 두 놈 모두 공부 잘한다고 소문난 집이지요. 집사람 친정아버지 그러니까 복희의 장인어른이 돌아가셔서 소식을 전한 건데 부여 양화면 어디쯤이라네요. 그때만 해도 장례식장에서 초상을 치르는 경우는 거의 없었으니 그냥 상갓집이지요. 내 차를 타고 옆 라인 구 선생과 문상을 다녀온 거요. 특이한 점은 부여에서는 상갓집에서 보신탕을 해줘요. 지금도 부여, 서천, 군산 근방은 상갓집 문상 온 손님들에게 보신탕을 접대하는 풍속이 있으니 그 초상집 개고기 맛이 별미이지요. 안 마실 수 없대요.

여차저차 빙 둘러 앉아 쏘주를 까기 시작하는데 처음에는 슬쩍 빼다가 마침 복희 씨가 상복을 입은 채 권해서 한 잔 마셨어요. 술이란 게 그렇잖아요. 제 스타일은 아예 안 마시면 잘 버티는데 일단 몇 잔 들이키면 음주 신경을 통제하지 못해요. 쏘주 석 잔에 맥주 한두 잔 마시다가 막걸리도 두 잔 더 마셨어요, 그걸 마시고 샛강 다리를 통과하려다가 찜찜해서 요리조리 머리를 굴렸는데 아이쿠, 하필 파출소 50미터 앞에서 딱 걸렸어요. 번쩍번쩍 도깨비 불빛을 빙빙 돌리는 거예요. 측정기를 입에 대자마자 당장 삐리삐리 소리가 나옵디다. 하차시키더니 파출소 안으로 들어가 격리시킵디다. 그러니까 바깥 일차 측정에서는 운전자가 음주운전을 했느냐 안 했느냐 여부만 따지는 거고 파출소 안에서는 다시 정밀 기계로 세부적 혈중 알콜 농도를 측정하는 시스템이지요. 그땐 그랬어요.

아는 사람이 있나 없나, 굴려 봐도 생각이 안 나는 거예요. 94년도니까 그때 막 등장한 게 '삐삐'인데 그건 누가 전화를 걸었을 때 '삐삐' 소리를 내면서 상대방 전화가 찍히던 시스템일 뿐 이쪽에서 걸 수 있는 방법은 없었잖아요. 지금 스마트폰처럼 다양한 벨 소리가 아니라 모두 '삐삐' 소리로만 나니까 예닐곱 명이 함께 앉았다가도 삐삐 소리가 들리면 저마다 동시에 주머니를 뒤져 '내 껀가?' 확인하던 그 시절의 풍경이 순식간에 사라졌네요.

형님 친구 과학자 한 사람이 얘기했다면서요. 앞으로 몇 년 지나면 삐삐가 사라진다구요. 아닌 게 아니라 순식간에 핸드폰 세상으로 바뀌었지요. 한때 직장마다 타자기를 썼으니 거리마다 타자 학원이 죽순처럼 들어서다가 컴퓨터가 등장하면서 쌩 사라지듯 삐삐도 핸드폰 등장 한 방으로 자취를 감췄지요.

'얼굴 없는 시인' 박노해가 감옥 생활 7년을 끝내고 바깥에 나오니 사람들이 전화기를 들고 다니는 바람에 깜짝 놀랐다고 하던데 지금은 기계 하나에 전화, 신문, 책자, 텔레비전, 사진기, 승용차나 기차 티켓까지 모두 들고 다니는 세상이 되었으니, 앞으로는 세뱃돈 빼놓고는 종이돈이 필요 없는 세상이 되겠지요. 세뱃돈도 카드 결재나 계좌번호로 이체시키는 세상이 올 수도 있구요. 그렇다고 치고요.

내가 추레한 표정으로 끌려가니깐 잡아 온 경찰관이 안 됐다 싶은 건지.

'화장실에 가서 찬물 좀 마시고 오시우.'

배려해주는 바람에 두 바가지를 마시고 또 일부는 꾸역꾸역 게워 내고 칫솔질로 톡톡 털며 나왔어요. 그런데 그사이에 대기실로 웬 초등학교 교무부장인가 하는 사람이 걸려들어 실랑이를 벌이는 거예요. 내가 그 사람 이름을 지금까지 기억해요. 김만철, 왜 있잖아요. 87년도인가, 북한에서 의사 직업을 가진 사람 김만철이.

'따뜻한 남쪽 나라에 가고 싶다.'

배를 타고 탈북하며 절묘한 문장을 던졌잖아요. 마누라는 단추공장 노동자인데, 북한이란 나라가 묘합디다. 남편은 의사인데 아내는 노동자이니 우리나라와는 계급 구조가 다른 건가?

그해 초에 서울대 언어학과 2학년 박종철 군이 물고문으로 죽었잖아요? 기억나지요?

'종철아, 잘 가그래이. 아부지는 아무 할 말이 없대이.'

그 말이 독재 시국 속에서 민주화운동의 시금석이 되기도 했던 그 이름자이지요. 그래서 민주화의 외침이 노도처럼 일어나다가 김만철의 탈북 사건이 매스컴을 도배하면서 싸그리 잦아들 뻔했었어요, 세간에는 종철이가 '종 쳐라' 해서 잠들었던 민중 의식이 종을 치며 깨어나는데 김만철이 내려오면서 '(그)만 쳐라' 해서 '종을 그만 쳤다'는 막걸리 개그의 주인공 김만철이 동명이인으로 잡혀와 있던 거예요.

그 사람은 나보다 스무 살쯤 더 먹어 보이는 오십 대 중반인데 경찰들과 반말로 티격태격하고 있는 겁니다. '불어라' '못 불겠다' 옥신각신하더니 나중에는 당직자들이 열이 받으니까.

'니까짓 게 무슨 선생이냐?'

멱살 잡고 흔드는데 버럭버럭 끝까지 측정기에 입을 대지 않는 거예요. 한 시간가량 버텨주니 나한테는 그만큼 시간을 벌어준 거지. 나는 그사이에 물 한 바가지 또 마시고 오글오글 씻어내니까 진짜로 상큼하게 깨는 기분입니다. 그때 경찰관이 나를 보더니 갑자기.

'아저씨가 한번 불어 보쇼.'

내 입에 측정기를 대는 거예요. 그래서 '옛다 모르겠다' 하는 마음으로 냅다 불었지요, 그러니까 경찰관이 김만철에게 반말 비스므리하게.

'이것 봐, 이분은 자신 있으니까 떳떳하게 불잖아. 당신은 음주 측정 거부로 상부로 넘기겠어.'

김만철의 허리띠를 잡더라구요, 나요? 내 수치는 처음 0.03에서 서서히 올라가 0.05까지 변하는데 그 경찰관이 김만철 한 놈만 죽이려고 작심을 했는지 거기서 스위치를 딱 끄는 거요. 그래서 훈방. 아이쿠, 좋아라. 나는 넙죽 인사하고 '룰루랄라' 나왔지요.

나중 얘기지만 김만철이란 선생은 교감 승진을 앞두고 있었는데 여기서 걸리면 절대 안 될 것 같아 끝까지 버틴 거라는 후문이었어요, 그는 경찰서와 교육청에서 동시에 징계를 받아 영원히 승진을 하지 못하고 만년 평교사로 몇 년 버티다가 5년쯤 남기고 명퇴했다는 얘기를 들었어요. 그때만 해도 통사정하면 봐주던 시국이우.

저쪽 누런 황금빛 벌판이 보이지요. 거기가 황산벌, 계백장군이 결사대 5천을 거느리고 나당연합군 10만 대군과 맞붙었다는 그 격전의 벌판입니다. 우리 옛날에 배웠잖아요. 계백이 마지막 전투를 나가기 전에 아내와 자식들을 모아놓고.

'적들에게 욕을 보이느니 차라리 아비의 칼을 받아라.'

그렇게 아내와 자식들의 목을 하나씩 치고 자신도 장렬하게 전사했다는 걸 초딩 역사 시간에 배우면서 감동했었지요. 근데 15년 전인가, 영화『황산벌』을 보니까 그 반대이더라고요, 남편이 칼을 들고 들어서자 계백의 아내가 노발대발 펄펄 뛰는 거예요.

'야, 남편 계백 자슥아, 싸우러 가면서 왜 멀쩡한 가족들 쌩목을 치고 가려느냐? 너 혼자 나가 싸워 죽든가 말든가 해라. 나는 죽기 싫다아.'

그러거나 말거나 어린 자식들 감싸던 부인의 목이 댕그랑 날아갔지요. 위인전 얘기는 그냥 만든 스토리지요.

삼남 지방 홍주대학교 시인 곽 교수의 부고장 날아온 게 최근에는 가장 쇼킹한 사건이지요. 형님이 잘 아시잖아요. 창비에서도 시집이 나오고 검인정 교과서에도 실렸으니 어지간히 나가던 시인이었는데 깜빡 방심한 게 치명타지요. 그러니까 그 대학 법대 교수가 암으로 죽어서 거기 홍주의대 장례식장에 동료 교수로 문상 갔다가 쏘주 두 병쯤 마셨다지요. 형님과 함께 마실 때도 그랬다잖아요.

'여긴 내 나와바리여. 지구대 소장도 나랑 가끔씩 쏘주 병 타고 달리는 후배라서 낚시코에 걸려도 빠져나올 수 있소. 걱정 마.'

여유 있게 운전대 몰더니 아차 하는 찰나에 승용차가 트럭 밑으로 파고 들어간 거요. 흔히 영화에 나오듯 상처 하나 없는 멀쩡한 얼굴인데 가슴 아래로 피투성이가 되어 두 시간 뒤에 법대 교수하던 후배 장례식장 옆으로 안치되었지요. 어럽쇼, 표정이 왜 그래요. 괜한 말을 꺼냈나. 아, 세 번째 스토리로 이어집니다. 깜빡할 뻔했네.

그게 98년도니까, 김대중 대통령이 대권 4수로 청와대 세입 직후니까 음주 단속이 쬐끔씩 강화되기 시작할 시점이오. 우리 테니스 동아리 멤버는 소방대원이 딱 한 명이고 나머지는 공무원과 교사들의 짬뽕이었는데 운동이 끝나면 으레 호프 한 잔씩 곁들이는 게 관행이었어요. 집에는 각자 모험 질주를 하든가 대리를 때리든가 알아서 하는 거지요. 요즘처럼 '나는 차 때문에 못 해.' 어쩌구로 뒤로 빼는 건 여전히 비겁한 행태로 느껴지던 시절이지.

12시 이후는 음주 단속을 안 하는 걸 알았기 때문에 여유 있게 파출소 앞을 통과하려는 중이었어요. 그런데 모퉁이를 돌아서자마자 또 불빛이 번쩍번쩍하는 거예요. 걔네들도 검문 장소를 선택하잖아요.

일단 운전자들 가시권을 벗어난 모퉁이 꺾어진 장소를 택한 다음 퇴로를 차단해서 그물망 던지고 덫을 치는 거라구요. 나와 검문 장소까지의 거리는 15미터쯤 되었는데 일단 차를 멈추고 내렸어요. 내리자마자 도망치려고 했는데 이 자들이 먼저 바싹 붙어 벨트를 잡더라구요. 화가 나서 냅다 큰소리를 쳤으니 그런 통배짱이 어디서 나왔는지.

'놓으시우. 이걸 뭐 중범죄자 마냥 취급하우?'

그들이 벨트를 풀어주자마자 도망치려고 스퍼트 자세를 취하는데 덩치 큰 놈 하나가 목을 잡고 다리를 걸더라구요. 내가 재빨리 풀쩍 아시바리를 피하고 이번에는 진짜로 도망쳤어요. 죽어라고 뛰었어요. 두 명이 따라오다가 나중에 하나가 따라오더니 방향을 산속으로 옮기니까 안 따라옵니다. 그 사람들도 불안한 거예요. 자정이 넘어 상대가 누군지도 모른 채 산속까지 따라왔다가 자칫 무슨 봉변을 당할지 알 수가 없는 거잖아요. 근데 성님, 그때까진 몰랐어요. 30분 이상 허발나게 뛰다가 산중턱에서 아래를 내려다보는데 그제야 발바닥이 무지무지하게 아픈 겁니다. 알고 보니 구두가 벗겨진 맨발입디다.

쪼그리고 앉아 발발 떨며 가시를 빼내고 30분 후 살금살금 내려가 집에 전화를 걸었더니 마누라가 난리 난 거예요.

'걱정 마. 난 파출소 뒤쪽에 있는데 일단 당신이 여기 샛강교까지 와. 집에 가서 자다가 잡혀가면 골치 아파지니까 부창동까지 실어다 줘.

실제로 내 친구 재면이는 음주운전 후 도망까지는 잘 쳤는데 집에서 자다가 잡혀갔거든요. 그게 검문 불응에 도주가 되니, 걔도 공무원이라 해임당할 처지였어요. 여기저기 수소문해서 감봉으로 면했지만 숱한 돈 깨졌지요. 그도 옛날 얘기요. 요즘 같으면 뇌물도 안 통하니 빼도 박도 못하고 즉각 파면이우. 연금도 없어요. 알쥬? 해임은 짤리더라도 연금은 있는데 파면은 자기가 불어넣은 것만 받고 땡이에요.

언제부터였나, 음주 단속의 온정주의는 끝난 거 같아요. 물론 사람마다 체질상 알콜 분해 능력이 다르기 때문에 어떤 사람은 쏘주 한 병을 마시고 불어도 끄떡없는 경우도 있긴 해요. 내가 그 체질이고요. 암튼 처갓집에서 난리가 났어요. 수수꽃다리처럼 참한 우리 장모님이 부들부들 떨며.

'김 서방 워째 그려. 평소에는 침착하고 든든해서 내가 사위 세 명 중 가장 믿는 사람인데 어째 그리 사고를 치나?'

그러더니 목소리 낮춰 귀엣말로.

'쟤는 뱃속에 애기가 들어 있어서 놀래면 안 되는데.'

그래서 진심으로 반성하면서 고개만 푹 숙였어요. 이튿날 내 발을 걸었던 인상 고약한 그 인간이 부르더라구요, 그런데 파출소가 아니라 횟집으로 오라는 거요. 시장통 초입 그 대가횟집 문을 열었더니 이미 거나하게 시켜놓고.

'벌금은 300만 원 플러스 다리 치료비에 정복 수선비까지 450 내시우.'

워낙 큰돈을 요구하니 순간 회 맛이 딱 떨어지는데, 그는 삐싯삐싯 웃으며.

'회 맛 좋구만. 자연산이나 가두리나 맛은 똑 같은데 왜 인간들이 자연산, 자연산 떠들며 입맛을 갈라치기 하는지 당최 이유를 모르겠어.'

시간은 딱 이틀을 줍디다. 횟값을 치룬 이틀 후에.

빈손으로 달랑 파출소에 들어갔더니 이 사람이 갑자기 다리를 절룩거리는 거요. 아니, 어제는 멀쩡하다가 왜 이러지. 갸우뚱했어요. 다른 동료 경찰도.

'어, 우 순경, 왜 갑자기 절룩거리셔.'

헛웃음이 나옵디다. 아무튼 그가 나를 화장실 뒤로 끌고 가더니.

'가져오셨슈?'

'아직 없는디유. '

'헉, 그럼 고발장 써야겠구나.'

겁을 주면서도 문서 꺼내는 기미가 전혀 보이지 않는 거요. 음주 얘기는 꺼내지도 않고 몸이 아프다고 갑자기 엄살을 부리면서⋯⋯ 뻔한 거 아뉴? 좋다. 맞불 작전을 작심했어요. 여차하면 진짜 재판까지 가려 했어요. 일단 얘네들이 서류를 다 지워놨기 때문에 음주 불응 도주의 증거가 없어요.

'물귀신 작전으로 재판에 들어가면 같이 죽는 거지요?'

그랬더니 이 작자가, 얼굴이 확 변하면서.

'좋소. 200으로 합시다.'

확 깎아주는 거요. 나는 그 말을 듣자마자 100짜리 한 장 딱 찔러 주고.

'이것밖에 없소. 알아서 하숏!'

뒤도 안 돌아보고 나왔더니 더 이상 잡지도 않는 거요. 스릴러 영화 '나쁜 놈들' 스크린이 겹칩디다. 그리고 결심을 했어요. 다시는 음주운전으로 단돈 10원도 빼앗기지 않겠다고. 세 번째 스토리 끝.

앞 창살 유리 성애 좀 제거 시키겠습니다. 잠깐이면 돼요. 의자 뒤로 제끼고 딱 3분만 쉬세요. ……오케이 잘 걷혔습니다. 습기는 찬바람으로 제거하는 게 제일 빨라요.

이번 건은 내가 걸린 게 아니라 내 친구가 걸린 거니까 마음 놓구 들어두 됩니다. 흐흐흐.

김한결 알지요? 우리 나이 친구 중에 한글 이름이라곤 걔 하나뿐인데 아버지가 국어 선생이라 그렇게 지었대요. '한결같이 마시고 한결같이 취하자' 하며 머리통 통통 건드려도, 헤헤, 사람 좋은 웃음만 터뜨리던 착한 친구 말요. 걔가 음주에 걸려 벌금 150에 면허취소 2년이 나왔잖아요. 그날은 마침 내가 차를 놓고 마셨으니 음주로는 평생 빠져나갈 팔자인가? 포장마차에서 각 두 병씩 해치웠는데 끝판에.

'내가 데려다 줄게.'

우리 아파트 쪽으로 차를 모는 거예요. 걔네 집과 우리 집은 완전히 반대 방향인데 하필 집 앞 골목길 음주 검문에 딱 걸린 거요. 그냥 대뜸 불었는데 0.132이니 무식하게 나온 거지요. 그런데도 히히히 웃으며 내리니까 전경 애들도.

'요상한 아저씨다, 당황도 안 하시고.'

하며 피차간에 여유 있게 징계와 벌금을 먹은 거지요.

'아이, 수치가 이렇게 높은데 왜 이리 쌩쌩하슈.'

너털웃음 칠 때까지만 폼 났지만 깨질 건 다 깨졌어요. 그날 40만 원씩 두 달째 부은 적금 통장 깨서 70은 내가 채워줬어요. 신기한 건, 집에 가서 가방을 놓고 내려와 보니 모두 철수했더라구요. 할당된 합동단속 숫자를 채웠으니 그만 퇴근하자며 모두 돌아갔으니 그게 도깨비 단속이지요. 10분만 늦게 나왔으면 안 걸렸을 수도 있는데 그게 음주 단속에 걸리라는 팔자니 재수가 없는 거지요.

선생들은 음주운전에 걸리면 원래 승진을 못 하는데 걔는 원래 평교사로 정년퇴임을 목표로 삼았으니 벌금이 아까울 뿐 쬐끔은 괜찮았구요. 지금 같으면 대번에 감봉 징계 정도는 받았을 거구요. 알지요? 삼진 아웃 제도? 세 번 걸리면 모가지도 나가지요.

네 번째 도바리 사태.

우리 아파트 주민들이 왜 단결이 잘 되는지 아시지요. 아파트 시공이 끝나자마자 입주민과 업체 측이 대판 싸움이 붙었는데 그 상황에서 주민들이 일치단결된 거요. 아무튼 그 긴 싸움 속에서 서로 엄청이 친해진 거요. 엘리베이터에서 만나도 겨우 인사나 나누는 정도로 쓰뭉하게 사는 다른 아파트와 달리 우리는 입주하자마자 시골 동네처럼 살가운 이웃사촌이 되었어요. 자영업자도 몇몇 있긴 했지만 주로 공무원이나 보건소 그리고 교사들이 많아 수준이 비슷비슷해요.

206동 성태 씨가 바람을 넣어 버스를 대절하여 갑사까지 놀러갔지요. '춘마곡 추갑사'라고 봄은 마곡사 꽃구경이고 가을은 갑사 단풍놀이가 최곱니다. 계곡에 발 담그고 막걸리를 몇 잔 마셨는데 거기에 젊은 아줌마 몇 명이 오징어 땅콩도 건네주고 술도 따라주는데 몸에서 단팥빵 냄새도 풍겨 나오고 해서 뽕 취했어요. 생머리 여성 동지 한 분이 '옵바, 옵바' 당길 때마다 분 냄새도 풍겨서 헬레레 하며 마셨어요. 은행잎이 막걸리잔으로 뚝뚝 떨어지니 분위기 배경도 만점이었고요. 돌아오는 버스 안에서도 헤롱헤롱 했는데 하필 아파트까지 와서 갑자기 처갓집에 있는 마누라한테 가고 싶은 거예요.

골목길로 접어든 게 실책이지요. 음주시에는 대로를 통과하는 게 더 안전빵이거든요. 차량 통행이 많은 큰길에서는 검문하는 게 민원 소지가 많잖아요. 아무튼 도살장이 있는 청강리 샛길을 엉금엉금 가는데 아이쿠, 또 번쩍번쩍.

'큰일났다'

그러거나 말거나 방망이를 흔들며 길가에 대라는 신호를 합디다.

타성이 붙은 건지 웬 배짱인지 주차하는 척하다가 엑셀을 밟고 130 이상으로 휙 달렸지요.

  사립 말뚝 박성균 선생한테 들은 말도 있고 해서 술김에 모험심이 발동한 거지요. 그 사람이 그럽디다. 검문소에서 앳된 전경이 속도위반이라며 잡는데.

  '속도위반 아닌데요'

  하니까 말하는 싸가지가.

  '오, 내 눈은 포경이 아닙니다. 내리시우.'

  '아니, 측정도 안 하면서 눈대중으로 무슨 속도위반입니까?'

  '내 맘이우.'

  하며 장부를 꺼내기에.

  '그럼 나도 내 맘이야.'

  휙 도망쳐서 성공한 적이 있다고 무용담을 낄낄댈 때 형님도 있었잖아요. 큰길에서 농로로 빠진 다음 반대 방향 숲길로 삐뚤빼뚤 도망쳐서 성공했다고 합디다.

  나도 그 생각으로 휙 밟았는데 백차 한 대가 전속력으로 쫓아오는 거예요. 순간적으로 '이렇게 과속으로 달리다가 각도 하나만 빗나가면 죽을 수도 있겠구나.' 그런 생각이 퍼뜩 듭디다. 그래서 속도를 늦추고 등나무가든에 차를 반듯하게 받쳐놓고 강쪽 3미터 아래로 점프하는데 시간이 그렇게 오래 걸리는 줄은 처음 알았어요.

  이상하지요, 점프하는 동안 어렸을 때의 추억부터 고등학교 럭비공 시절까지 스크린이 쫘악 펼쳐지는 게 죽음의 예고편 같더라니까요. 어쨌든 논바닥에 쿵, 떨어질 때는 아무것도 보이지 않았어요. 정신을 차리니까 강변 저쪽으로 불빛 몇 개가 반짝이는데 어디선가.

'이 새끼 어디 갔지?'

'특수부대 출신인가?'

두런두런 소리가 들립니다. 내가 고샅에 바짝 엎드려 있으니까 그들도 내려오지 않았어요. 아무튼 숨소리조차 죽은 듯 참았어요, 잡히면 음주 측정 거부에 공무집행 방해가 되고 혹시 욱하고 밀쳤다 하면 폭력이 추가되니까. 목숨 걸고 숨어있는 거지요. 나는 갈밭에 숨어 연신,

'나는 도망친 게 아니다. 음주운전에 가책을 느껴 자성하는 마음으로 차를 세우고 집으로 걸어간 거다.'

연신 자기최면을 걸었더니 나중에는 내가 실제로 그런 것 같더라니까요.

고요, 고요한 어둠 속에서 갈대 소리만 서걱서걱 들리는 겁니다. 한 시간 정도 지나갔나? 코스모스 향기로 콧구멍 간질이는 그 갈대밭에 두어 시간가량 있었나 봐요. 슬쩍 쳐다보니 그들은 가고 없는데 내 차는 그대로 덩그라니 있더라구요. 갈대밭과 살살이꽃 헤쳐가며 살금살금 올라왔어요.

형님, 아시죠? 억새와 갈대의 차이? 몰라요? 그러니까 산에서 자라는 건 억새, 물에서 자라는 건 갈대요, 억새는 은빛이고 갈대는 갈

빛이지요. 아, 그리고 코스모스의 우리말은 살살이꽃이라우.

천공리 문화마을에 후배 김복구가 마을 도서관을 하는 데, 거의 그 시대로는 최초의 마을 도서관 창립자 맞아요. 창문을 툭툭 치며.

'복구 후배.'

'뭐요? 이 밤중에 웬일이슈? 꾀죄죄해설라무니.'

'목동 마누라 집까지 태워다 줘. 자초지종은 나중에.'

당연히 난리가 났지요. 마누라 왈 '당신이 유력한 용의자요, 도주자라니?' 그래서 나는 지난 전과도 있고 장모님 눈치도 보이고 해서……아, 장모님요, 우리 집에서 10분 거리예요. 승용차로요. 도보로는 30분. 아무튼.

'여보, 일단 등나무가든으로 가봅시다.'

어, 내 차가 여전히 잘 건재하고 있습디다. 아내가 앞장서고 나는 뒤에서 조심조심 징검다리 건너듯 차를 몰고 갔지요. 이튿날 직장으로 계속 전화가 오기에 아예 전화기를 꺼버렸어요. 핸드폰 사용자가 서서히 늘어갈 때였지요.

결론은 생각보다 쉽게 풀렸어요. 우리 과(科) 이준식 과장님한테 자초지종 얘기했더니.

'그 파출소 차석이 내 친구야. 고등학교 때 같은 반.'

전화를 걸면서 나를 쳐다보는데 표정이 환해지더라구요. 내 사건을 근무일지에 적기 10초 직전으로 타이밍이 딱 맞은 거예요. 걔네들도 포위망 뚫린 것 일지에 적어놓으면 문책 받고 조사도 나오고 골치 아프니 아예 삭제해준 거예요. 그래서 내가.

'과장님, 그 차석 양반과 함께 횟집에서 만납시다.'

한 상 대접했는데 아이고 그 자리에서 애들 꾸짖듯 된통 야단맞았어요. 그래요. 그 차석 양반이 봐주는 대신 야단을 치는 거지요,

'음주 도주는 완전히 범죄홋, 추격해서 잡으려다가 치고받고 싸우면 인명 피해도 우려되어 우리 애들이 부득불 참았지만 다시 한번만 걸리면 그땐 즉시 수갑 채워 구속합니닷! 오늘은 칭구 이준식 과장 얼굴도 있으니 여기까지만 하겠오.'

나는 '니예니예' 굽신대면서 '아얏 소리' 한 마디도 대꾸하지 못했어요. 그래도 야단을 맞고 나오니까 죄 값이라도 치룬 듯 심장이 뻥 뚫립디다. 횟값은 이준식 과장이 냈으니 그게 다 빚이지요. 아, 나중에 우리 고등학생 아들 학교 운영위원회에 참석하니 그 차석이 참석했더라구요. 그때는 지서장으로 승진했드만요.

엥, 저기 또 도깨비 방망이네. 쏘주 딱 한 잔에 두 시간 지났으니 전혀 괜찮지만 대신 안전벨트 점검? 예스요, 잘 매셨구만요.

'경찰관님, 이리 대주세요. 자, 붑니다.'

멀쩡하죠? 형님. 기왕지사 무사통과 기념으로 가겟방 캔맥주 뚜껑이라도 몇 개 따야 하나.

'급 브레이큿!'

아, 다행히 고라니가 죽지는 않았네요. 요새 밤길은 길짐승이 문제긴 한데 진짜 액땜이네요. 뭐요? 내려서 살피겠다구요. 그래요. 죽지

않았으면 119에 야생동물 사고 신고라도 합시다. 잠깐, 맞은편에 차량 불빛 보이지요? 완전히 갓길 정차한 다음에 문을 여세요. 아직, 아직요. 아, 이제 됐어요. 내리세요.

| 평설 |

감시와 처벌의 시대를 기억하는 힘

박명순 (문학평론가)

1. 응답하라, 체벌의 시대여

작가는 '기억의 눈'으로 화두를 던지는듯하다. 소설집『열네 살, 종로』는 그렇게 감시와 처벌의 시대를 다양한 시선으로 바라보면서 그만의 독특한 방식으로 그려낸다. 동시에 '지금은 과연 그 야만의 시국을 무사히 통과했는가?' 물음을 던지기도 한다. 형태는 바뀌었지만 우리는 여전히 폭력과 감시 속에서 위태롭다. 그 오래된 '길들여진 관성의 늪'에 갇혀 있음을 실감하기 때문이다. 권력 유지의 수단이었던 처벌의 형태가 아날로그 신체형에서 진화한 온라인의 판옵티콘으로 새롭게 변화했을 뿐이다.

50년 세월이 흐른 현재도 그 두려움의 기류는 크게 다르지 않다. 그래서일까, '60-70'년 시대를 호명하는 소설집 『열네 살, 종로』의 인물 군상이 아직도 낯설지 않게 다가온다. 물론 전체적 민도가 높아졌으며 민주화의 성취 이후 인권 감수성이 높아진 부분은 분명하다. 하지만 여전히 분단의 장벽이 공고하며 기득권의 권력과 감시의 구조는 다양해졌고 처벌의 시스템 또한 복잡다기하다. 그 억압의 동력이 정치적 권력에서 자본과의 결탁이라는 새로운 양상으로 이전된 것도 차이점이다.

이 소설은 주로 중등학교 성장기와 군 복무 시기에 초점을 모으면서 당대의 현장 목소리를 담고 있다. 그러면서 과거 완료형으로 사라지지 않고 지금 이 순간에도 우리 사회 곳곳에 남아 있음을 암시한다. 그랬다. 그것은 '적과의 동침'처럼 여전히 긴 세월 구조적으로 만연되어 있었던 삶의 양식이었다. 마치 '철갑의 마스크를 뚫은 미세먼지'처럼 온몸 곳곳에 침투당한 느낌이다.

대부분의 등장인물들은 시대의 그물을 운명처럼 감수하며 살아간다. 선배나 기성세대들의 보복에 가까운 폭력을 고스란히 받아들일 수밖에 없는 것이다. 하지만 내면에는 잊지 않아야 한다는 '응시의 눈', '기억의 눈'이 꿈틀거린다. 그리고 폭력과 감시 시스템에서 저항할 수 없지만 굴종을 견디기 위한 웃음을 유도한다. 그 웃음은 통쾌한 한 방은 없더라도 숨을 쉴 수 있는 통로가 되는 만큼 소중한 것이다.

문제점의 자각으로 거창한 단체행동을 도모하기도 하지만 상황은 대개 흐지부지 종료된다. 일상의 감시와 폭력에 짓밟히면서 숨죽여 살면서 내는 '소리 없는 아우성'의 몸짓, 그것이 소설의 중심 테마이자 메시지이다. 그러면서도 특정 상황에 대한 비판의식으로 시대의 문제점을 고발하는 문체가 얼핏 김유정의 소설에 흐르는 해학적 풍자의 분위기로 스치기도 한다.

 그것이 문체의 힘이다. 소설에는 그만의 문법과 문체와 이야기 흐름이 있는데 수십 년 동안 오롯이 문장만 다듬으며 살아온 내공이 만만치 않은 것이다. 특히 충청도 서산 태생인 작가는 작품 곳곳에 고향 사투리가 담긴 대화체를 맛깔스럽게 담는다.

 강병철 작가는 운동권 대학생 세대는 아니라고 할 수 있다. 사회과학서적의 이론적 명료함에 끌리기보다는 문학 서적의 모호와 애매성 속에서 자신의 감성을 풀어내는 체질에 가깝다. 그런데 단지 소설을 게재했다는 이유만으로 『민중교육』지 해직 교사가 되었으니 야릇한 운명이다. 그 후 4년 가까이 학교를 떠나서 학원과 민주화 세력의 연대 모임을 오가며 살았다. 공립학교로 복직 이후 해직 교사의 이력과 그렇게 만난 인연과 엮이면서 지역사회 운동권의 접장을 역임하기도 했었다. 작품집에 수록된 이야기는 상당 부분 자전적 체험을 바탕으로 하고 있음을 추측할 수 있다.

 강병철의 소설은 주인공의 통 큰 움직임보다는 주변 인물이 이루는 섬세한 서사가 중심축을 이루는 점이 특징이다. 서술자나 초점 화자는 주인공으로 전면에 부각되지 않는다. 그러므로 단편이나 장편 가릴 것 없이 에피소드의 중첩으로 이어진다. 인물의 갈등이 고조되면서 그 정점에서 반전이 진행되면서 대단원의 막을 이루는 단계는 조금 희미하다. 탄압 주체의 반동인물과 치열하게 싸우다가 쓰러지는 과정도 거의 존재하지 않는다. 단지 무수한 샛길로 갈라지면서 조연과 주연이 구분되지 않는 이야기가 부드럽고 실감나게 펼쳐지는 것이다. 그의 소설을 읽으면서 '세상에 이렇게 많은 오솔길이 있었구나' 감탄하면서 그 길을 더듬는 즐거움이 있는 이유이다. 인간 군상마다 주인공으로 등장하는 다양한 삶의 길이다. 이 소설집도 흐름이 유사하다.

'60-70' 년 대에 학교라는 공간에도 군사 문화가 들어왔다. 교련과목을 통하여 군대식 문화가 등장하면서 그 누구도 이 구조 앞에서 자유로울 수 없던 시국이 되었다. 그런데도 작가는 분노와 좌절감의 대응 방식을 은근한 웃음으로 다양하게 표현한다. 중학교 교실의 무능 교사가 등장하고 반공 웅변대회를 열면서 모순과 진정성을 교차시킨다. 학교는 당연히 체벌이 다반사였다. 그 교육을 배운 이들이 나중에 세월이 흘러 교사나 공무원이 되던 풍경은 전교조 탈퇴각서 과정을 통하여 그려내기도 한다.

1989년 전교조가 결성되면서 학교는 쌍방향적인 새로운 변곡점을 마련한다. 전교조는 편향된 역사의식을 바로잡고 민주화운동의 초석으로서의 사명감을 최우선 과제로 삼았고 이를 참교육이라 명명했다. 작가는 선동하는 인물을 전면에 내세우지 않고 하부구조에서 살아가는 현장의 목소리를 들려준다.

이 단편 소설집은 낱낱의 개별적 이야기라기보다 연작소설의 형태로 이어진다. 표제작 「열네 살, 종로」는 중학교 시절을 담고 있으며

「반공 웅변대회」와 「나는 평화를 보았다」는 고등학교 사춘기의 풍경으로 이어진다. 이후 대학교 진학 이후 문학 습작생으로 일상을 보내다가 군대에 입대한 이야기가 「벙커 작업」에 담겨있다. 그러다가 성인이 된 서술자가 전교조 창립 사연을 이야기하는 쪽으로 세월이 흐르는 것이다. 그러니까 1969년부터 시작하여 '30-40'년 삶의 이력을 담아 2000년대까지 이어진다.

작품 내용은 크게 두 가지로 나누어 보았다. 하나는 감시와 처벌의 시대를 감내하며 순응하며 살아가는 당대의 자화상이며 다른 하나는 그와 맞서 대항하는 상황에 초점을 맞추어 보고자 한다. 전자에 해당하는 작품으로 「열네 살, 종로」, 「반공 웅변대회」, 「나는 평화를 보았다」, 「벙커 작업」이 있으며 대개 학교와 군대 이야기가 주를 이룬다. 후자에 해당하는 작품으로는 「머리카락 5센티」와 「응답하라 1989」가 있는데 이 소설 역시 시대는 다르지만 학교라는 공간을 중심으로 서사가 펼쳐진다.

그 사연들은 작금의 상황과는 차이가 있지만 상식적이지 않은 학교, 학습권과 교권이 확보되지 않은 중구난방의 교실은 유사한 점도 없지 않다. 오늘날 교육 현장에서 학부모의 요구와 현장의 교육권이 첨예하게 대립하고 있는 상황에서 '두발 자율화'나 '전교조 창립 현장'의 뒷골목을 마주하는 시간의 의미는 각별해 보인다.

2. 웃음 코드로 그려낸 학교와 군대

작가가 바라보는 현장의 눈은 본인이 체험한 다성성의 층위가 독특하게 담겨있다. 「열네 살, 종로」는 무능 교사를 내세우며 교육 부재 혹은 교사 공백의 문제의식을 메시지로 담고 있다. 관찰자 시점의 중심인물로 등장하는 무능한 교사는 독재 시대 공무원의 표상이 된다. 그 원인으로 5.16 군사 정변 이후의 혼란과 그로 인한 교원의 단체 활동 금지가 가져온 고립과 무기력이 만연했던 교육 현장을 증언한다. 정권 찬양에 적극성을 보이거나 밥줄을 내걸고 신념을 표출하는 성향도 조금 모자란 듯 표현하면서 연민과 웃음을 유발한다. 수업 시간에 교과서 읽기만 시키는 상업님은,

"농사를 지으려면 에-또, 당연히 땅이 있어야 하겠지요? 여러분 그래? 안 그래? 물어보면 대답해야지."

"……니에—. 그렇습니다."

"에 또, 아무리 박사 학위를 받아도 땅이 없으면 농사를 지을 수 없지. 흐음. 석사로는 어림 반푼도 없고."

그렇게 어리둥절하게 대충 넘어가더라도 다음 시간부터 상업 단원 공부를 본격적으로 시도하는 줄만 알았다. 그런데 아이들이 필기에 몰입하려는 순간 상업님이.

"1번."

스승께서 창문을 바라보며 고개돌 돌리지 않은 채 번호를 불렀으므로, 1번 성렬이가.

"네?"

뜨악한 표정으로 고개를 들자.

"1페이지부터 읽어."

"1페이지에는 아무것도 없는데요."

- 「열네 살, 종로」에서

전편마다 등장하는 교사의 유형은 주로 폭력을 휘두르거나 또는 무능하고 불성실한 인물로 등장한다. 그래서 그의 소설에서 문제 교사는 폭력과 무능으로 나뉜다. 폭력에 익숙한 아이들 역시 때리지 않으면 교사의 가르침을 따르려고 하지 않는 문제점이 있다. 폭력이 필수가 된 상황에서 교육적 열의를 상실한 교사는 생계의 방편으로 불성실하게 교단을 지킨다. 그 사실을 알리고 도움을 청했지만 아무도 관심이 없다. 동네 머슴 형님이나 대학생 선배들까지 그저 피식피식 웃어버릴 뿐이다.

교장님께 건의하는 과정도 만만한 상업님만 문제 삼을 뿐, 폭력교사의 문제는 아예 거론조차 못한다. "비겁이 아니라 전략이."라고 하지만 "이러저러한 이유로 상업님 혼자 과녁으로 딱 걸린 것"은 근본적인 문제해결의 방책이 전혀 아님을 말해준다. 예나 이제나 만만한 교사가 그 표적이 되는 게 거대한 폭력의 수레바퀴에서 살아남은 우리들의 씁쓸한 자화상이다.

「반공 웅변대회」는 초등학교 이후부터 교내외의 큰 행사로 진행되었다. 반별 예선을 통과하면 학년대회를 치르고 전교대회에서 학교대표를 선발한다. 그 기간이 한 달 이상이니 반공 글짓기, 표어, 포스터 그리기를 병행하면서 6월 호국의 달 특별 기획을 했던 것 같다. 그 와중에 작가는 수시로 민중 의식을 떠오르게 한다. 가령 최고 대상을 받는 학생은 "나는 공산당이 싫어요"를 외치던 이승복 어린이처럼 주입식 반공 의식을 열변하는 연사가 아니다.

"돛대도 없고 삿대도 없는 배가……."

거기에서 한 옥타브 올리더니.

"가기는 뭐가 잘 가. 아주 작은 풍랑 하나만 만나도 이리 비틀 저리 비틀…….

여기에서 또 한 옥타브 올리다가 눈물을 글썽이며.

"집채만 한 파도 한 방이면 산산조각 박살도 나는 아, 한반도의 5천 년 역사가 바람 앞의 등불처럼 호시탐탐 노려보는 강대국 침략 야욕으로 바람 앞의 촛불이 되었으니."

(중략)

"임진왜란 때 즈이 나라 백성들에겐 목숨을 바쳐 싸우라고 독려하면서 저 혼자 살겠다고 북녘 땅 압록강 너머 몽진길 떠난 태정태세문단세 예성연중인명선의 선, 선, 선, 조선 15대 선조 임금이 그렇고 도적무리 일제 자객들의 작전 명 '여우 사냥' 모리배의 기습 칼날에 가슴 찔려 갈기갈기 강탈당한 채 피를 토한 명성왕후 민비가 그렇지 않더냐, 이 연사 강력히, 강력히 메시지를 올립니다."

- 「반공 웅변대회」 중에서

이렇게 청중의 주목을 끈 연사는 사고의 전환을 불어넣는 기발한 원고로 최고상을 받는다. 다음 연사 또한 역사의 주체가 왕이나 사대부가 아닌 민중임을 설파하며 사고의 전환을 도모한다.

"그것은 임진왜란 이전에도 있었고 이후에도 살아 숨 쉬던 바로 이 땅의 백성들 그 민초들이니 바로 우리 아버지, 어머니, 형, 누이, 할머니 같은 대한의 백성들 모습이라고……그러니까 나와 너, 여러분, 우리 모두가 이 땅의 주인이라고 이 연사 애타게, 애타게 절규합니다."

– 「반공웅변대회」 중에서

그러나 봉구는 웅변대회 연사로 참석했으나 청중의 주목을 끌지도 못하고 실망감에 빠진다. 작품의 중심 화자이자 다수 주인공의 한 명인 그의 반응을 통하여 작가는 전체주의가 지닌 모순에 대하여 토로한다.
"나라를 지켰다."가 중요한 것이 아니라 "얼굴도 모르는 적군들과 목숨을 걸고 싸워야 하는 구조적 모순"이 더 안타까운 것이다. 왕과 사대부가 역사의 주인공이 아니라면 왜 민초는 목숨을 바쳐야 하는가에 대한 강한 물음은 이 소설에서 작가가 말하고 싶은 강력한 메시지이다.

「나는 오늘 평화를 보았다」는 교련 검열을 받고 준비하는 서사를 드라마틱하게 전개한다. '열아홉의 눈'들이 예비고사를 달포 남겨 놓고 실시하는 교련 검열 준비 15일간을 기록한다. "교실의 반장 명칭이 운동장에서는 소대장으로 바뀌었"고 "운동장은 연병장이 되었고 경례 구호는 '받들엇 총'이 되었"던 그 시국이다. 소설집 전체에서 중요한 역할을 담당하고 있는 교련 교사와 수업 그리고 검열은 감시와 처벌의 상징이다. 이미 명칭도 군사문화화 되었다.

　작가는 교련 검열 준비를 날짜별 구성으로 진행하면서 긴박감을 부여한다. 군대에서 실시하는 복장, 기물 검사처럼 학생들은 등하교 때마다 두발, 복장, 이름표, 책가방, 운동화를 검열 당하였다. 일반인들 또한 예외는 아니어서 '머리카락 길이' '치마 길이'를 측정하던 시대이다. 대학교 교문 주변에서 통행인들의 주머니와 가방 속 소지품을 일일이 검사하였다. 작품에서 생략된 시대의 표정은 독자들 각자 상상의 몫이다.

　감시와 처벌의 일상적 강압은 그들 나름의 규범을 세우기 위한 전략이다. 공평성이나 기준도 없으니 그때그때 기분에 따라서 다르게 적용된다. 신체형은 본보기이자 권력 강화를 목표로 한 체벌이기 때문에 요란해야 하고 소리나 위용이 크고 거창할수록 효과적이다. 끊임없는 감시를 하지 않더라도 독특한 과시행위의 화려함을 통해서 자신의 효력을 계속 쇄신시키기를 모색하는 것이다.

　　연대장의 우레 같은 구령 소리가 카리스마 넘치게 울려 퍼진다. 다시 '연대장→ 대대장→ 중대장→ 소대장' 순서로 복창 소리가 물수제비처럼 넘어간다. 그렇게 두 시간이 지났고.

이제 검열관의 종합평가도 끝물이다. 그가 마이크를 잡는 순간 찬바람이 이마를 '딱' 때렸으니 그게 늦가을의 입문 정표다.

"나는 오늘 제군들의 질서로부터 지상에서 가장 평화로운 표정을 보았다. 여러분이 오늘 흘린 땀방울이 고향의 부모 형제 모두 두 다리 뻗고 편안하게 잘 수 있는 초석이 될 것이며 그게 곧 대한민국의 안보가 된다. 에또 지금은 그런데 친북좌파나……."

- 「나는 평화를 보았다」 중에서

엄격한 감시란 교정훈련의 일환으로* 당시 학교 교련검열 현장은 군대식 훈련의 맥락에서 기획되었다. 그 최일선의 담당자로 교련 교사 '노 대위'가 전형적 인물이다. 교사들은 정도의 차이는 있지만 학생 입장에서는 폭력을 사용하느냐 아니냐의 차이가 있을 뿐 교육자로서의 의지나 신념을 표출하지 못한다. "멀쩡한 하이칼라를 던지고 군인 흉내를 낸다"고 희화되거나 "멍때리는 케이스 해마님(윤리. 49세)은 학교마다 하나씩 존재하는 '미친개'나 '독사'의 전형"이라는 표현은 감시 시스템 구축에 전력하는 학교의 상황을 증언한다고 보여진다.

특히 남자 학교에서는 왜 그토록 폭력 교사가 난무했을까. 작가는 성희롱, 폭력, 무능 교사의 다양한 표정에서 이런 풍경들이 특별 상황이 아닌 일상적 모습으로 형상화 시킨다. 그의 소설 『토메이토 포테이

---

* 푸코, 『감시와 처벌, 감옥의 탄생』 미셸 푸코 지음, 박홍규 엮음, 강원대학교 출판부, 1989. 226쪽

토』, 『닭니』 등에 빈번하게 등장하는 이러한 교단 풍경은 조폭 스타일이 아니라 단지 카리스마 있는 수업으로 폭탄 웃음을 선물하는 평범한 교사일 뿐이다. 웃음은 어떤 경우에는 사회적 억압에 대한 저항이며, 시대의 거울이 된다. 웃음을 유발하면서 "기억하겠다", "잊지 않겠다"는 다짐만큼은 생략하지 않는 것이다.

우리나라의 기성세대, 특히 군필 경험의 남자들은 폭력에 대해 의외로 관대한 경향이 있다. 그들이 군대에서 겪은 폭력에 비하면 대부분 그 강도가 높지 않기 때문일 것이다. 그래서 폭력은 또 다른 폭력을 유발하며 가해자와 피해자를 싸잡아서 희생자의 늪으로 인도하며 그들은 독재 시스템의 하부구성원으로 자리매김이 되는 것이다.

「벙커 작업」은 가호철 이등병의 군대 체험기다. 1970년대 중반 대학생 신분으로 입영통지서를 받아 군대에 와서 겪은 이야기를 엮은 것이다. 막사에서 만난 다양한 인물 군상은 그 자체로 시대의 표상이며 현장 기록으로 이어진다. 군대에서 보내는 금쪽같은 청춘의 시간은 조국 수호를 명분 삼아 합법적으로 억압 구조를 재생산한다. 무엇을 위해서인가. 결국은 권력의 강화를 위한 감시체계의 일환이다. 1970년대 후반의 군대란 감시와 처벌의 제도가 행해지는 가장 폐쇄적이고 합법적인 장치였다.

군대 이야기가 강병철의 소설답게 다양한 인물 군상을 중심으로 곁가지를 펼쳐낸다. 마치 술자리 담론처럼 이야기가 맥락도 없고 서사의 방향도 중구난방이지만 끊임없이 독자의 눈길을 사로잡는 게 신기하다. 1970년대 후반 시국의 심각한 분위기는 언급하고 있지만 정작 흐르는 음악이 대중 가수 전영과 윤항기의 감성인 점도 특이하다. 인간이 해결할 수 없는 거창한 문제에 토를 달 수 없듯이 군대 문제 또한 감당해야 할 뿐 달리 방법이 없음을 디테일한 기록으로 증언하면서도 웃음으로 마주한다. 그러면서 우리가 그 시대를 살아남았다는 것이 기적처럼 느껴진다. 누군가는 그 시대의 증언을 참회록으로 그려낼 수도 있지만 누군가는 이웃집 사연처럼 담을 수도 있음을 발견한다.

이등병 가호철은 대학생 신분으로 부대원 전체로 보면 학력이 높지만 군대에서 적응하는 능력은 열등한 인물이다. 운동권의 시각이 아닌 작가 지망생을 초점 화자로 삼은 것은 군대의 문제를 이성적 논리가 아닌 감성적으로 환기하는 효과를 의도한 것이라 보여진다.

> 언제부터였나, 맞지 않으면 잠이 오지 않는다. 취침 소등 이후 끌려 나가는 게 비일비재하므로 일찌감치 몇 대라도 맞아야 잠이 왔었는데, 오늘은 너무 길다. 이제 소대에 들어가더라도 새벽 다섯 시 동초를 서야 하니 하룻밤이 송두리째 날아가 버린 것이다.
> "입대 전부터 쫄따구를 절대로 때리지 않으려 작정했어. 앞으로 왕고참이 되더라도 쫄따구들 손을 대지 않을 거야. 그 대신 몇 마디만 짧게 할께."
>
> — 「벙커 작업」 중에서

"공격"이란 경례 구호를 생경하게 받아들이던 이등병 가호철은 점차 군생활에 익숙해지면서 "자유시간을 벌기 위하여"라는 자기합리화와 함께 양말, 속옷 등의 관물을 훔쳐서 고참의 몫을 확보한다. 이렇듯 자신을 포장하고 영혼을 파는 일이 자연스럽게 일상의 훈련으로 몸에 밴다. 군화 끈 매기, 보초 서기, 100킬로 행군, 벙커 작업 등의 일상을 그려내면서 '길들여진 몸'이 그 수단이 됨을 명시한다. 그게 열악한 상황에서 살아남기 위한 이야기가 된다. 그 상황에서 살아남은 한국의 남자들 무의식에 깊이 배어있는 폭력성과 감시에 직접 노출된 공포와 억압의 상처 또한 우리는 기억해야 할 것이다. 그리고 작가는 그들 모두 같은 배를 탄 이웃이었음을 웃음과 연민으로 발언하고 있다.

3. 감시와 처벌 그 어두운 시대를 너머

「머리카락 5센티」는 복장, 치마, 두발 규제가 당연시되던 시대를 살던 18세의 데모 사건이 중심을 이룬다. 감시와 처벌의 시국에서 모든 시위는 원천적으로 차단되어 있다. 단체행동 자체가 권위에 대한 도전은 처벌을 각오하고 일을 벌이는 것이다. 다음은 학생들이 작성한 탄원서이다.

〈달표 학우들의 탄원서〉

하나, 앞머리를 5센티까지만 기르게 해 달라.

하나, 세느강 너머 인형공장 쇠바퀴 소리가 너무 시끄럽다. 방음장치를 요구해서 소음을 줄여달라.

하나, 선생님들도 너무 심한 욕만큼은 삼가하라.

하나, 복장 단속 위반자에 대한 체벌이 너무 살벌하다.

하나, 운동화라도 자유롭게 구입할 수 있게 하라.

저 심장 깊숙이 고혈을 짜서 무릎 꿇고 바칩니다. 이 사안들이 해결되면 나머지 시간은 달포 건아 모두 예비고사 준비에만 열공을 바치고 싶습니다. 만약 우리의 요구가 관철되지 않을 시 전체 학동 모두 수업을 거부하고 광화문까지 진출하여 대통령 각하에게 탄원서를 올리겠습니다. 우리들의 일그러진 인격 회복과 동시에 스승님들의 존중감도 되살아날 수 있도록 두 손 모아 비나이다.

두발 규제 완화를 열망하는 달포인 대표 김두식 외 일천삼백 명 일동

1973년 11월 2일

- 「머리카락 5센티」 중에서

학생들은 집단적 의사 표출 방법을 교육 받은 적이 없다. 정확하게 이러한 상황을 간파한 것은 아니지만 집단행동을 하면 처벌을 받는다는 위기감 정도는 알고 있다. 그럼에도 불구하고 일을 벌인다는 각오가 있을 때 거사가 진행되는 것이다.

처음에는 담임이 회유 작전으로 달래면서 무마를 시도한다. 하지만 학생들이 물러서지 않자 강압적으로 모임 자체를 막는다. 교장과 교

사의 감시 하에서도 학생들은 흩어지지 않고 우르르 몰려나와 짧은 시간 행동을 감행했다. 물론 그것이 전부이다.

두식이가 학교를 떠났을 뿐, 변한 건 아무것도 없다. 적어도 겉으로는 그렇다. 하지만 "지고도 이기는 *싸움*"이 있음을 믿을 때 세상은 변화할 수 있다는 걸 배울 수 있었다. 2023년 현재 두발의 규제가 거의 없으며 특정 업체 운동화나 체육복 매입을 강요하는 행태 역시 가능하지 않다. 이러한 변화가 저절로 이루어진 것이 아니며 그 어두운 흑역사를 통과한 성과물이라는 점을 기억해야 할 것이다.

「응답하라 1989」는 전교조 창립의 해를 조명한다. '서명을 하느냐, 마느냐' 로 직장에서 살아남느냐 죽느냐의 긴박한 순간을 담고 있다. 전교조 창립의 진통은 출산의 진통과 맞물린다. 웃음 코드가 엿보이지만 전체적인 흐름은 긴장감의 분위기가 강하니 그게 '해학적 비장미' 이다. 그 진통의 순간을 작가는 두 개의 이야기로 이끌어간다. 전교조 이전에 교사협의회가 있었고 나비효과처럼 미세한 움직임조차 감시당하면서 살았던 시대였다. 그 시대의 목소리를 서명, 탈퇴각서를 중심으로 서사가 진행되는데 소설의 다른 한 축은 "둘만 낳아 잘 기르자"는 표어가 나부끼던 출산 에피소드이다.

자연분만보다 제왕절개가 진보적 출산인 것처럼 홍보되던 시대에 예정일을 넘긴 산모는 당연히 제왕절개를 해야 한다고 생각했다. 이때 등장한 시어머니와 친정어머니의 대화는 일품이다.

시어머니는 아기를 빨리 낳는 걸 해결책으로 판단하며 제왕절개라도 해야 한다고 주장하고 싶어 했다.

"작게 낳아 크게 키우라고 했어. 아기가 막힌 뱃속에서 오래 있으면 신체 발달에 나쁠 거 아니냐?"

그러나 친정어머니 이수선 여사는 달랐다. 사돈 앞에서는 말을 아꼈지만 딸이 혼자 있을 때는 뒷담화 섞인 귀엣말처럼.

"된똥 한번 누듯이 땀 흘려 힘을 주면 쑥쑥 나오게 되어있다. 내가 9남매를 낳았으니 너도 에미 체질 받았으면 쉽게 낳을 거다. 양수만 제대로 터지면 아기 머리부터 자궁 바깥으로 편안히 나오게 되어있어. 멀쩡한 생살에 함부로 칼을 대고 흠집 남기는 게 아니여."

그렇게 뒤에서만 다른 의견을 펼쳤다.

-「응답하라 1989」 중에서

전교조 교사 대량 해직 사태 이전에 주변부 이야기 몇 개가 에피소드로 리좀식 구성으로 이어진다. 그러면서도 전교조의 핵심 인물이 전면에 등장하지 않는다. 송태우는 탈퇴각서에 자의 반 타의 반으로 서명함으로써 해직되지 않고 현장 교사로 이어간다. 그의 아내 임희숙은 해직의 기회조차 주어지지 않는 미발령교사이다. 주변 인물로 등장하는 그 후배는 부부교사로 둘 중 한 명만 해직을 하겠다는 각오를 밝힌다. 그 가운데서 임희숙이 자연분만으로 아기를 낳도록 설득하는 장면이 인상적이다. 자신은 병원에 와서 얼떨결에 제왕절개를 했지만 상황을 살펴보니 의사의 상술에 놀아났음을 깨닫는다. 한 사람이라도 자신과 같은 실수를 반복하지 않도록 간곡하게 자연분만을 권유하는 것이다.

"잘못된 상식이 사람 잡아요. 제왕절개는 멀쩡한 생살을 찢는 거잖아요? 언니, 가정과 출신인 내 말을 제발 들어요. 자연 분만하면 일주일이면 아무는데……제왕절개는 마취를 하기 때문에 그 순간 아픔을 잠깐 덜어갈지 몰라도 그 뒤로 훨씬 길고 엄청난 고통에 시달려요. 두 명 이상은 낳지도 못하고요. 수술 통증 아무는 데만 한 달 이상 후유증에 시달려요. 나는 실수로 했지만 언니는 절대로 안 돼요. 병원은 돈을 벌지만 산모의 몸이 아파요."

— 「응답하라 1989」 중에서

돌이켜 보면 "다 죽으면 다 산다"며 해직을 감수하자는 전교조의 강경노선은 교육 민주화를 위한 논리로는 합당하면서도 무리수였다. 강병철 작가는 민중교육 해직교사로 간난의 세월을 보낸 후이기 때문에 전교조 해직을 감당하기에는 어려움이 있었을 것이다. 이후 그의 소설에서 해직 교사의 순결성과 현장에 남은 교사의 부채 의식은 길항 관계로 남아 참교육 실천의 에너지로 작용한다.

각서를 쓴다는 것은 기계적인 절차로 넘길 수 없는 일이다. 인생의 오점이며 수치스러운 일이다. 송태우는 그 과정을 조금은 수월하게 넘긴다. 함께 근무한 교장의 마음 씀씀이 덕분이다.

교사 송태우는 교육자적 양심과 신념으로 교사들의 노동조합을 결성하는 명단 공개에 참여하는 이름을 수록하였으나 교장선생님의 간곡한 설득으로 인하여 탈퇴각서를 수락합니다.

1989년 8월 10일 송태우

(중략)

"……자, 보시게. '교장의 간곡한 설득으로 인하여 탈퇴각서를 수락합니다' 라고 적혀있지 않았나? 이 문서만으로는 내가 뒤집어 쓰는 내용이야."

- 「응답하라 1989」 중에서

1960년 5.16 쿠데타로 인하여 교원노조운동은 좌절되었으며* 이후 학교에서는 입시지도를 전면에 내세우는 통제를 통하여 순응적 인간 양성에 집중하였다. 당연히 교사의 실력이나 수업의 질 향상을 위한 조치는 미약하였으며 교육부 교육청 교장 교사의 수직적 명령 체제 유지가 교육과제였다. 폭력 교사가 난무하였으며 행정실과 결탁한 교장의 부정과 비리가 도를 넘던 시기에 학교 교육의 정상화를 위해 목

* 4·19 혁명을 계기로 교원노조의 결성에 대한 구체적 논의가 진행되어 1960년 4월 29일에 교사의 사회경제적 지위향상과 교권의 확립을 목적으로 하는 대구시 교원조합결성 준비위원회가 만들어졌다. 1960년 5월 1일에는 학원의 자유, 교육행정의 부패제거, 교원의 자질향상과 권익옹호라는 목표 하에 전국조직을 결성하기로 하고 서울에서 시내 50여 개 초·중·고교 교사들이 모여 교원조합결성준비위원회를 결성하였다. 이후 5·16 군사정변에 의해 교원노조운동은 좌절되어 버렸다.

소리를 모았던 힘으로 전교조 결성이 이루어진 것이다.

그러니까 교육계에서 전교조가 '절대선(善)'이었던 시대가 있었다. 군대에서 자행된 불법과 폭력과 무조건적 명령과 복종의 분위기가 그대로 교육계에 잔존하던 그 시대에 전교조만이 유일한 희망이었다. 교장은 교사를, 교사는 학생을 효율적인 입시교육의 명분으로 신체적 폭행과 폭언과 비리와 불법이 공공연하게 행해졌었다. 학교마다 양심적인 교사의 대응이 있었으나 힘이 약했고 낙인이 찍혀서 담임을 박탈당하는 등 교장에게 괴롭힘을 당하기도 했다. 그런 상황에서 전교조가 주장하는 참교육의 구호는 막연했지만 학교 현장에서 자행되는 불법과, 비인간적인 관행의 썩은 밑동을 잘라내는 가능성을 보여주었다.

「음주운전 오디세이」는 작품집 전체에서 샛길로 빠진 이야기이다. 음주운전에 대한 감시와 처벌의 시선이 고착화된 오늘날에 이 이야기는 생뚱맞을 수 있다. 음주 운전자는 범죄자라는 동일성의 시선에서 추호도 변명의 여지가 없기 때문이다. 작가는 구성진 입담으로 이야기를 펼치는데 법과 제도보다 더 중요한 것이 있었던 시대에 대한 향수가 담겨있는 것으로 보인다. 걸죽한 입담으로 웃자고 하는 얘기지만 처벌 우선보다 온정의 대화가 가능한 사회를 어떤 방식으로든지 포기할 수 없다는 고집스런 집념이 느껴진다.

4. 기억 그리고 작가의 존립 기반

푸코는 『감시와 처벌의 역사 – 감옥의 탄생』에서 문명이 지닌 비인간적이고 통제적인 시스템을 날카롭게 지적하였다. 학교와 군대, 감옥과 병원이 지닌 공통점을 감시와 처벌의 시선으로 주목하였으며 이것이 권력구조를 강화하기 위한 것임을 밝힌 것이다.

강병철의 소설은 그 감시와 처벌 시스템의 틈새, 특히 사각(死角)의 사잇길을 비집어 뒤틀어서 조명한다. 그렇게 현장을 증언하고 웃음으로 견디면서 삶을 감내하면서 성장하는 우리들의 자화상을 그려내는 것이다. 감시자와 처벌자의 존재조차도 또 다른 우리일 뿐이라는 그의 폭넓은 인간 군상에 대한 관심이 동시대를 살아가는 연민을 자아낸다.

그의 소설은 감시를 당하는 자와 감시를 행하는 자의 간극이 가깝다. 피라미드 최상층의 인물은 전혀 존재하지 않는다. 결국은 서로가 서로를 감시하고 처벌하면서도 개인적인 원한이나 보복심리로 작동하지 않는다. 그렇기 때문에 함께 웃음을 터뜨릴 수 있는 여지가 생기는 것이다.

작가의 존립 기반이 되는 '기억의 힘'을 떠올리며 이 글을 마친다.

소설의 서술자는 성장소설의 주인공처럼 중고등학교를 거쳐서 군대를 다녀오는 설정으로 이해해도 좋을 만큼 이야기의 구성이 긴밀하게 연결된다. 이는 우리 사회의 인간군상을 총체적으로 이해하는 실마리를 제공하며 읽는 재미를 부여한다. 「열네 살, 종로」의 서술자가 고등학생이 되어 반공 웅변대회를 체험하고 교련 검열을 기록하는 '열아홉의 눈'으로 성장하는 현장성이 생생하게 살아있다. 이후 대학생이 된 가호철은 이등병 계급장을 거치면서 부조리한 현실에 편입하여 살아남기 위한 가치관을 내면화한다.

 이 모든 소재를 스토리로 만드는 게 작가가 지닌 '기억의 힘'이다. 이는 순간의 감동이 오래도록 잔영을 만들어서 삶을 재해석하는 느낌과, 상상력이 오버랩된 감수성의 소산이다. 남다른 기억력으로 일상의 영상을 잡아 문장으로 만드는 작가 강병철의 '눈'에는 논리나 지식을 뛰어넘는 감성이 파닥인다. '기억의 힘'과 성장하는 '눈'이 만나 담아낸 시대의 표정에 다양한 인물 군상의 숨소리가 살아 호흡하는 이유이다. 그가 다음에 펼쳐낼 우리들 자화상의 풍자와 해학의 웃음이 담긴 이야기를 기대한다.

작가의 말

척박함 그리고 훈훈함을 위하여

서해안에서 보내던 그 유년이 있었다. 백사장에 들어서자마자 안면도 끄트머리가 흐릿하게 보이던 그 언저리에서 헤엄을 배웠다. 수평선 끄트머리 낙조 앞에 앉으면 붉은 보자기가 씌워지면서 알몸에 붙은 소금 더께를 털어내었다. 그랬다. 가끔은 수평선 저쪽에서도 누군가 내가 있는 쪽을 바라보고 있을 거라는 상상으로 두근두근 설레기도 했다. 육지에서 흘러오는 모든 것을 '받아' 들이기 때문에 '바다'라고 이름 지어진 줄 알던 즈음이다. 나는 그렇게 모든 걸 받아들이는 이야기꾼이 되고 싶었다.

서울 원효로 뒷골목에서 외로운 사춘기를 보냈고 그 후유증으로 오래도록 시달렸던 것 같다. 중딩 3년 내내 키가 7센티밖에 크지 않는 것도 문제였다. 눈길을 피하는 버릇이 생겼고 특히 여학생들의 얼굴을 바라보지 않았다. 남산도서관 계단만 오르내리며 낙서와 독서의 수렁에 빠졌다. 3선 개헌으로 12년 통치를 끝낸 대통령이 다시 체육관 선거로 집권하면서 수상한 시국이 그물처럼 끈적끈적 흐르는 중이었다. 고딩 선배들이 데모하는 스크럼을 따라 광화문 밤길까지 구경 나가기도 했다.

총각 선생 젊은 시절, 필화사건으로 해직 교사가 되기도 했다. 담벼락 너머 '새로 오신 선생님 인사 말씀'을 훔쳐 듣던 슬픈 스크린이다. 그 후 신군부 시대와 6월항쟁 내내 어깨동무 행렬에 끼어 구호를 외치며 또 몇 차례의 대통령 선거를 보냈다. 복직한 이후에도 수십 년 동안 글을 썼고 세월만큼 책들을 출산했다. 훈장 체질의 몸 탓일까, 절반 정도가 성장소설이었고 다른 소설에서도 교육에 대한 스토리가 많았다. 주로 착한 캐릭터만 등장하는 한계도 그 배경 탓이리라. 이번에는 조금 넘어서고 싶었다.

세월이 빛의 속도로 질주하면서 모든 게 상전벽해로 변신했다. 전화기조차 꿈을 못 꾸었는데 스마트폰 소통의 지구촌과 AI 시대가 되었다. '덮어놓고 낳다 보면 거지꼴을 못 면한다'라는 구호를 듣고 자란 게 엊그제인데 어느새 출산율 높이느라 온갖 수단으로 용을 쓰는 세상이 되었다. 스승께서 쳐들던 '사랑의 매'를 의심한 적이 없었는데 '매 맞는 선생님'들의 호소가 쟁쟁하니 어리둥절한 일이다.

문단의 풍토도 당연히 바뀌었다. '통일과 빵과 사랑 그리고 민주주의'를 외치던 글자가 거뭇거뭇 흔적을 감추더니, 언제부터였나, 아무것도 보이지 않는다. '공장의 불빛' 대신 AI 두뇌가 블랙홀처럼 확장

수축의 배경으로 등장하고 카톡 문자가 무지개처럼 **뽕뽕뽕** 소통한다. 책의 두께도 얇아졌다. 이제는 지하철을 타도 독서에 빠진 승객을 만나기 힘들다.

그런데도 내 책만큼은 느리고 진하게 쓰려는 중이다. 아득한 1960-70년대 흔적들이 갈수록 두꺼워지며 때로는 더 아스라한 배경이 철옹성처럼 앞을 막기도 한다. 6.25와 베트남 전쟁 이후 억눌렸던 강박증들이 여전히 '잊지 맛!' 혓바닥 날름거리며 등장한다. 그 척박했던 시국의 상처들을 하게 변신시키도록 나름 고심도 했으나 어림 없는 일이다. 그런데도 독자들의 눈길을 간절히 기다리며 앞으로도 그렇게 토로하며 글을 쓸 것이다.

이 글은 2023년 충남문화재단의 지원을 받아 생산하게 되었다. 그리고 한 해 내내 작가촌을 떠돌며 쓴 흔적들이다. 담양의 〈글을 낳는 집〉 진도의 〈시에 그린〉 강원도 안흥의 〈예버덩〉 정선의 〈아우라지 작가촌〉과 해남의 〈토문제〉에서 새도록 쓰고 고쳤다.

2023년 초가을 강병철